高职高专"十二五"规划教材

机电专业系列

U0141093

单片机原理及应用

主　编　章　彧　　陈　炘

副主编　赵新藁　　简智敏　林优礼　　于　祯

参　编　曾任贤　　杨富强　龙意忠

南京大学出版社

图书在版编目(CIP)数据

单片机原理及应用 / 章彧等主编. —— 南京：南京
大学出版社，2011.8

高职高专"十二五"规划教材·机电专业系列

ISBN 978 - 7 - 305 - 08706 - 6

Ⅰ. ①单… Ⅱ. ①章… Ⅲ. ①单片微型计算机—高等
职业教育—教材 Ⅳ. ①TP368.1

中国版本图书馆 CIP 数据核字(2011)第 164264 号

出版发行　南京大学出版社
社　　址　南京市汉口路 22 号　　　　邮　编　210093
网　　址　http://www.NjupCo.com
出版人　左　健
丛 书 名　高职高专"十二五"规划教材·机电专业系列
书　　名　单片机原理及应用
著　　者　章　彧　陈　炘
责任编辑　惠　雪　　　　　　编辑热线　025 - 83597482
照　　排　南京南琳图文制作有限公司
印　　刷　常州市武进第三印刷有限公司
开　　本　787×1092　1/16　印张 15.25　字数 375 千
版　　次　2011 年 8 月第 1 版　2011 年 8 月第 1 次印刷
ISBN 978 - 7 - 305 - 08706 - 6
定　　价　30.00 元
发行热线　025 - 83594756　83686452
电子邮箱　Press@NjupCo.com
　　　　　Sales@NjupCo.com(市场部)

* 版权所有，侵权必究
* 凡购买南大版图书，如有印装质量问题，请与所购
　图书销售部门联系调换

前　言

　　单片机由于其集成度高、体积小、功能强、性价比高等特点，被广泛应用于智能仪表、家用电器、通讯设备、机电一体化、工业控制等领域，有着广泛的应用市场。我国工科院校的相关专业都将单片机作为一门重要的专业基础课普遍开设，学生的课程设计、专业实训、毕业设计以及竞赛、科研项目中，都会大量应用到单片机技术，步入社会工作后，也会广泛接触到单片机的项目。

　　考虑到单片机技术应用的特点，特别强调理论知识与实践操作的结合。为此，本书在编写过程中，注重基础知识的培养，通过对比性的实例明确基本概念，通过简单的实例理解设计方法，通过应用实例培养应用技能，以求达到举一反三的功效，实现学生工程实践能力的培养和提高。

　　全书共分为五大部分 13 章。第 1 部分包括第 1 章和第 2 章，总体介绍了 MCS-51 单片机的基本原理和总体结构。第 2 部分包括第 3 章和第 4 章，是 MCS-51 单片机的软件设计部分，介绍了 MCS-51 单片机的指令系统和程序设计方法。第 3 部分包括第 5、6、7 章，是 MCS-51 单片机的内置功能部件，介绍了 MCS-51 单片机中断系统、定时/计数器和串行口的基本原理及其应用。第 4 部分包括第 8、9、10、11 章，是 MCS-51 单片机的接口扩展技术，介绍了存储器和常用外围接口器件的扩展技术，并介绍了键盘/显示电路的设计方法。第 5 部分包括第 12 章和第 13 章，是 MCS-51 单片机的 C 语言设计，介绍了 MCS-51 单片机 C51 的编程实现及其设计技巧。

　　本书由南昌工程学院章或、江西工程职业学院陈炘担任主编，河南机电高等专科学校赵新蕖、漳州职业技术学院简智敏、三明职业技术学院林优礼、南昌工程学院于祯担任副主编。参加教材编写工作还有信阳农业高等专科学校龙意忠、永城职业学院杨富强、南昌工程学院曾任贤。全书由章或负责最后的统稿工作。对合作者付出的辛勤劳动，表示衷心的感谢。

　　本书教材编写分工如下：章或负责第 3 章、第 4 章的编写；陈炘负责第 5 章的编写；赵新蕖负责第 1 章、第 2 章的编写；简智敏与林优礼共同负责第 6 章的编写；杨富强负责第 7 章的编写；于祯负责第 8 章、第 9 章、第 10 章的编写；龙意忠负责第 11 章的编写；曾任贤负责第 12 章、第 13 章的编写。

　　本书在编写过程中得到了南京大学出版社的组织和大力支持，在此表示感谢。此外，编写本书参考了相关书籍，在此谨向其作者和出版社致以衷心的感谢。

　　由于编者水平有限，书中难免存在错误和不妥之处，恳请批评指正。

编　者

2011 年 4 月

目　　录

第1章 微型计算机基础知识

随着微处理器和微型计算机的问世,加之超大规模集成电路的发展及军事、通信、工业自动化、机电一体化技术的需求,使微型计算机向两个方向发展:一个是向高档微型计算机方向发展,这一类的高档微型计算机逐渐发展成为个人电脑或者商业计算机;另一个是向简单可靠、小巧便宜的单片机方向发展。单片机是将中央处理器、随机存储器、只读存储器、定时/计数器和一些输入/输出端口电路集成在一个芯片上的微型计算机,又称为微控制器(Micro Controller Unit, MCU)。微控制器是国际上的通用名称,由于其体积非常小,通常嵌入到被控对象内部,作为其控制核心,也称为嵌入式微控制器(Embedded Microcontroller)。

1.1 微型计算机的产生和发展

微型计算机是第四代计算机向微型化方向发展的一个重要分支,它的发展是以微处理器的发展为标志的。自 1971 年出现微处理器开始,仅 30 年的时间,已推出了五代微处理器产品。

第一代微处理器是以 Intel 公司 1971—1972 年推出的 4004、4040 和 8008 作为典型代表,其集成度为 2 000 与 3 300 个晶体管/片。

第二代微处理器是 1974—1977 年由几家公司分别推出的产品,以 Intel 的 8080/8085,Motorola 的 M6800,Rockwell 的 R6502 和 Zilog 的 Z80 作为典型代表,其集成度达 9 000 个晶体管/片。

70 年代后期,超大规模集成电路投入使用,进一步推动微型计算机向更高层次发展。1978—1980 年出现了第三代微处理器,Intel 的 8086/8088,Motorola 的 M68000 和 Zilog 的 Z8000 作为典型代表相继问世,其集成度高达 29 000 个晶体管/片,成为当时国内外市场上最流行的 3 种微处理器。它们采用 HMOS 高密度工艺,运算速度比 8 位机快 2~5 倍,赶上和超过了 70 年代小型机的水平。

80 年代以后,微处理器进入第四代产品,向系列化方向发展,Intel 公司相继推出了性能更高、功能更强的 80186 和 80286,它们与 8086 向上兼容。到 1985 年 Intel 公司又率先推出了 32 位微处理器 80386,并与 8086、80186 和 80286 向上兼容,它们构成了完整的 80 系列微处理器。与此同时,Motorola 公司推出了 32 位微处理器 M68020,集成度高达 68 000 个晶体管/片。HP 公司推出的 μp 32 位微处理器,集成度高达 45 万个晶体管/片,时钟频率达到18 MHz,速度之快,性能之高,足以同高档的小型机乃至中型机相匹敌。

进入 90 年代以来,Intel 公司在开发新一代微处理器技术方面继续领先,1993 年 3 月,Intel 公司发布了微处理器产品 Pentium,它可以称为第五代微处理器产品。Pentium 使用亚微米级的 CMOS 技术,使集成度高达 310 万个晶体管/片。

Intel 公司于 2000 年 4 月底向各主要电脑制造商提供了该公司 2000—2001 年微处理器

产品的开发计划。该计划表明,此后将继续提高面向低价位个人电脑 Celeron 的工作频率,在 2000 年底达到 733 MHz,2001 年还推出工作频率为 766 MHz 的 Celeron 微处理器。而作为 Pentium Ⅲ 后续产品的 Willaette 的工作频率已达 1.5 GHz 以上。早在 1965 年,美国化学家,现为 Intel 公司名誉董事长的戈登·摩尔(Gordon Moore)就在一篇论文中宣布,通过 1959—1965 年实际生产的集成电路的考察,发现在集成电路芯片上集成的晶体管数量每隔 18 个月会翻一番,芯片的性能也随之提高 1 倍,30 多年来这一规律屡试不爽,因而被人们称为"摩尔定律"。随着 DNA(Deoxyribonucleic Acid,脱氧核糖核酸)技术的应用,将会使计算机的速度进一步提升,不仅如此,在其他性能和功能方面也将有大幅度提高。

今天,微处理器已经遍布我们生活的每一个角落。可以肯定,在未来的 30 年内,计算机界将发生一场革命,其结果是用光学元件或 DNA 技术构成 CPU。它们除性能成数万倍甚至数百万倍的提高以外,结构也将完全改变。

未来微处理器的 3 个发展方向是:更强大的处理能力、人工智能、网络。

1.2　微型计算机的系统基本组成

1.2.1　微处理器

微处理器也称 CPU,是由大规模集成电路组成的,其本身具有运算能力和控制能力,是能执行一定的指令系统的器件,是微型计算机的核心。

微处理器一般具有下列功能:

- 进行算术和逻辑运算;
- 保存少量数据;
- 能与存储器、外设交换数据;
- 能对指令译码并执行指令规定的动作;
- 提供整个系统所需要的控制信号和定时时钟;
- 完成程序流向控制。

1.2.2　微型计算机

微型计算机是指以微处理器为基础,配以内存储器(RAM、ROM)、I/O 接口电路和其他相应的配套电路而构成的裸机。

1. 存储器

存储器是存放数据和程序(由一系列指令组成)的部件,在微型计算机中起记忆作用。举例来说,用计算机求解某一算式,在开始解题操作之前,要把计算程序和原始数据送到存储器保存下来;在解题过程中,由存储器向 CPU 提供指令代码和数据,并把运算出来的中间结果和最后结果存储起来。

存储器是由许多存储单元组成的。每个单元有一个编号,称为**地址**。数据和指令就存放在各个存储单元中。

当 CPU 要把一个代码或数据存入某一存储单元,或要从某一存储单元读取代码或数据时,CPU 首先要给出地址,然后根据存入或读取操作发出"写"或"读"命令。如图 1-1 所示,CPU 要读取存储器#0 地址单元中的数据,首先 CPU 要发出地址信息给存储器,再发出"读"命令,于是存储器就将#0 地址单元中的数据传送给 CPU。

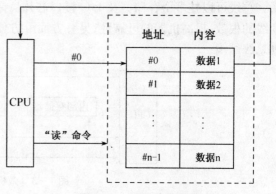

图 1-1　CPU 读写数据

实际上,存储单元的地址和内容都是以二进制代码表示的,大家以后要习惯。

存储器存放或取出一个代码所需要的时间叫**存取周期**,而存储器的存储单元的数目称为**存储容量**,这是存储器的 2 个重要指标。在表示存储器容量时,通常用到"KB"单位,$1\text{ KB}=2^{10}\text{ B}$。例如某个存储器容量为 2 KB,表示这个存储器有 $2^{11}=2\,048$ 字节的存储单元,也就表示这个存储器能存放 2 048 个代码。

(1) ROM:只读存储器,通常用来存放程序,因此也称为程序存储器。

(2) RAM:随机存储器,通常用来存放程序运行过程中的中间数据,因此也称为数据存储器。

2. I/O 接口电路

计算机与外部设备进行信息交换时,I/O 接口电路是为保证外设在信息性质、速度等方面与计算机匹配而附加的电路。

3. 系统总线

系统总线用来在微型计算机的部件和部件之间提供数据、地址和控制信息的传输通道。例如前面讲到的 CPU 读存储器中的数据时,#0 地址、"读"命令、数据都是通过系统总线传送的。

通常系统总线有 3 种:

● **地址总线(AB)**　用来传送地址信息,单向,由 CPU 输出。如图 1-1 中的#0 地址信息就是通过地址总线传输的。地址总线的位数决定了 CPU 可以直接寻址的存储器或 I/O 接口的范围。如地址总线为 16 位时,则 CPU 直接寻址范围为 $2^{16}=64\text{ KB}$ 单元。

● **数据总线(DB)**　用来传送数据信息,双向。如图 1-1 中存储器中的数据就是送到数据总线上,然后再由 CPU 读取。

● **控制总线(CB)**　用来传送控制信息。如图 1-1 中的"读"命令信息。

总线有发送端,图 1-2 中有 3 个 (A,B,C)发送端,但要注意,每次只能是一个发送端发送信息到总线;总线有接收端,图 1-2 中有 4 个(D,E,F,G)接收端,每次可允许多个接收端同时接收总线上的信息,只要打开相应的接收端即可。可见总线是"串行发送,并行接收"的一束信息公共流通线。

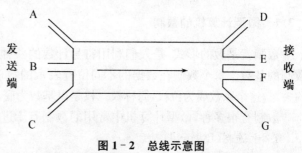

图 1-2　总线示意图

有了总线这种结构后,计算机中功能部件之间的相互关系就变为各部件与总线的单一关系。总线可以挂多个存储器及 I/O 接口芯片。采用总线结构,一方面可减少计算机中信息传输线的根数,提高机器的可靠性;另一方面可方便扩展存储器及 I/O 接口芯片。图 1-3 为微机总线结构。

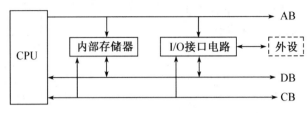

图 1-3　微机总线结构

应注意,由于在任何时刻,CPU 只能与某一确定的部件交换信息,所以,为避免挂在总线上的其他部件的输出对总线造成影响,要求各部件必须通过三态门挂在总线上。

1.2.3　微型计算机系统

微型计算机系统是指由微型计算机配以相应的外设(打印机、显示器、键盘等)和相应的软件而构成的系统,如图 1-4 所示。

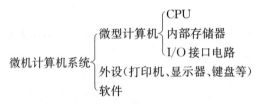

图 1-4　微型计算机系统

1.3　数制和编码

微型计算机是以二进制形式进行算术运算和逻辑操作的。二进制数是计算机系统能认识、处理的唯一数制。因此,用户在键盘上输入的十进制数字和符号命令,微型计算机都必须先把它们转换成二进制形式进行识别、运算和处理,然后再把运算结果还原成十进制数字和符号。

1.3.1　微型计算机的数制

数制就是数的形式,是人们利用符号计数的一种科学方法。表示数据的数码个数称为该数制的基数。每个数制在数据的不同位置表示的数值不同,其数值大小等于该数码所在位置的关系,这个系数成为位权,简称权。权是以基数为底,数码所在位置的序号为指数的指数函数。

数制有很多种,微型计算机中常用的数制有十进制、二进制、八进制和十六进制 4 种。

1. 十进制(Decimal)

十进制是人们工作生活中最常用的数制,其特点如下:

(1) 用 0,1,2,3,4,5,6,7,8,9 共 10 个数码表示数据;

（2）基数是 10，位置 i 处数码的权为 10^i；

（3）运算规则是"逢 10 进 1，借 1 当 10"；

（4）任意一个十进制数 N 可表示为

$N = a_n a_{n-1} \cdots a_1 a_0 a_{-1} \cdots a_{-m}$

　　$= a_n \times 10^n + a_{n-1} \times 10^{n-1} + \cdots + a_1 \times 10^1 + a_0 \times 10^0 + a_{-1} \times 10^{-1} + \cdots + a_{-m} \times 10^{-m}$。

例如：$708.39 = 7 \times 10^2 + 0 \times 10^1 + 8 \times 10^0 + 3 \times 10^{-1} + 9 \times 10^{-2}$

2．二进制数（Binary）

二进制数仅用 0 和 1 两个数码表示，运算规则简单，便于电路实现，是各类计算机内部采用的数制，二进制数是唯一能被计算机识别的数据，其特点如下：

（1）用 0，1 两个数码表示数据；

（2）基数为 2，位置 i 处数码的权为 2^i；

（3）运算规则是"逢 2 进 1，借 1 当 2"；

（4）任意一个二进制数 N 可表示为

$N = a_n a_{n-1} \cdots a_1 a_0 a_{-1} \cdots a_{-m}$

　　$= a_n \times 2^n + a_{n-1} \times 2^{n-1} + \cdots + a_1 \times 2^1 + a_0 \times 2^0 + a_{-1} \times 2^{-1} + \cdots + a_{-m} \times 2^{-m}$。

例如：$1001.101B = 1 \times 2^3 + 0 \times 2^2 + 0 \times 2^1 + 1 \times 2^0 + 1 \times 2^{-1} + 0 \times 2^{-2} + 1 \times 2^{-3}$

3．十六进制数（Hexadecimal）

编程时若二进制数的分量较多，书写和阅读都不太方便，通常采用与二进制相互转换的十六进制数表示。例如，32 位二进制数 1000 1101 0011 10。十六进制数特点如下：

（1）用 0，1，3，4，5，6，7，8，9，A，B，C，D，E，F（其中：A～F 即 10～15）这 16 个数码表示数据；

（2）基数为 16，位置 i 处数码的权为 16^i；

（3）运算规则是"逢 16 进 1，借 1 当 16"；

（4）任意一个十六进制数 N 可表示为

$N = a_n a_{n-1} \cdots a_1 a_0 a_{-1} \cdots a_{-m}$

　　$= a_n \times 16^n + a_{n-1} \times 16^{n-1} + \cdots + a_1 \times 16^1 + a_0 \times 16^0 + a_{-1} \times 16^{-1} + \cdots + a_{-m} \times 16^{-m}$。

例如：$2C8.A1H = 2 \times 16^2 + 12 \times 16^1 + 8 \times 16^0 + 10 \times 16^{-1} + 1 \times 16^{-2}$

1.3.2　二进制数和十六进制数的运算

（1）二、十六进制转换为十进制数。根据前面的公式，将二、十六进制数按权展开相加，即得到对应的十进制数。

例如：将 11010.11B，8FA.6H 转换为十进制数。

$11010.11B = 1 \times 2^4 + 1 \times 2^3 + 0 \times 2^2 + 1 \times 2^1 + 0 \times 2^0 + 1 \times 2^{-1} + 1 \times 2^{-2} = 26.75$

$8FA.6H = 8 \times 16^2 + 15 \times 16^1 + 10 \times 16^0 + 6 \times 16^{-1} = 2\,298.375$

（2）十进制转换为二、十六进制数。整数部分和小数部分要按不同的方法分别转换，然后转换结果相加。整数部分转换通常采取基数取余法。转换为二进制数时，整数不断除以 2，保留余数，直到商为 0，然后将每一步的余数按由低到高的顺序排列，即为转换结果。同理，转换为十六进制数时，整数不断除以 16，直到商为 0 时，然后将每一步的余数按由高到低位的顺序排列，即为转换结果。

例如:将 214 分别转换为二进制数和十六进制数。

(1) 采用除 2 取余法转换为二进制数

214÷2＝107⋯⋯余数 0

107÷2＝53⋯⋯余数 1

53÷2＝26⋯⋯余数 1

26÷2＝13⋯⋯余数 0

13÷2＝6⋯⋯余数 1

6÷2＝3⋯⋯余数 0

3÷2＝1⋯⋯余数 1

1÷2＝0⋯⋯余数 1

则:214＝1101 0110(B)

(2) 采用除 16 取余法转换为十六进制数

214÷16＝13⋯⋯余数 6

13÷16＝0⋯⋯余数 13(D)

则:214＝D6(H)

1.3.3 计算机的数据与编码

1. 计算机中的数据形式

计算机中常用的数据码包括原码、反码和补码。

(1) 原码

只将最高位作符号位(以 0 代表正,1 代表负),其余的各位代表数值本身的绝对值(以二进制表示)。如:

＋7 的原码为:00000111

－7 的原码为:10000111

＋0 的原码为:00000000

－0 的原码为:10000000

显然,＋0 和－0 表示的是同一个 0,而在内存中却有两个不同的表示。也就是说,0 的表示不唯一,这不适合计算机的运算。

(2) 反码

如果是一个正数,则其反码与原码相同。

如果是一个负数,则符号位为 1,其余各位是对原码取反。如:

＋7 的反码为:00000111

－7 的反码为:11111000

＋0 的反码为:00000000

－0 的反码为:11111111

同样,反码 0 的表示也不唯一。用反码表示数,现已不多用了。

(3) 补码

如果是一个正数,则其补码与原码相同。

如果是一个负数,则将该数的绝对值的二进制形式按位取反,然后再加 1。

如：+7 的补码为：00000111

　　 −7 的补码为：11111001

　　 +0 的补码为：00000000

　　 −0 的补码为：100000000

补码 0 的表示是唯一的，所以计算机是以补码形式存放数的。

例如：计算 25−18＝?，用补码运算。

25 的补码为：00011001

−18 的补码为：11101110

$$\begin{array}{r} 00011001 \\ +\quad 11101110 \\ \hline 00000111 \end{array}$$

2. 计算机数据的编码

(1) BCD 码

BCD 码(十进制数的二进制编码)是一种具有十进制权的二进制编码，即是一种既能为计算机所接受，又基本上符合人们的十进制数运算习惯的二进制编码。

BCD 码的种类较多，常用的有 8421 码、2421 码、余 3 码和格雷码等，其中最为常用的是 8421 BCD 编码。因十进制数有 10 个不同的数码 0～9，必须要有 4 位二进制数表示，而 4 位二进制数可以有 16 种状态，因此取 4 位二进制数顺序编码的前 10 种，即 0000B～1001B 为 8421 码的基本代码，1010B～1111B 未被使用，称为非法码或冗余码。8421 BCD 编码表如表 1−1 所示。

表 1−1　8421 BCD 编码表

十进制数	8421 码	十进制数	8421 码
0	0000B	8	1000B
1	0001B	9	1001B
2	0010B	10	00010000B
3	0011B	11	00010001B
4	0100B	12	0000010B
5	0101B	13	00010011B
6	0110B	14	00010100B
7	0111B	15	00010101B

(2) ASCII 编码

ASCII 码诞生于 1963 年，是一种比较完整的字符编码，现已成为国际通用的标准编码，广泛用于微型计算机与外设的通信。

ASCII 码是美国信息交换标准代码(American Standard Code for Information Interchange，ASCII)的简称。它是用 7 位二进制数码表示，共有 128 种组合状态，包括 96 个图形字符和 32 个控制字符。其中 96 个图形字符包括十进制数字符 10 个、大小写英文字母 52 个和其他字符 34 个。这类字符有特定形状,可以显示在 CRT 上和打印在打印纸上;而 32 个控制字符包括回车符、换行符、退格符、设备控制符和信息分隔符等,这类字符没有特定形状,字符本身不能在 CRT 上显示和打印机上打印。ASCII 码表如表 1 - 2 所示。

表 1 - 2　ASCII 码表

值	符号	值	符号	值	符号
0	空字符	44	,	91	[
32	空格	45	—	92	\
33	!	46	.	93	]
34	"	47	/	94	^
35	#	48～57	0～9	95	—?
36	$	58	:	96	`
37	%	59	;	97～122	a～z
38	&	60	<	123	{
39	'	61	=	124	|
40	(	62	>	125	}
41	)	63	?	126	~
42	*	64	@	127	DEL(Delete 键)
43	+	65～90	A～Z		

注:0～31 都是一些不可见的字符,所以这里只列出值为 0 的字符,值为 0 的字符称为空字符,输出该字符时,计算机不会有任何反应。

1.4　单片机及发展概况

通常所说的单片机是指由 CPU、存储器、I/O 接口电路等各种大型集成电路芯片组装在一块或者由几块印制电路板组装而成的机器。

1.4.1　单片机及其发展概况

随着大型集成电路技术的不断进步,20 世纪 80 年代开发出了能在一个芯片上集成 CPU、存储器、I/O 接口电路等电子电路的超微型计算机,这种单个芯片式的微型计算机就被命名为单片微型计算机,简称单片机(Micro Controller Unit,MCU)。

自 1974 年美国仙童半导体公司(Fairchild Semiconductor)推出第一款 8 位单片机 F8 以来,众多世界知名半导体公司也投入到单片机的研发和推广上,使单片机技术有了巨大发展。从总体上看,单片机的发展可以分为 4 个阶段。

(1) 单片机的初期阶段　该阶段主要是探索单片机形态的微机体系结构,以满足对嵌入式控制的需求。Intel 公司于 1976 年推出的 MCS - 48 系列单片机是典型代表,它在一个芯片内集成了 8 位 CPU,64 B 的 RAM,1 KB 的 ROM,27 条并行 I/O 接口和 1 个 8 位定时器/计数器。

(2) 单片机的完善阶段　1980 年 Intel 公司推出了 MCS－51 系列高性能 8 位单片机,该单片机的软、硬件功能较以前产品有了显著提高,形成完善的通用总线型单片机体系结构,是单片机的经典机型。

(3) 向微控制器发展阶段　在原有单片机的基础上增加测控专用的外围电路,如模拟数字转换器(ADC)、数字模拟转换器(DAC)、脉宽调制器(PWM),高速 I/O 接口、LCD 驱动电路等。

(4) 高速发展阶段　近几年世界很多半导体公司相继开发出各具特色的 8 位、16 位及 32 位单片机产品,这些产品能够满足不同领域低、中、高端的需求。

1.4.2　单片机技术特点及发展趋势

1. 单片机的特点

(1) 小巧灵活、成本低、易于产品化。能组装成各种智能式测控设备及智能仪器仪表。

(2) 可靠性好,应用范围广。单片机本身是按工业测控环境要求设计的,抗干扰性强,能适应各种恶劣环境,这是其他机种无法比拟的。

(3) 易扩展,控制功能强。很容易构成各种规模的应用系统,单片机的逻辑控制功能很强,指令系统有各种控制功能指令,可以控制逻辑功能比较复杂的系统。

(4) 具有通信功能,可以很方便地实现多机和分布式控制,形成控制网络和远程控制。

2. 单片机的发展趋势

随着半导体集成技术和微电子技术的发展,单片机也向高性能和多品种方向发展:CMOS 化、高性能化、大容量化和低功率损耗化。

1.4.3　MCS－51 单片机系列

MCS－51 系列单片机品种很多,一般采用 40 引脚的双列直插塑料封装。

1. 按片内程序存储器配置分

片内无 ROM:80(C)3X	8031	
片内有 ROM:80(C)5X	8051	4 KB(0000H～0FFFH)
片内有 EPROM:87(C)5X	8751	4 KB
片内有 Flash E²ROM:89C5X	AT89C51	4 KB

2. 按制造工艺分

HMOS:高密度短沟道 MOS 工艺,与 TTL 电平兼容。

CHMOS:互补金属氧化物的 HMOS 工艺,与 TTL 电平、CMOS 电平兼容。

CHMOS 是 CMOS 和 HMOS 的结合,即具有 CMOS 低功耗的特点,又保持了 HMOS 的高速度和高密度的特点。像产品型号中带有"C"的即为 CHMOS,没有"C"的即为 HMOS。

3. 按功能分

(1) 基本型(8031),其特点如下:

● 8 位 CPU;

● 128 B 的数据存储器;

- 32 根输入/输出线；
- 64 KB 的片外程序存储器寻址能力；
- 64 KB 的片外数据存储器寻址能力；
- 1 个全双工的异步串行接口；
- 2 个 16 位定时/计数器；
- 5 个中断源，2 个优先级；
- 4 KB 的程序存储器(8051、8751)。

(2) 增强型，此类单片机在基本型的基础上，内部 ROM、RAM 容量增大 1 倍，同时定时器增为 3 个(89C52)。其特点如下：

- 256 B 的数据存储器；
- 8 KB 的程序存储器(8052、8752)；
- 3 个 16 位定时/计数器；
- 6 个中断源，2 个优先级。

(3) 多并行口型

如 83C451、80C451，此类单片机在 80C51 基础上，新增了与 P1 口相同的 8 位准双向口 P4、P5 和 1 个特殊的内部具有上拉电阻的 8 位双向口 P6(即可作为标准的双向输入输出口，又可进行选通方式操作)。

(4) A/D 型

如 83C51GA、80C51GA、87C51GA 等，这类型单片机带有 8 路 8 位 A/D 转换。表 1 - 3 为常用 C51 单片机片内资源配置。

表 1 - 3　常用 C51 单片机片内资源配置

型号(AT)	片内存储器		I/O 接口线	定时/计数器	模拟比较器	中断源	串行接口
	程序存储器	数据存储器					
89C1051	1 KB	64 B	15	1	1	3	无
89C2051	2 KB	128 B	15	2	1	5	UART
89C4051	4 KB	128 B	15	2	1	5	UART
89C51	4 KB	128 B	32	2	无	5	UART
89C52	8 KB	256 B	32	3	无	6	UART
89C55	20 KB	256 B	32	3	无	6	UART

习题 1

1 - 1. 微型计算机由哪几部分组成？简述它们的功能。

1 - 2. 简述微型计算机系统的组成及其软、硬件的层次结构。

1 - 3. 简述微处理器、微型计算机和微型计算机系统的区别与联系。

1 - 4. 举例说明微型计算机的应用。

第2章 MCS-51单片机的结构和原理

2.1 MCS-51单片机的结构

2.1.1 MCS-51单片机的系统构成

MCS-51系列单片机的内部结构框图,如图2-1所示。MCS-51单片机内部包含运算器、控制器、片内存储器、并行I/O接口、串行I/O接口、定时/计数器、中断系统、振荡器等功能部件。图中SP是堆栈指针寄存器,PC是程序计数器,PSW是程序状态字寄存器,DPTR是数据指针寄存器。

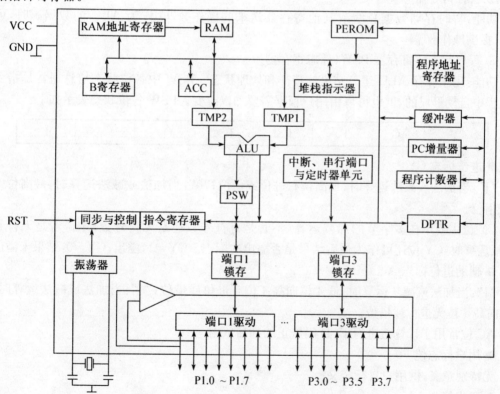

图2-1 MCS-51系列单片机内部结构框图

8051单片机由微处理器CPU(运算器和控制器)、存储器(RAM和ROM)、I/O接口(P0~P3)以及特殊功能寄存器SFR构成。

1. 微处理器

功能:读取并分析每条指令,根据指令的功能,控制单片机的各功能部件执行指定的操作。

构成：运算器、控制器。

（1）运算器

功能：完成算术和逻辑运算、位变量处理和数据传送等操作。

构成：算术/逻辑运算单元 ALU、累加器 A、寄存器 B、暂存寄存器（TMP1、TMP2）、程序状态字寄存器 PSW。

① 算术/逻辑运算单元 ALU

由加法器和其他逻辑电路（如移位电路、控制门等）组成。

功能：算术逻辑运算、位处理（布尔操作）。

② 累加器 A

通过 TMP2 与 ALU 相连。

功能：向 ALU 提供操作数和存放运算结果。

③ 寄存器 B

功能：在乘、除法运算时用来存放一个操作数，或用来存放运算后的一部分结果，还可作为通用的寄存器使用。

④ 暂存寄存器

功能：暂时存储数据总线或其他寄存器送来的操作数，它作为 ALU 的数据源时，可向 ALU 提供操作数。

⑤ 程序状态字寄存器 PSW（标志寄存器）

功能：用于保存 ALU 运算结果的特征和处理状态。PSW 中各位状态信息通常是指令执行过程中自动形成的，但也可以由用户根据需要加以改变。PSW 各位状态表示如下：

CY	AC	F0	RS1	RS0	OV		P

● 进位标志 CY

"1"：当加法或减法运算时，最高位有进位或借位；"0"：当加法或减法运算时，最高位无进位或借位。

CY 位主要用在多字节的加减运算（不管是有符号数还是无符号数）中。若是无符号数加、减运算时，CY 位还可作为最后结果是否溢出的标志。CY=1，溢出；CY=0，结果未溢出。

● 辅助进位标志 AC

"1"：当加法或减法运算时，低 4 位向高 4 位有进位或借位；"0"：当加法或减法运算时，低 4 位向高 4 位无进位或借位。

AC 位常用于计算机进行 BCD 码修正的判断依据。

● 用户标志位 F0

无特别意义，供用户自行定义。

● 溢出标志 OV

OV 位主要用在有符号数运算时，运算结果超出范围时，OV=1，否则，OV=0。如 8 位运算，若结果超过了 8 位补码所能表示的范围—128～+127，OV=1。

计算机在数据处理过程中，OV 置位和清零的依据是：

加法运算时，若最高位产生进位，而次高位每有向最高位产生进位；或最高位没有产生进位，而次高位向最高位产生进位时，OV=1，否则，OV=0。

减法运算时,若最高位产生借位,而次高位每有向最高位产生借位;或最高位没有产生借位,而次高位向最高位产生借位时,OV=1,否则,OV=0。

● 奇偶标志 P

"1":累加器 A 中"1"的个数为奇数;"0":累加器 A 中"1"的个数为偶数。

● RS1、RS0

将在存储器结构部分进行介绍。

例如:
$$
\begin{array}{r}
1100\quad 1001 \\
+\quad 0100\quad 1100 \\
\hline
0001\quad 0101
\end{array}
$$

AC=1,CY=1,OV=0,P=1。

若把两加数认为是无符号二进制数,则分别表示十进制数 201、76,相加后,用 CY 作为溢出位,结果为 1 0001 0101B,对应十进制数 277。

若把两加数认为是有符号二进制数,则分别表示十进制数-55、76,相加后,用 OV 作为溢出位,结果为 0 0001 0101B,对应十进制数 21。

可见,计算机在做加法时,它并不管两加数是有符号数还是无符号数,但它会按有符号数和无符号数的规则分别产生 2 个标志 CY、OV,那么,程序员就必须清楚,到底是把数作为有符号数还是作为无符号数,然后分别用 2 个不同的溢出位来处理最终结果。减法时,要注意,计算机会自动利用补码减变加的性质来处理,同样,不管是有符号数和无符号数,计算机都会按规则影响 CY、OV,而程序员要根据数的性质决定是用 CY 还是 OV。

例如:
$$
\begin{array}{r}
1100\quad 1001 \\
-\quad 0100\quad 1100 \\
\hline
0111\quad 1101
\end{array}
$$

AC=1,CY=0,OV=1,P=0。

若把两减数认为是无符号二进制数,则分别表示十进制数 201、76,相减后,用 CY 作为借位,结果为 0 0111 1101B,对应十进制数 125。

若把两减数认为是有符号二进制数,则分别表示十进制数-55、76,相减后,用 OV 作为借位,结果为 1 0111 1101B,发生溢出,结果错误。

若要从这个错误的结果中得到正确结果,必须通过扩大位数来解决。

(2) 控制器

功能:控制计算机工作。

构成:指令寄存器 IR、指令译码器 ID、程序计数器 PC、堆栈指示器 SP、数据指针 DPTR、定时及控制逻辑电路等。

① 程序计数器 PC(16 位的计数器)

功能:总是存放下一个要读取指令的存储单元的 16 位地址。改变 PC 内容,就可以改变程序的流向。

● CPU 总是把 PC 中的内容作为地址,按该地址从内存中取出指令码或含在指令中的操作数。

● 每取完一个字节后,PC 的内容自动加 1,为取下一个字节做好准备。

● 若遇到转移、子程序调用或中断响应时,PC 的内容由指令或中断响应过程自动给 PC

置入一个新的地址。

② 指令寄存器 IR

功能：存放当前要执行指令的内容。

指令的内容由操作码和地址码 2 部分构成，操作码送到指令译码器，经其译码后便确定了要执行的操作。指令的地址码送到操作数地址形成电路，以便形成实际的操作数地址。

③ 指令译码器 ID

功能：分析指令功能，根据操作码产生相应操作的控制电位。例如：8 位操作码经指令译码器译码后，可以转换为 $2^8 = 256$ 种操作控制电位，其中每一种控制电位对应一种特定的操作功能。

④ 堆栈指示器 SP（堆栈指针）

在计算机中，当要解决子程序调用和中断处理等问题时，通常采用堆栈技术存放返回地址或现场的保护。

通常在计算机内部 RAM 中开有堆栈区，将需要保护的数据按先后顺序放入堆栈区的存储单元中，处理完后，再依此从堆栈单元中释放到原来的寄存器或地址单元中。数据始终是从"栈顶"读取或写入，由 SP 自动指到栈顶。

⑤ 数据指针 DPTR（16 位寄存器）

功能：存放 16 位的地址，作为访问 ROM 和外部 RAM 和 I/O 接口的地址指针。

⑥ 定时与控制逻辑

功能：控制取指令、执行指令、存取操作数或运算结果等操作，向其他部件发出各种微操作控制信号，协调各部件的工作。

构成：时序部件、微操作控制部件。

a. 时序部件

功能：产生计算机各部件所需要的定时信号。

构成：时钟系统和脉冲分配器。前者用于产生具有一定频率和宽度的脉冲信号（主脉冲），控制主脉冲信号的启、停；而后者用于产生计算机各部件所需的、能按一定顺序逐个出现的节拍脉冲定时信号，以控制和协调计算机各部分有节奏地动作。

b. 微操作控制部件

计算机在执行一条指令时，总是把一条指令分成若干基本操作，称为微操作。

功能：根据指令产生计算机各部件所需要的控制信号。

这些控制信号是由指令译码器的输出电位、脉冲分配器产生的节拍脉冲以及外部的状态信号等进行组合产生。

它按一定的时间顺序发出一系列微操作控制信号，以完成指令所规定的全部操作。

2. 片内存储器

存储器编程结构可分为两种。

（1）普林斯顿结构

ROM 和 RAM 安排在同一空间的不同范围（统一编址）。

（2）哈佛结构

ROM 和 RAM 分别在 2 个对立的空间（分开编址）。

MCS - 51 单片机采用的是哈佛结构，而 MCS - 96、8086 等采用的是普林斯顿结构。

ROM 的寻址范围：0000H～0FFFFH，片内、片外统一编址。片内 RAM 的寻址范围：

00H~7FH(普通型 128 B)、00H~0FFH(增强型 256 B)。

3. I/O 接口

8051 有 4 个 8 位的并行端口(P0,P1,P2,P3),这些并行端口都是双向端口,既可作为输入口,又可作为输出口。每个端口各有 8 根 I/O 线,可单独操作每个端口线。

8051 还有一个全双工的串行端口,可实现串行数据交换。

4. 特殊功能寄存器 SFR

8051 单片机内部有 21 个特殊功能寄存器,与内部 RAM 统一编址,离散地分布在 80H~FFH 的地址单元中。

5. 定时/计数器

8051 单片机有 2 个 16 位的可编程定时/计数器(T0 和 T1),用于精确定时或对外部事件进行计数。

6. 中断系统

8051 单片机提供 5 个中断源,具有 2 个优先级,可形成中断嵌套。

2.1.2 MCS-51 单片机的引脚功能

1. MCS-51 单片机的引脚分布

HMOS 工艺的 8051 单片机采用 40 引脚的 DIP 封装,而 CHMOS 的 8051 单片机除采用 DIP 封装外,还采用方形封装。图 2-2 给出了 8051 单片机的引脚及总线结构图。

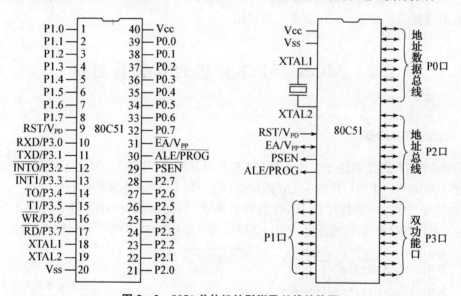

图 2-2　8051 单片机的引脚及总线结构图

(1)电源及电源复用引脚

V_{CC}:电源端,接+5 V。

V_{SS}:接地端。

RST/V_{PD}:复位信号输入端/备用电源输入端(当 V_{CC} 电源降低到低电平时,RST/V_{PD} 端的备用电源自动施加到系统,保证片内 RAM 中的信息不丢失)。

$\overline{EA}/V_{PP}$:内部与外部存储器选择端/片内 EPROM 编程电压输入端(当用作编程时,输入

21 V 的编程电压)。

(2) 晶体振荡器接入或外部振荡信号输入引脚

XTAL1:晶体振荡器接入的一个引脚。采用外部振荡器时,此引脚接地。

XTAL2:晶体振荡器接入的另一个引脚。采用外部振荡器时,此引脚作为外部振荡信号的输入端。

(3) 地址锁存及外部程序存储器选通信号输出引脚

ALE/$\overline{PROG}$:地址锁存允许信号输出/编程脉冲输入引脚(在对片内 ROM 编程写入时,作为编程脉冲输入引脚)。

当 8051 上电正常工作时,自动在该引脚上输出频率为 $f_{osc}/6$ 的脉冲序列。当 CPU 访问外部存储器时,此信号作为锁存低 8 位次地址的控制信号。

$\overline{PSEN}$:外部程序存储器选通信号输出引脚。

(4) I/O 引脚

P0.0~P0.7:数据/低位地址复用总线端口。

P1.0~P1.7:静态通用 I/O 端口。

P2.0~P2.7:高位地址总线端口。

P3.0~P3.7:双功能端口。

2. MCS-51 单片机的片外总线配置

8051 的 40 个引脚,除电源、接地、复位、晶振引脚和 P1 通用 I/O 接口外,其他引脚都是为系统扩展而设置的。其典型应用就是三总线结构。

2.2 MCS-51 单片机的存储器组织

2.2.1 内部数据存储器

MCS-51 的数据存储器分为片外 RAM 和片内 RAM。片外 RAM 地址空间为 64 KB,地址范围是 0000H~FFFFH;片内 RAM 地址空间为 128 B,地址范围是 00H~7FH。

在 8051 单片机中,尽管片内 RAM 的容量不大,但功能多,使用灵活。片内 RAM 共有 128 B,分为工作寄存器区、位地址区、通用 RAM 区等三部分,8051 片内 RAM 结构如图 2-3 所示。

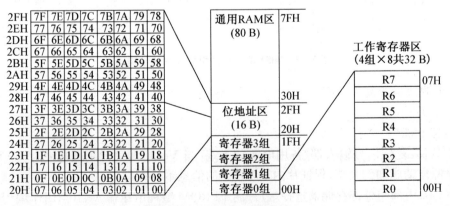

图 2-3　8051 片内 RAM 结构

2.2.2　特殊功能寄存器

　　8051 内部有 21 个特殊功能寄存器,与内部 RAM 统一编址,离散分布在 080H～0FFH 的地址单元中。特殊功能寄存器的名称、地址见表 2-1。其中,字节地址能被 8 整除(即 16 进制地址码尾数为 0 或 8)的单元具有位寻址的能力。SFR 中的位地址分布见表 2-2。

表 2-1　特殊寄存器地址表

SFR	位地址/位符号								字节地址
B	F7H	F6H	F5H	F4H	F3H	F2H	F1H	F0H	F0H
A	E7H	E6H	E5H	E4H	E3H	E2H	E1H	E0H	E0H
PSW	D7H	D6H	D5H	D4H	D3H	D2H	D1H	D0H	D0H
	CY	AC	F0	RS1	RS0	OV		P	
IP	BFH	BEH	BDH	BCH	BBH	BAH	B9H	B8H	C0H
P3	B7H	B6H	B5H	B4H	B3H	B2H	B1H	B0H	B0H
	P3.7	P3.6	P3.5	P3.4	P3.3	P3.2	P3.1	P3.0	
IE	AFH	AEH	ADH	ACH	ABH	AAH	A9H	A8H	A8H
	EA	/	/	ES	ET1	EX1	ET0	EX0	
P2	AFH	AEH	ADH	ACH	ABH	AAH	A9H	A8H	A0H
SBUF									99H
SCON	9FH	9EH	9DH	9CH	9BH	9AH	99H	98H	98H
	SM0	SM1	SM2	REN	TB8	RB8	TI	RI	
P1	97H	96H	95H	94H	93H	92H	91H	90H	98H
	P1.7	P1.6	P1.5	P1.4	P1.3	P1.2	P1.1	P1.0	
TH1									8DH
TH0									8BH
TL1									8AH
TL0									89H
TMOD	BFH	BEH	BDH	BCH	BBH	BAH	B9H	B8H	88H
	GATE	$C/\overline{T}$	M1	M0	GATE	$C/\overline{T}$	M1	M0	
TCON	TF1	TR1	TF0	TR0	IE1	IT1	IE0	IT0	87H
PCON	MOD	/	/	/	GF1	GF0	PD	IT0	84H

SFR	位地址/位符号								字节地址
DPH									83H
DPL									82H
SP									81H
P0	87H	86H	85H	84H	83H	82H	81H	80H	80H
	P0.7	P0.6	P0.5	P0.4	P0.3	P0.2	P0.1	P0.0	

表 2-2　SFR 中的位地址分布

SFR	位地址								字节地址
	D7	D6	D5	D4	D3	D2	D1	D0	
B	F7	F6	F5	F4	F3	F2	F1	F0	F0H
ACC	E7	E6	E5	E4	E3	E2	E1	E0	E0H
PSW	D7	D6	D5	D4	D3	D2	D1	D0	B8H
IP			BC	BB	BA	B9	B8		B8H
P3	B7	B							8BH
IE	AF			AC	AB	AA	A9	A8	A8H
P2	A7	A6	A5	A4	A3	A2	A1	A0	A0H
SCON	9F	9E	9D	9C	9B	9A	99	98	98H
P1	97	96	95	94	93	92	91	90	90H
TCON	8F	8E	8D	8C	8B	8A	89	88	88H
P0	87	86	85	84	83	82	81	80	80H

1. 常用的特殊功能寄存器

（1）累加器（ACC）

累加器（ACC）是 CPU 或内部特有的寄存器，常用于存放参与算术或逻辑运算的两个操作数中的一个操作数及其运算结果，或用于存放目的操作数。

（2）寄存器 B

寄存器 B 也是 CPU 内部特有的寄存器，主要用于乘法和除法运算。在乘法运算中，被乘数放在累加器 A 中，乘数放在寄存器 B 中，而积的高 8 位存放寄存器 B 中，低 8 位存放在累加器 A 中。

（3）程序状态字寄存器（PSW）

程序状态字寄存器也称为标志寄存器，由一些标志位组成，用于存放指令运行的状态。

（4）堆栈指针（SP）

堆栈指针操作是一种在内存 RAM 区中专门开辟的按照"先进后出，后进先出"的原则存取数据的工作方式，主要用于子程序调用及返回和中断断点处理的保护及返回。堆栈指针在完成子程序嵌套和多重中断处理中是必不可少的。为保证逐级正确返回，进入栈区的断点数据应遵循"先进后出,后进先出"的原则。SP 用来指示堆栈所处的位置,在进行操作之前,先用指令给 SP 赋值,以规定栈区在 RAM 区的起始地址(栈底)。当数据推入栈区后,SP 的值也随之变化。MCS - 51 系统复位后,SP 初始化为 07H。

（5）数据指针 DPTR

数据指针 DPTR 是一个 16 位的专用寄存器,由 DPH(数据指针高 8 位)和 DPL(数据指针低 8 位)组成,用于存放外部数据存储器的存储单元地址。由于 DPTR 是 16 位的寄存器,因此通过 DPTR 寄存器间接寻址方式可访问 0000H～FFFFH 的全部 64 KB 的外部数据存储器空间。

（6）I/O 接口寄存器

P0～P3 口寄存器实际上就是 P0～P3 口对应的 I/O 接口锁存器,用于锁存通过端口输出的数据。

2.2.3　程序存储器

8051 单片机的程序存储器有片内和片外之分。片内有 4 KB 的程序存储器,地址范围为 0000H～0FFFH。当其不够使用时,可以扩展片外程序存储器。因为 MCS - 51 单片机的程序计数器 PC 是 16 位的计数器,所以片外程序存储器扩展的最大空间是 64 KB,地址范围为 0000H～FFFFH。其典型结构如图 2 - 4 所示。

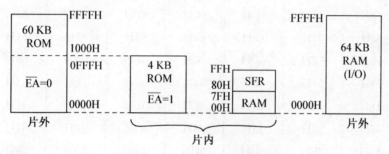

图 2 - 4　8051 程序存储器结构图

1. 工作寄存器区

8051 单片机片内 RAM 的低 32 字节(00H～1FH)分成 4 个工作寄存器组,每组占 8 字节。即:

（1）寄存器 0 组:地址 00H～07H;

（2）寄存器 1 组:地址 08H～0FH;

（3）寄存器 2 组:地址 10H～17H;

（4）寄存器 3 组:地址 18H～1FH。

每个工作寄存器组都有 8 个寄存器,分别称为 R0,R1,…,R7。程序运行时,只能有一个工作寄存器组作为当前工作寄存器组。当前工作寄存器组的选择是由特殊功能寄存器中的程序状态字寄存器 PSW 的 RS1,RS0 2 位决定的。可以对这 2 位进行编程,以选择不同的工作寄存器组。工作寄存器组与 RS1,RS0 的关系及地址见表 2 - 3。单片机上电复位后,工作寄存器为 0 组。

表 2-3　工作寄存器地址表

组号	RS1	RS0	R0	R1	R2	R3	R4	R5	R6	R7
0	0	0	00H	01H	02H	03H	04H	05H	06H	07H
1	0	1	08H	09H	0AH	0BH	0CH	0DH	0EH	0FH
2	1	0	10H	11H	12H	13H	14H	15H	16H	17H
3	1	1	18H	19H	1AH	1BH	1CH	1DH	1EH	1FH

2. 位地址区

20H～2FH 共 16 个字节的 RAM 为位地址区,具有双重寻址功能,既可以进行位寻址操作,又可以同普通 RAM 单元一样按字节寻址操作,共有 128 位,每一位都有相对应的位地址,位地址范围从 00H～7FH。16 个字节的 RAM 对应的位地址表见表 2-4。

表 2-4　位地址

字节地址	位地址							
	D7	D6	D5	D4	D3	D2	D1	D0
2FH	7FH	7EH	7DH	7CH	7BH	7AH	79H	78H
2EH	77H	76H	75H	74H	73H	72H	71H	70H
2DH	6FH	6EH	6DH	6CH	6BH	6AH	69H	68H
2CH	67H	66H	65H	64H	63H	62H	61H	60H
2BH	5FH	5EH	5DH	5CH	5BH	5AH	59H	58H
2AH	57H	56H	55H	54H	53H	52H	51H	50H
29H	4FH	4EH	4DH	4CH	4BH	4AH	49H	48H
28H	47H	46H	45H	44H	43H	42H	41H	40H
27H	3FH	3EH	3DH	3CH	3BH	3AH	39H	38H
26H	37H	36H	35H	34H	33H	32H	31H	30H
25H	2FH	2EH	2DH	2CH	2BH	2AH	29H	28H
24H	27H	26H	25H	24H	23H	22H	21H	20H
23H	1FH	1EH	1DH	1CH	1BH	1AH	19H	18H
22H	17H	16H	15H	14H	13H	12H	11H	10H
21H	0FH	0EH	0DH	0CH	0BH	0AH	09H	08H
20H	07H	06H	05H	04H	03H	02H	01H	00H

MCS-51 单片机内有一个布尔处理器,能对位地址空间的位直接寻址,执行置位、清零、取反、"0"跳、"1"跳等位操作。这种功能提供了将逻辑式直接变为软件的简单明了的方法,不需要过多的数据传送、字节屏蔽和测试分支,就能实现复杂的组合逻辑功能。

3. 通用 RAM 区(数据缓冲区)

30H～7FH 共 80 个字节为数据缓冲区,用于存放用户数据,且只能按字节存取。通常这些单元既可用于中间数据的保存,又可用作堆栈的数据单元。前面所说的工作寄存器区、位寻址区的字节单元也可用作一般的数据缓冲区。

2.2.4 外部数据存储器

片外数据存储器一般由静态 RAM 构成,其容量大小由用户根据需要确定。通过 P0,P2 口 8051 单片机最大可扩展片外 64 KB 空间的数据存储器,地址范围为 0000H~FFFFH。片外数据存储器与程序存储器的地址空间是重合的,但两者的寻址指令和控制线不同。CPU 通过 MOVX 指令访问片外数据存储器,采用间接寻址方式,R0,R1 和 DPTR 都可作为间接寄存器。注意,外部 RAM 和扩展的 I/O 接口是统一编址的,所有的外扩 I/O 接口都要占用 64 KB 中的地址单元。

2.3 MCS-51 单片机的并行端口

MCS-51 单片机内部有 4 个 8 位的并行 I/O 接口:P0,P1,P2,P3。其中 P1,P2,P3 为准双向端口,而 P0 为双向的三态数据线端口。各端口均由端口锁存器、输出驱动器、输入缓冲器构成,各端口除可进行字节的输入/输出外,每个位口线还可单独用作输入/输出,因此使用非常方便。

2.3.1 P0 口内部结构及功能

P0 口是一个三态双向 I/O 口,它有两种不同的功能,用于不同的工作环境。在不需要进行外部 ROM、RAM 等扩展时,P0 口作为通用的 I/O 口使用;在需要进行外部 ROM、RAM 等扩展时,采用分时复用的方式,通过地址锁存器,P0 口作为低 8 位的地址总线和 8 位数据总线。

1. 结构

P0 口有 8 条端口线,命名为 P0.0~P0.7,其中 P0.0 为低位,P0.7 为高位。每条线的结构组成如图 2-5 所示,它是由输出锁存器、转换开关 MUX、2 个三态缓冲器、与门和非门、输出驱动电路和输出控制电路等组成。

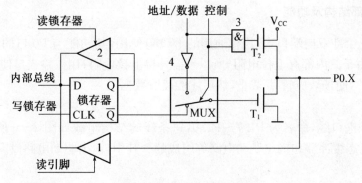

图 2-5 P0 口的位结构图

2. 通用 I/O 口

单片机内硬件自动将控制端置为 0,MUX 向下接到锁存器的反向输出端,与门输出 0,使输出驱动器的上拉场效应管 T_2 截止,因此 P0 作为通用输出口时,必须外接上拉电阻。

（1）输出口

CPU 在执行输出指令时（如"MOV P0,A"）,内部数据总线的数据在"写锁存器"信号的作用下由 D 端进入锁存器,反向输出送到 T_1,再经 T_1 反向输出到外引脚 P0.X 端。

（2）输入口

用作输入口时,必须先把锁存器写入 1,这样可使 T_1 截止,引脚处于悬浮状态,作为高阻抗输入,否则在作为输入方式前,应向锁存器输出"0",则 T_1 导通就会使引脚电位箝位到"0",使高电平无法读入。

（3）"读-修改-写"类指令的端口输出

如执行"CPL P0.0"指令时,单片机内部产生"读锁存器"操作信号,使锁存器 Q 端的数据送到内部总线,在对该位取反后,结果又送回 P0.0 的端口锁存器并从引脚输出。之所以是"读锁存器"而不是"读引脚",是因为这样可以避免因引脚外部电路的原因而使引脚的状态发生改变而造成误读,如外部接一个驱动晶体管。

3. 地址/数据总线

CPU 在执行读片外 ROM、读/写片外 RAM 或 I/O 口指令时,单片机内硬件自动将控制 C 置为 1,MUX 开关接到非门的输出端,地址信息经 T_1、T_2 输出。

（1）P0 口分时输出低 8 位地址、输出数据

CPU 在执行输出指令时,低 8 位地址信息和数据信息分时出现在地址/数据总线上。若地址数据总线的状态为 1,则场效应管 T_2 导通、T_1 截止,P0.X 引脚状态为 1;若地址/数据总线的状态为 0,则场效应管 T_2 截止、T_1 导通,P0.X 引脚状态为 0。可见 P0.X 引脚的状态正好与地址/数据线的信息相同。

（2）P0 口分时输出低 8 位地址、输入数据

CPU 在执行输入指令时,首先低 8 位地址信息出现在地址/数据总线上,P0.X 引脚的状态与地址/数据总线的地址信息相同,然后,CPU 自动使模拟转换开关 MUX 拨向锁存器,并向 P0 口写入 0FFH,同时"读引脚"信号有效,数据经缓冲器读入内部数据总线。因此可以认为 P0 口作为地址/数据总线使用时是一个真正的双向口。

2.3.2　P1 口内部结构及功能

P1 口也是一个准双向端口,只用作通用的 I/O 口使用,其功能与 P0 口的第一功能相同。作为输出口时,由于其内部有上拉电阻,所以不需外接上拉电阻;用作输入口使用时,必须首先向锁存器写入"1",使场效应管 T 截止,然后才能读取数据。

1. 结构

P1 口有 8 条端口线,命名为 P1.7～P1.0,每条线的结构组成如图 2-6 所示。它是由输出锁存器、2 个三态缓冲器和输出驱动电路等组成的。其中,输出驱动电路设有上拉电阻。

2. 功能

P1 口与 P0 口用作通用 I/O 口时的功能相同。

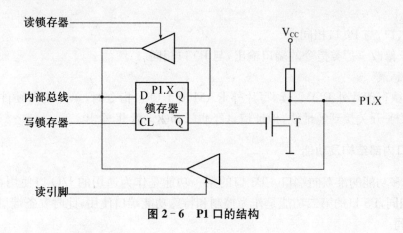

图 2-6　P1 口的结构

2.3.3　P2 口内部结构及功能

P2 口是一个准双向端口,它有两种使用功能:一种是在不需要进行外部 ROM、RAM 等扩展时,P2 口作为通用的 I/O 口使用,其功能和原理与 P0 口第一功能相同,只是作为输出端口时无需外接上拉电阻;另一种是当系统进行外部 ROM、RAM 等扩展时,P2 口作为系统扩展的地址总线口使用,输出高 8 位的地址 A15～A7 与 P0 口第二功能输出的低 8 位地址相配合,共同访问外部程序或数据存储器(64 KB),但 P2 口只确定地址,不能像 P0 口那样传输存储器的读写数据。

1. 结构

P2 口有 8 条端口线,命名为 P2.7～P2.0,每条线的结构如图 2-7 所示。它由输出锁存器、转换开关 MUX、2 个三态缓冲器、非门、输出驱动电路和输出控制电路等组成。输出驱动电路设有上拉电阻。

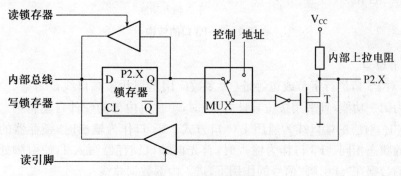

图 2-7　P2 口的结构

2. 通用 I/O 口

当单片机外部不需要扩展程序存储器,只需扩展 256 B 的片外 RAM 时,访问片外 RAM 就可以利用"MOVX A,@Ri","MOVX @Ri,A"指令来实现。这时只用到地址线的低 8 位,P2 口不受该类指令的影响,仍作为通用 I/O 口使用。

(1) 输出口。CPU 在执行输出指令时(如 MOV P2,A),内部数据总线的数据在"写锁存器"信号的作用下由 D 端进入锁存器,输出经非门反相送到驱动管 T,再经驱动管 T 反相输出。

（2）输入口，与 P0 口相同。

（3）"读-修改-写"类指令的端口输出，与 P0 口相同。

3. 地址总线

CPU 在执行读片外 ROM、读/写片外 RAM 或 I/O 口指令时，单片机内硬件自动将控制 C 置为 1，MUX 开关接到地址线，地址信息经非门和驱动管 T 输出。

2.3.4 P3 口内部结构及功能

P3 口是多功能的准双向端口。P3 口的第一功能是作为通用的 I/O 口使用，其功能和原理与 P1 口相同，P3 口的第二功能是作为控制和特殊功能端口使用，此时 8 条端口线所定义的功能各不相同。

1. 结构

P3 口有 8 条端口线，命名为 P3.7～P3.0，每条线的结构如图 2-8 所示。它由输出锁存器、2 个三态缓冲器、与非门和输出驱动电路等组成，其中输出驱动电路设有上拉电阻。

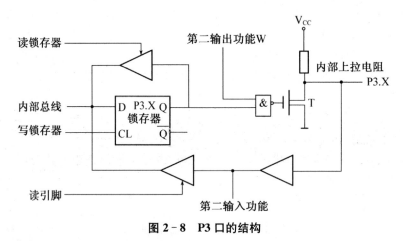

图 2-8　P3 口的结构

2. 通用 I/O 口

当 CPU 对 P3 口进行字节或位寻址（大多数应用是把几条端口线设为第二功能，另外几条端口线设为第一功能，宜采用按位寻址方式）时，单片机内部的硬件自动将第二功能输出线的 W＝1。这时，对应的端口线为通用 I/O 口方式。P3 口作为输出时，锁存器的状态（Q 端）与输出引脚的状态相同。P3 口作为输入时，首先向端口锁存器写入 1，使引脚处于高阻输入状态。输入的数据在"读引脚"信号的作用下，进入内部数据总线。

3. 第二功能使用

当 P3 口处于第二功能时，单片机内部硬件自动将端口锁存器的 Q 端置 1。

这时，P3 口各引脚的定义如下：

（1）P3.0：RXD（串行接口输入）；

（2）P3.1：TXD（串行接口输出）；

（3）P3.2：INT0（外部中断 0 输入）；

（4）P3.3：INTl（外部中断 1 输入）；

(5) P3.4:T0(定时/计数器 0 的外部输入);

(6) P3.5:T1(定时/计数器 1 的外部输入);

(7) P3.6:WR(片外数据存储器"写选通控制"输出);

(8) P3.7:RD(片外数据存储器"读选通控制"输出)。

P3 口相应的端口线处于第二功能,应满足的条件是:

① 串行 I/O 口处于运行状态(RXD,TXD);

② 外部中断已经打开(INT0,INT1);

③ 定时/计数器处于外部计数状态(T0,T1);

④ 执行读/写外部 RAM 的指令(RD,WR)。

P3 口作为输出功能的口线(如 P3.1),由于该位的锁存器自动置 1,与非门对第二功能输出是畅通的。P3 口作为输入功能的口线(如 P3.0),由于该位的锁存器和第二功能输出线均为 1,使 T 截止,该引脚处于高阻输入状态,信号经输入缓冲器进入单片机的第二功能输入线。

2.4　MCS - 51 单片机的时钟与时序

单片机的工作过程是:取一条指令、译码、微操作,再取一条指令、译码、微操作。各指令的微操作有严格的时序,这种微操作的时间次序称为时序。单片机的时钟信号用于为其内部各种微操作提供时间基准。

2.4.1　时钟产生方式

8051 的时钟产生方式分为内部振荡和外部时钟两种。图 2-9(a)所示为内部振荡方式,利用单片机内部的反向放大器构成振荡电路,在 XTAL1(振荡器输入端)、XTAL2(振荡器输出端)的引脚上外接定时元件,内部振荡器产生自激振荡。外接元件有晶体振荡器(简称晶振)和电容,它们组成并联谐振电路。晶振的振荡频率范围在 1.2~12 MHz 之间选择,典型值为 12 和 6 MHz。电容在 5~30 pF 之间选取,具有快速起振、稳定晶振频率和微调频率的作用。

图 2-9(b)所示为外部时钟方式,把外部已有的时钟信号引入到单片机内。此方式常用于多片 8051 单片机同时工作,便于各单片机同步。一般要求外部信号高电平的持续时间大于 20 ns,且频率低于 12 MHz 的方波。应注意的是,外部时钟要由 XTAL2 引脚引入,由于此引脚的电平与 TTL 不兼容,应接一只 5.1 kΩ 的上拉电阻。XTAL1 引脚接地。

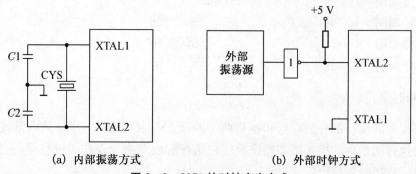

(a)　内部振荡方式　　　　　　　　(b)　外部时钟方式

图 2-9　8051 的时钟产生方式

2.4.2 基本时钟信号

8051 单片机内晶振的振荡周期(或外部引入时钟信号的周期)是指为单片机提供时钟脉冲信号的振荡源的周期,是最小的时序单位,所以,片内的各种微操作都以晶振周期为时序基准。它也是单片机所能分辨的最小时间单位。

8051 单片机的时钟信号如图 2-10 所示。晶振频率经分频器 2 分频后形成两相错开的时钟信号 P1 和 P2。时钟信号的周期称为时钟周期,也称机器状态周期,它是振荡周期的 2 倍,是振荡周期经 2 分频后得到的,即 1 个时钟周期包含 2 个振荡周期。在每个时钟周期的前半周期,相位 1(P1)信号有效,在每个时钟周期的后半周期,相位 2(P2)信号有效。每个时钟周期(常称状态 S)有 2 个节拍(相)P1 和 P2,CPU 就是以两相时钟 P1 和 P2 为基本节拍指挥 8051 的各个部件协调工作。

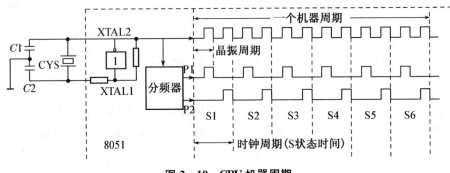

图 2-10 CPU 机器周期

CPU 完成一种基本操作所需要的时间称为机器周期(也称 M 周期)。1 个机器周期由 12 个振荡周期或 6 个状态周期构成。在 1 个机器周期内,CPU 可以完成一个独立的操作。由于每个 S 状态有 2 个节拍 P1 和 P2,因此,每个机器周期的 12 个振荡周期可以表示为 S1P1,S1P2,S2P1,S2P2,…,S6P2。

CPU 执行一条指令所需要的时间称为指令周期。8051 单片机的指令按执行时间可以分为三类:单周期指令、双周期指令和四周期指令。其中,四周期指令只有乘法、除法两条指令。

晶振周期、时钟周期、机器周期和指令周期均是单片机的时序单位。晶振周期和机器周期是单片机内计算其他时间值(如波特率、定时器的定时时间等)的基本时序单位。

若外接晶振频率为 $f_{osc}=12\,MHz$,则 4 个基本周期的具体数值为:

(1) 振荡周期$=1/12\,\mu s$;;

(2) 时钟周期$=1/6\,\mu s$;

(3) 机器周期$=1\,\mu s$;

(4) 指令周期$=1,2$ 和 $4\,\mu s$。

2.4.3 操作时序

每一条指令的执行都分为取指和执行两个阶段。在取指阶段,CPU 从内部或外部 ROM 中取出需要执行的指令的操作码和操作数。在执行阶段对指令操作码进行译码,以产生一系列控制信号完成指令的执行。

(1) 单周期指令的时序,如图 2-11 所示。对于单周期单字节指令,在 S1P2 把指令码读入指令寄存器,并开始执行指令,但在 S4P2 读下一指令的操作码要丢弃,且 PC 不加 1。对于单周期双字节指令,在 S1P2 把指令码读入指令寄存器,并开始执行指令,在 S4P2 读入指令的第二字节。无论是单字节还是双字节均在 S6P2 结束该指令的操作。

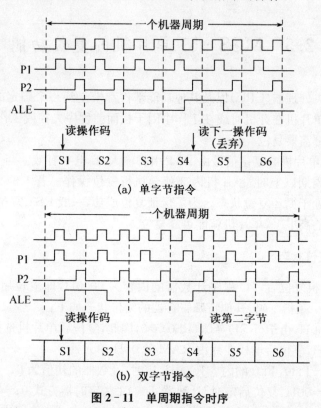

(a) 单字节指令

(b) 双字节指令

图 2-11 单周期指令时序

(2) 单字节双周期指令的时序,如图 2-12 所示。对于单字节双周期指令,在两个机器周期之内要进行四次读操作,只是后三次读操作无效。

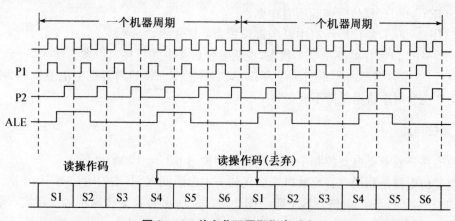

图 2-12 单字节双周期指令时序

图 2-11 和图 2-12 中还给出地址锁存允许信号(ALE)的时序。可以看出,当片外存储

器不作存取时,每一个机器周期中 ALE 有效信号两次,具有稳定的频率。所以,ALE 信号是时钟振荡频率的 1/6,可用作外部设备的时钟信号。应注意的是,在对片外 RAM 读/写操作时,ALE 信号会出现非周期现象。访问片外 RAM 的双周期指令时,在第二机器周期无读操作码的操作,而是外部数据存储器的寻址和数据选通,所以在 S1P2~S2P1 之间无 ALE 信号。

2.5 MCS-51 单片机的复位功能

复位就是使中央处理器(CPU)以及其他功能部件都恢复到一个确定的初始状态,并从这个状态开始工作。单片机在开机时或在工作中因干扰而使程序失控或工作中程序处于某种死循环状态等情况下都需要复位。

MCS-51 系列单片机的复位信号由 RST 引脚输入,高电平有效。当 RST 引脚输入高电平并保持 2 个机器周期以上时,单片机内部就会执行复位操作。若 RST 引脚一直保持高电平,那么,单片机就处于循环复位状态。为了保证复位成功,一般 RST 复位引脚上只要出现时间长达 10 ms 以上的高电平,单片机就能可靠复位。

2.5.1 单片机的复位状态

MCS-51 单片机复位后,PC 程序计数器的内容为 0000H,即复位后将从程序存储器的 0000H 单元读取第一条指令码,其他特殊寄存器的复位状态如下:

(1) (PSW)=00H,由于(RS1)=0,(RS0)=0,因此,复位后单片机选择工作寄存器 0 组;

(2) (SP)=07H,复位后堆栈在片内 RAM 的 08H 单元处;

(3) TH1,TL1,TH0,TL0 的内容为 00H,定时/计数器的初值为 0;

(4) (TMOD)=00H,复位后定时/计数器 T0、T1 为定时器方式 0;

(5) (TCON)=00H,复位后定时/计数器 T0、T1 停止工作,外部中断 0、1 为电平触发方式;

(6) (SCON)=00H,复位后串行接口工作在移位寄存器方式,且禁止串行接口接收;

(7) (IE)=00H,复位后屏蔽所有中断;

(8) (IP)=00H,复位后所有中断源都设置为低优先级;

(9) P0~P3 口锁存器都是全 1 状态,说明复位后 4 个并行接口设置为输入口。

复位后,程序存储器内容不变。片内 RAM 和片外 RAM 的内容在上电复位后为随机数,而在手动复位后则原数据保持不变。

2.5.2 复位电路

复位电路一般有上电复位和手动开关复位两种,如图 2-13 所示。

上电复位电路是利用电容充放电来实现的。上电瞬间 RST 端的电位与 V_{CC} 相同,随着充电电流的减小,RST 端的电位逐渐下降。图 2-13(a)所示的 R 是施密特触发器输入端的一只下拉电阻,时间常数为 100 ms。只要 V_{CC} 的上电时间不超过 1 ms,振荡器建立时间不超过 10 ms,该时间常数就足以保证完成复位操作。上电复位所需的最短时间是振荡周期建立时间加上 2 个机器周期时间,在这个时间内 RST 端的电平应维持高于施密特触发器的下限阈值。

手动开关复位电路是上电复位与手动复位相结合,如图2-13(b)所示。其上电复位过程与上电复位相似。手动开关复位时,按下复位按钮,电容 C 通过 $1\,k\Omega$ 电阻迅速放电,使 RST 端迅速变为高电平,释放复位按钮后,电容通过 R 和内部下拉电阻放电,逐渐使 RST 端恢复为低电平。

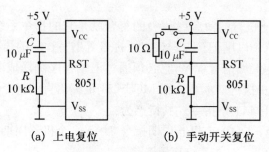

(a) 上电复位   (b) 手动开关复位

图2-13　两种复位电路

这两种复位电路典型的电容 C、电阻 R 参数为:12 MHz 时,$C=10\,\mu F$,$R=8.2\,k\Omega$;6 MHz 时,$C=22\,\mu F$,$R=1\,k\Omega$。

习题 2

2-1. 单片机有哪些主要特点?

2-2. 单片机主要应用在哪些领域?

2-3. MCS-51系列中 8031,8051,8751,89C51 有什么区别?

2-4. 8051 的存储器分哪几个空间? 如何区别不同空间的寻址?

2-5. 简述 8051 片内 RAM 的空间分配。各部分主要功能是什么?

2-6. 程序状态字寄存器 PSW 的作用是什么? 常用标志有哪些位? 作用是什么?

2-7. 8051 单片机应用系统中,EA 端有何用途? 在使用 8031 时,EA 信号引脚应如何处理?

2-8. 什么是堆栈,堆栈指针 SP 的作用是什么? 8051 单片机堆栈的容量不能超过多少字节?

2-9. 什么是振荡周期、时钟周期、机器周期、指令周期? 它们之间关系如何? 如果晶振频率为 12 MHz,则 1 个机器周期是多少微秒?

2-10. 复位后堆栈指针 SP 的初值是多少? 堆栈工作必须遵守的原则是什么?

2-11. 8051 单片机程序存储器 ROM 空间中 0003H、000BH、0013H、001BH、0023H 有什么特殊用途?

2-12. 单片机的复位方式有几种? 复位后各寄存器、片内 RAM 的状态如何?

第3章　MCS-51单片机的指令系统

MCS-51单片机所能执行的命令(指令)的集合就是它的指令系统。指令常以其英文名称或缩写形式作为助记符。以助记符、符号地址、标号等书写程序的语言称为汇编语言。用汇编语言编写的程序就称为汇编语言程序,它必须通过汇编程序翻译成二进制编码形式的机器语言程序后,才能被计算机执行。本章介绍MCS-51汇编语言的指令系统。

MCS-51单片机共有111条指令。其特点为:

(1) 指令执行时间短,其中1个机器周期指令64条,2个机器周期指令45条,4个机器周期指令2条(乘、除法指令);

(2) 指令字节少,其中单字节指令49条,双字节指令45条,三字节指令17条;

(3) 位操作指令丰富;

(4) 可直接用传送指令实现端口的输入/输出操作。

3.1　指令编码格式及常用符号

单片机要执行某种操作,用户必须按照格式编写指令,单片机才能识别并准确操作。指令的编码规则称为指令格式。

3.1.1　指令的格式

1. 汇编语言表示的指令格式

MCS-51单片机汇编语言指令主要由操作码助记符字段和操作数字段2部分组成。指令格式如下:

〔标号:〕　操作码　〔目的操作数〕〔,源操作数〕;〔注释〕

例如:　　　L1:　　MOV　　　A　,　20H　　;(20H)→A

操作码与操作数是指令的核心部分,两者之间使用若干空格分隔开。

(1) 操作码规定了指令进行何种操作,决定了所要执行操作的性质,它由2~5个英文字母表示。如:操作码助记符"MOV",规定了指令进行数据传送操作。

(2) 操作数包括目的操作数和源操作数,两者之间用逗号","分开。它指出参与操作的数据来源和操作结果存放的目的单元,实质上它决定了指令的操作对象。有些指令中只有一个操作数或者没有操作数。

(3) 标号是由以字母开始的1~8个字符(字母或数字)组成的,代表存储该指令的存储器单元地址,即符号地址。一旦赋予某个语句标号,则其他语句的操作数就可以引用该标号,如程序控制转移等。标号一般是根据需要设置的。标号与操作码之间用冒号":"分开。

(4) 注释是该指令的解释,可有可无,主要作用是便于阅读程序,汇编程序不对这部分进行编译。注释与指令之间用";"隔开。

2. 机器语言表示的指令格式

对于操作码和操作数,MCS-51 单片机制造商约定了对应的二进制数据编码,程序员所编写的汇编语言程序最终将编译成这些二进制数据编码的集合,也就是机器语言程序,才能被单片机识别和执行。为了书写方便,这种二进制编码常采用十六进制表示。

MCS-51 单片机的指令按其编码的长度分为以下三种格式。

(1) 单字节指令

单字节指令只有一个字节,操作码和操作数信息同在一个字节中。它有两种格式:

一种是无操作数的指令或指令的功能明确无需再具体指定操作数的指令,其 8 位的编码只表示操作码。如空操作指令"NOP"的二进制编码是 00000000B(十六进制表示为 00H),加 1 指令"INC A"的二进制编码是 00000100B(十六进制表示为 04H)。

编码格式为:

0000 0000
NOP

0000 0100
INC A

另一种是指令 8 位编码把操作码和工作寄存器 Rn 的 n($n=0 \sim 7$,用二进制表示为 000 $\sim$ 111)的二进制编码放在一起。如数据传送指令中的"MOV A,Rn",其指令二进制编码为 11101rrrB,其中低 3 位 rrr 表示 n 的二进制编码,若 $n=1$,则该指令二进制编码为 11101001B(十六进制表示为 E9H)。

编码格式为:

1111 1rrr
MOV A,Rn

(2) 双字节指令

双字节指令的编码有 2 个字节,第 1 个字节表示操作码,第 2 个字节表示参与操作的数据或数据所在的直接地址。

编码格式为:

操作码
操作数或操作数的地址

如数据传送指令"MOV A,♯50H"的 2 字节编码为 01110100B,01010000B,其十六进制数为 74H,50H。该指令的功能是将立即数 50H 传送到累加器 A 中。

(3) 三字节指令

三字节指令中,第 1 个字节表示该指令的操作码,后 2 个字节表示参与操作的数据或数据的地址。

编码格式为:

操作码
操作数或操作数的地址
操作数或操作数的地址

例如,数据传送指令"MOV 20H,♯50H"的 3 字节编码为 01110101B,00000010B,01010000B,其十六进制分别表示为 75H,02H,50H。该指令的功能是将立即数 50H 传送到内部 RAM 20H 单元中。

3.1.2　指令的分类

MCS-51 单片机使用 44 种助记符。通过助记符和指令中的源操作数和目的操作数的不同组合,构成了 MCS-51 单片机单片机的 111 种指令。这些指令可分为以下三类:

1. 按指令所占存储器字节数分

(1) 单字节指令(49 条);

(2) 双字节指令(46 条);

(3) 三字节指令(16 条)。

2. 按指令执行周期数分

(1) 单周期指令(64 条);

(2) 双周期指令(45 条);

(3) 四周期指令(2 条,乘法指令和除法指令)。

3. 按指令功能分

(1) 数据传送指令(28 条);

(2) 算术运算指令(24 条);

(3) 逻辑运算指令(25 条);

(4) 控制转移类指令(17 条);

(5) 位操作指令(17 条)。

3.1.3　常用符号

在描述 MCS-51 单片机指令系统的功能时,经常使用一些缩写符号,各符号的含义如下:

Rn(n=0～7)——当前选中的工作寄存器组中的寄存器 R0～R7 其中之一;

Ri(i=0,1)——当前选中的工作寄存器组中的寄存器 R0 或 R1;

@——间接寻址方式中表示间址寄存器的符号;

♯data——8 位立即数;

♯data16——16 位立即数;

direct——8 位片内 RAM 单元(包括 SFR)的直接地址;

addr11——11 位目的地址,该地址在与下一条指令地址相同的 2 KB 的 ROM 空间内。

add16——16 位目的地址,该地址在 64 KB 的 ROM 空间内。

rel——补码形式表示的 8 位地址偏移量,以下一条指令第一字节地址为基值。其值在－128～＋127 范围内;

bit——片内 RAM 或 SFR 的直接寻址位地址;

C——最高进位标志位或布尔处理器的累加器;

(X)——表示地址单元或寄存器中的内容;

((X))——表示以 X 单元或寄存器中的内容为地址间接寻址单元的内容;

→——表示传送给;

←→——表示交换；

$——表示当前指令的地址；

/——表示取反。

3.2　寻址方式

指令执行时大多需要应用操作数。为了使单片机执行指令，指令中必须指明如何取得操作数，或指明程序转移的目的地址。所谓寻址方式，就是指定操作数所在的地址，或指定程序转移的目的地址的方式。由于指定方式的不同，因此形成了不同的寻址方式。MCS-51 单片机指令系统中共有 7 种寻址方式，分别是立即寻址、直接寻址、寄存器寻址、寄存器间接寻址、变址寻址、相对寻址和位寻址。

3.2.1　立即寻址

立即寻址就是指令中直接给出操作数的寻址方式。指令中直接给出的这个操作数称为立即数，在指令格式中，立即数前面有"♯"标记。立即数既可以是 8 位，也可以是 16 位。

例如：

MOV　A,♯50H　;♯50H → A

这条指令的功能是把 8 位立即数 50H 送到累加器 A 中，立即寻址的示意图如图 3-1 所示。

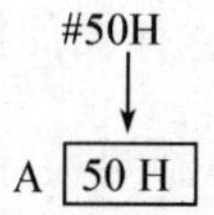

又如：

MOV　DPTR,♯1000H　;♯1000H → DPTR

这条指令的功能是把 16 位立即数 1000H 送到 16 位寄存器 DPTR 中。

3.2.2　直接寻址

直接寻址就是指令中给出的是存储单元的地址，以这个地址单元中的内容作为操作数的寻址方式。直接寻址方式的寻址范围只限于单片机内部数据存储器中地址为 00H～7FH 的 128 个存储单元以及 21 个特殊功能寄存器。应当指出，直接寻址是访问特殊功能寄存器的唯一方法，它们在指令中可以用寄存器名表示，也可以用其单元地址表示。

例如：

MOV　A,50H　;(50H) → A

这条指令的功能是把内部数据存储器 50H 单元中的内容送到累加器 A 中。若 50H 单元中的内容为 2AH，则指令执行后，累加器 A 的内容为 2AH。直接寻址的示意图如图 3-2 所示。

又如：

MOV　A,P1　;(P1) → A

MOV　A,90H　;(90H) → A

这两条指令的功能都是将特殊功能寄存器 P1 中的内容送到累加器 A 中。

图 3-1　立即寻址示意图

图 3-2　直接寻址示意图

3.2.3 寄存器寻址

寄存器寻址就是指令中给出的寄存器名,以这个寄存器中的内容作为操作数的寻址方式。寄存器寻址方式的寻址范围是当前工作寄存器组的 8 个单元 R0～R7,以及少数特殊功能寄存器,如 A、B 和 DPTR。其中 B 仅在乘、除法指令中为寄存器寻址(以 AB 形式出现),而在其他指令中则为直接寻址;累加器 A 既可作为寄存器寻址(以 A 的形式出现),又可作为直接寻址(以 ACC 或 E0H 的形式出现)。除这几个特殊功能寄存器之外,其余的特殊功能寄存器一律是直接寻址。

例如:

MOV A,R0 ;(R0) → A

这条指令的功能是把工作寄存器 R0 中的内容送到累加器 A 中。若 R0 中的内容为 50H,则指令执行后,累加器 A 的内容为 50H。寄存器寻址的示意图如图 3-3 所示。

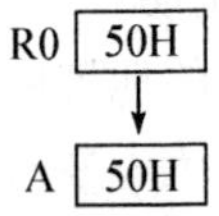

R0 50H

A 50H

图 3-3 寄存器寻址示意图

直接寻址和寄存器寻址的区别在于:直接寻址是以操作数所在的字节地址出现在指令的编码中,占一个字节;寄存器寻址是把寄存器的编码与操作码放在同一个字节中或隐含在操作码中。因此,寄存器寻址方式的指令编码短,执行快。

3.2.4 寄存器间接寻址

寄存器间接寻址就是指令中给出的是寄存器名,以寄存器中的内容作为地址,以地址单元中的内容作为操作数的寻址方式。

能够用于寄存器间接寻址的寄存器有 R0、R1 和 DPTR,此时在这些寄存器前面要加"@"标记。此外,在堆栈操作中用到的堆栈指针 SP 也属于寄存器间接寻址。

寄存器间接寻址方式的寻址范围包括片内和片外数据存储器。

例如:

MOV A,@R0 ;((R0)) → A

这条指令的功能是把工作寄存器 R0 中的内容作为地址,再以这个地址单元中的内容作为操作数送到累加器 A 中。若 R0 中的内容为 50H,50H 单元中的内容为 2AH,则指令执行后,累加器 A 的内容为 2AH,R0 中的内容不变。寄存器间接寻址的示意图如图 3-4 所示。

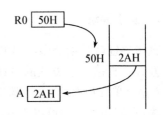

图 3-4 寄存器间接寻址示意图

又如:

MOVX A,@DPTR;((DPTR)) → A

这条指令的功能是把 16 位寄存器 DPTR 中的内容作为地址,再以这个地址单元中的内容作为操作数送到累加器 A 中,用于访问外部数据存储器。

需要指出,对于访问内部数据存储器的高 128 字节单元(增强型单片机)只能采用寄存器间接寻址方式实现。

3.2.5 变址寻址

变址寻址就是以 PC 或 DPTR 中的内容作为基址,以累加器 A 中的内容作为变址,两者

相加形成和地址,再以该地址中的内容作为操作数的寻址方式。变址寻址只能对程序存储器
中的数据进行寻址操作,常用于访问程序存储器中的常数表。

例如:

MOVC A,@A+DPTR　;((A)+(DPTR)) → A

这条指令的功能是以 DPTR 的内容作为基址,以累加器 A 中
的内容作为变址,两者相加形成和地址,再将程序存储器中该地址
单元中的内容送给累加器 A。指令执行前,若 DPTR 中的内容为
0200H,累加器 A 中的内容为 03H,程序存储器 0203H 单元中的内
容为 50H,则指令执行完后,累加器 A 中的内容变为 50H。变址寻
址的示意图如图 3-5 所示。

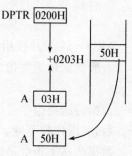

图 3-5　变址寻址示意图

又如:

MOVC A,@A+PC　;((A)+(PC)) → A

这条指令的功能是以程序计数器 PC 的当前值作为基址,以累加器 A 中的内容作为变址,
两者相加形成和地址,再将程序存储器中该地址单元中的内容送给累加器 A。

3.2.6　相对寻址

相对寻址就是以程序计数器 PC 的当前值(该指令执行后的 PC 值,即下一条指令的地址)
为基址,加上指令给出的相对偏移量 rel,形成新的 PC 值的寻址方式。相对寻址方式用于访
问程序存储器,常用在转移类指令中。

指令中给出的相对偏移量 rel 是 8 位补码,范围 -128~+127。当 rel>0,程序向后跳转;
当 rel<0,程序向前跳转。

例如:

2000H:SJMP 08H　;(PC)+2+08H → PC

这是一条相对转移指令,是双字节指令。指令执行
时,程序计数器 PC 当前值为 2000H+02H,即 2002H,加
上指令中给出的相对偏移量 rel = 08H,得到和值
200AH,送给 PC,从而使程序转移到 200AH 处执行。相
对寻址的示意图如图 3-6 所示。

又如:

SJMP 0FEH　;(PC)+2-2 → PC

程序将不断重复执行该指令。

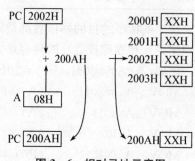

图 3-6　相对寻址示意图

3.2.7　位寻址

位寻址就是对位地址中的内容进行位操作的寻址方式。位寻址方式的寻址范围只限于内
部数据存储器中的位寻址区和某些位地址的特殊功能寄存器。

例如:

CLR 00H　;0→00H

这条指令的功能是将位地址 00H 单元中的内容清零。位寻址的示
意图如图 3-7 所示。

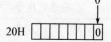

图 3-7　位寻址示意图

3.3　数据传送类指令

MCS-51 单片机指令系统中数据传送类指令共 29 条。

一般数据传送类指令的助记符为"MOV"，通用的格式为：

MOV　＜目的操作数＞,＜源操作数＞

数据传送类指令是把源操作数传送到目的操作数。指令执行完后，目的操作数修改为源操作数，源操作数不变。这类指令不会影响 Cy、Ac 和 OV 标志位。

数据传送类指令是数据处理的最基本，也是使用最频繁的指令，包括以 A、Rn、直接地址单元、间接地址单元、DPTR 为目的操作数的指令，访问外部 RAM 的指令，读程序存储器的指令，数据交换指令和堆栈指令。

3.3.1　以累加器 A 为目的操作数的指令(4 条)

以累加器 A 为目的操作数的 4 条指令，见表 3-1。

表 3-1　以累加器 A 为目的操作数的指令(4 条)

汇编语言指令	指令功能	指令编码	字节数	执行周期
MOV　A, Rn	(Rn) → A	E8H~EFH	1	1
MOV　A, direct	(direct) → A	E5H　　di	2	1
MOV　A, @Ri	((Ri)) → A	E6H、E7H	1	1
MOV　A, #data	#data → A	74H　　da	2	1

这 4 条指令的目的操作数都是累加器 A，源操作数分别采用寄存器寻址、直接寻址、寄存器间接寻址和立即数寻址四种寻址方式。

例如，若(A)=30H,(R0)=20H,(20H)=2AH，分别执行以下指令后，结果为：

MOV　A,#20H　　;(A)=20H

MOV　A,20H　　;(A)=(20H)=2AH

MOV　A,R0　　;(A)=(R0)=20H

MOV　A,@R0　　;(R0)=20H,(20H)=2AH,(A)=((R0))=2AH

这四条指令对 PSW 中的 P 位有影响。

3.3.2　以寄存器 Rn 为目的操作数的指令(3 条)

以寄存器 Rn 为目的操作数的 3 条指令，见表 3-2。

表 3-2　以寄存器 Rn 为目的操作数的指令(3 条)

汇编语言指令	指令功能	指令编码	字节数	执行周期
MOV　Rn,A	(A) → Rn	F8H~FFH	1	1
MOV　Rn,direct	(direct) → Rn	A8H~AFH	2	2
MOV　Rn,#data	#data → Rn	78H~7FH　　da	2	1

这 3 条指令都是以工作寄存器 Rn 为目的操作数,源操作数的寻址方式有寄存器寻址、直接寻址和立即寻址。

例如,若(A)=8CH,(R0)=20H,(30H)=5FH,分别执行以下指令后,结果为:

MOV　R0,A　　　;(R0)=(A)=8CH

MOV　R0,30H　　;(R0)=(30H)=5FH

MOV　R0,♯30H　;(R0)=30H

需要注意的是,在 MCS - 51 单片机指令系统中,源操作数和目的操作数不能有如下情况:

(1) 不能同时用 Rn;

(2) 不能同时用@Ri;

(3) 不能一个操作数用 Rn,另一个操作数用@Ri。

3.3.3　以直接地址 direct 为目的操作数的指令(5 条)

以直接地址 direct 为目的操作数的 5 条指令,见表 3 - 3。

表 3 - 3　以直接地址 direct 为目的操作数的指令(5 条)

汇编语言指令	指令功能	指令编码	字节数	执行周期
MOV　direct,A	(A) → direct	F5H di	2	1
MOV　direct,Rn	(Rn) → direct	88H～8FH　　di	2	2
MOV　direct,direct	(direct) → direct	85H　di　di	3	2
MOV　direct,@Ri	((Ri)) → direct	86H、87H　　di	3	2
MOV　direct,♯data	♯data → direct	75H　di　da	3	2

这 5 条指令都是以片内数据存储器和特殊功能寄存器的直接地址单元为目的操作数,源操作数的寻址方式有寄存器寻址、直接寻址、寄存器间接寻址和立即寻址。

例如,(A)=4EH,(R1)=3FH,(3FH)=4AH,(40H)=6CH,分别执行以下指令后,结果为:

MOV　40H,A　　　;(40H)=(A)=4EH

MOV　40H,R1　　　;(40H)=(R1)=3FH

MOV　40H,3FH　　;(40H)=(3FH)=4AH

MOV　40H,@R1　　;(R1)=3FH,(3FH)=4AH,(40H)=((R1))=4AH

MOV　40H,♯3FH　;(40H)=3FH

3.3.4　以间接地址 Ri 为目的操作数的指令(3 条)

以间接地址 Ri 为目的操作数的 3 条指令,见表 3 - 4。

表 3 - 4　以间接地址 Ri 为目的操作数的指令(3 条)

汇编语言指令	指令功能	指令编码	字节数	执行周期
MOV　@Ri,A	(A) → (Ri)	F6H、F7H	1	1
MOV　@Ri,direct	(direct) → (Ri)	A6H、A7H　　di	2	2
MOV　@Ri,♯data	♯data → (Ri)	76H、77Hda	2	1

这 3 条指令都是以 R0 或 R1 的内容作为地址的片内数据存储器单元为目的操作数,源操作数的寻址方式有寄存器寻址、直接寻址和立即寻址。

例如,若(A)=75H,(R0)=3FH,(3FH)=4AH,(4FH)=57H,分别执行以下指令后,结果为:

```
MOV   @R0,A       ;(R0)=3FH,(3FH)=(A)=75H
MOV   @R0,4FH     ;(R0)=3FH,(3FH)=(4FH)=57H
MOV   @R0,♯4FH    ;(R0)=3FH,(3FH)=4FH
```

3.3.5 以 DPTR 为目的操作数的指令(1 条)

以 DPTR 为目的操作数的 1 条指令,见表 3-5。

表 3-5 以 DPTR 为目的操作数的指令(1 条)

汇编语言指令	指令功能	指令编码	字节数	执行周期
MOV DPTR,♯data16	♯data16 → DPTR	90H da16	3	2

MCS-51 单片机指令系统中唯一一条传送 16 位数据的指令,功能是将 16 位数据送入寄存器 DPTR 中,其中数据的高 8 位送入 DPH,低 8 位送入 DPL。

例如:

```
MOV   DPTR,♯2000H   ;(DPTR)=2000H,(DPH)=20H,(DPL)=00H
```

3.3.6 访问外部 RAM 的指令(4 条)

访问外部 RAM 的 4 条指令,见表 3-6。

表 3-6 访问外部 RAM 的指令(4 条)

汇编语言指令	指令功能	指令编码	字节数	执行周期
MOVX A,@DPTR	((DPTR)) → A	E0H	1	2
MOVX A,@Ri	((Ri)) → A	E2H、E3H	1	2
MOVX @DPTR,A	(A) → (DPTR)	F0H	1	2
MOVX @Ri,A	(A) → ((Ri))	F2H、F3H	1	2

对片外数据存储器的访问只能用以上 4 条指令,操作码助记符是 MOVX,且必须通过累加器 A。DPTR 作为片外数据存储器的 16 位地址指针,寻址范围为 64 KB,通过 P0 口和 P2 口进行访问。Ri 一般用作访问片外数据存储器时的低 8 位地址指针,这时高 8 位地址可由其他任意输出端口线产生,通常选用 P2 口。

表 3-6 中,前两条指令为外部 RAM 读指令,执行时 MCS-51 单片机产生 $\overline{RD}$ 读使能有效控制信号,后两条指令为外部 RAM 写指令,执行时 MCS-51 单片机产生 $\overline{WR}$ 写使能有效控制信号。

例如,(A)=7FH,(DPTR)=1FFFH,(P2)=1FH,(R0)=0FFH,(1FFFH)=0AH,分别执行以下指令后,结果为:

```
MOVX  A,@DPTR     ;(DPTR)=1FFFH,(1FFFH)=0AH
```

```
                           ;(A)=((DPTR))=0AH
MOVX   A,@R0               ;(R0)=0FFH,(P2)=1FH,(1FFFH)=0AH
                           ;(A)=((P2)(R0))=0AH
MOVX   @DPTR,A             ;(DPTR)=1FFFH,(1FFFH)=(A)=7FH
MOVX   @R0,A               ;(R0)=0FFH,(P2)=1FH,(1FFFH)=(A)=7FH
```

由于 MCS-51 单片机中,外部 I/O 端口看作片外数据存储器的一个单元,因此,访问外部 I/O 端口也是使用这类指令。

3.3.7　读 ROM 指令(2 条)

读 ROM 的 2 条指令,见表 3-7。

表 3-7　读 ROM 的指令(2 条)

汇编语言指令	指令功能	指令编码	字节数	执行周期
MOVC A,@A+PC	(PC)+1→PC	83H	1	2
	((A)+(PC))→A			
MOVC A,@A+DPTR	((A)+(DPTR))→A	93H	1	2

这是仅有的 2 条读程序存储器的指令,常用作程序存储器的查表操作,因此这 2 条指令也称为查表指令。操作码助记符是 MOVC,且必须通过累加器 A,源操作数必须采用变址寻址。

表 3-7 中,前一条指令被 CPU 读取之后,PC 值自动加 1,与累加器 A 中的内容相加形成新的地址,把程序存储器对应地址单元中的内容送给 A。

例如,在程序存储器中,存放如下数据:

1010H:00H

1011H:01H

1012H:04H

1013H:09H

执行程序:

```
1000H:MOV   A,#0DH        ;(A)=0DH
1002H:MOVC  A,@A+PC       ;(PC)=1002H+1=1003H
                         ;(A)=(0DH+1003H)=00H
```

表 3-7 中,在使用后一条指令时,应先给 DPTR 赋值,一般为数据表格的初始地址值,再与累加器 A 中的内容相加形成新的地址,把程序存储器对应地址单元中的内容送给 A。

例如,若(A)=03H,(DPTR)=2000H,ROM 单元(2003H)=09H,执行以下指令后,结果为:

```
MOVC   A,@A+DPTR         ;(A)=(03H+2000H)=09H
```

执行这类指令时,MCS-51 单片机将产生 $\overline{PSEN}$ 读使能有效信号。

3.3.8　数据交换指令(4 条)

数据交换的 4 条指令,见表 3-8。

表 3-8　数据交换指令(4 条)

汇编语言指令	指令功能	指令编码		字节数	执行周期
XCH A,Rn	(A)$\longleftrightarrow$(Rn)	C8H~CFH		1	1
XCH A,direct	(A)$\longleftrightarrow$(direct)	C5H	di	2	1
XCH A,@Ri	(A)$\longleftrightarrow$((Ri))	C6H、C7H		1	1
XCHD A,@Ri	(A)$_{3\sim0}$$\longleftrightarrow$((Ri))$_{3\sim0}$	D6H、D7H		1	1

表 3-8 中,前 3 条指令是字节交换指令,功能是把源操作数和目的操作数 A 中的内容交换,源操作数的寻址方式有寄存器寻址、直接寻址和寄存器间接寻址。最后一条指令是将源操作数的低 4 位与目的操作数 A 的内容低 4 位交换,源操作数必须采用寄存器间接寻址。

例如,若(A)=80H,(R0)=30H,(30H)=2AH,分别执行以下指令后,结果为:

XCH　A,R0 　　;(A)=30H,(R0)=80H
XCH　A,@R0　;(R0)=30H,(A)=2AH,(30H)=80H
XCH　A,30H　 ;(A)=2AH,(30H)=80H
XCHD　A,@R0 ;(R0)=30H,(A)=8AH,(30H)=20H

3.3.9　堆栈操作指令(2 条)

在 MCS-51 单片机内部数据存储器中,可以设定一个"先进后出"的区域称为堆栈。在特殊功能寄存器中有一个堆栈指针 SP,它指出堆栈的栈顶位置。堆栈操作有进栈和出栈两种。堆栈操作的 2 条指令,见表 3-9。

表 3-9　堆栈操作指令(2 条)

汇编语言指令	指令功能	指令编码		字节数	执行周期
PUSH direct	(SP)+1 → SP (direct) → (SP)	C0H	di	2	2
POP direct	((SP)) → direct (SP)−1 → SP	D0H	di	2	2

表 3-9 中,前一条指令是进栈指令,功能是先将 SP 的内容自动加 1,然后将直接地址单元中的内容存入 SP 所指到的堆栈单元。这条指令的源操作数采用直接寻址方式,目的操作数采用寄存器间接寻址方式,常用于保护现场。

后一条指令是进栈指令,功能是先将 SP 所指到的堆栈单元中的内容送到直接地址单元,然后将 SP 的内容自动减 1。这条指令的源操作数采用寄存器间接寻址方式,目的操作数采用直接寻址方式,常用于恢复现场。

例如,在中断响应时,(SP)=09H,(DPTR)=0123H,执行下列指令:

PUSH　DPL 　　;(SP)+1→SP,(SP)=0AH
　　　　　　　　;(DPL)=23H→(SP),(0AH)=23H
PUSH　DPH 　　;(SP)+1→SP,(SP)=0BH
　　　　　　　　;(DPH)=01H→(SP),(0BH)=01H

退出中断服务程序前,执行下列指令:

POP　DPH　　　　;(SP)=0BH,((SP))→DPH,(DPH)=(0BH)=01H

　　　　　　　　　;(SP)-1→SP,(SP)=0AH

POP　DPL　　　　;(SP)=0AH,((SP))→DPL,(DPL)=(0AH)=23H

　　　　　　　　　;(SP)-1→SP,(SP)=09H

需要指出的是,堆栈操作要配对使用,这样才能保证程序运行的正确。

3.4　算术运算类指令

MCS - 51 单片机指令系统中,有 24 条单字节的加、减、乘、除法指令,有较强的算术运算功能。算术运算指令都是针对 8 位二进制无符号数的,如果要进行带符号或多字节二进制数运算,需编写程序,通过执行程序实现。

算术运算的大多数指令都同时以 A 为源操作数之一和目的操作数。算术运算操作将影响状态寄存器 PSW 中的 Cy,OV,AC,P 等标志位。其中,Cy 为无符号数的多字节加、减法提供方便;OV 为有符号数的运算溢出标志;AC 用于 BCD 码的加法运算修正。

3.4.1　加法指令(14 条)

(1) 不带进位的 4 条加法指令(表 3 - 10)

表 3 - 10　不带进位的加法指令(4 条)

汇编语言指令	指令功能	指令编码	字节数	执行周期
ADD　A,Rn	(A)+(Rn) → A	28H~2FH	1	1
ADD　A,direct	(A)+(direct) → A	25H　　di	2	1
ADD　A,@Ri	(A)+((Ri)) → A	26H、27H	1	1
ADD　A,#data	(A)+#data → A	24H　da	2	1

这组指令的功能是把源操作数与累加器 A 相加,并将结果存放回 A 中。源操作数的寻址方式有寄存器寻址、直接寻址、寄存器间接寻址和立即寻址。指令执行后,会对 PSW 中的 Cy,AC,OV,P 位产生影响。

例如,若(A)=0C3H,(R0)=0AAH,执行指令 ADD　A,R0。

$$\begin{array}{r} 1100 \quad 0011 \\ 1010 \quad 1010 \\ \hline 1 \quad 0110 \quad 1101 \end{array}$$

执行后:(A)=6DH,(Cy)=1,(AC)=0,(OV)=1,(P)=1。

(2) 带进位的 4 条加法指令(表 3 - 11)

表 3-11　带进位的加法指令(4 条)

汇编语言指令	指令功能	指令编码		字节数	执行周期
ADDC　A,Rn	(A)+(Rn)+(Cy) → A	38H~3FH		1	1
ADDC　A,direct	(A)+(direct)+(Cy) → A	35H	di	2	1
ADDC　A,@Ri	(A)+((Ri))+(Cy) → A	36H、37H		1	1
ADDC　A,#data	(A)+#data+(Cy) → A	34H	da	2	1

这组指令的功能是把源操作数和进位标志 Cy 与累加器 A 相加,并将结果存放回 A 中。源操作数的寻址方式有寄存器寻址、直接寻址、寄存器间接寻址和立即寻址。需要注意,所加入 Cy 的值是该指令执行之前已经存在的进位标志的值,而不是执行该指令过程中产生的进位。指令执行后,会对 PSW 中的 Cy,AC,OV,P 位产生影响。这组指令常用于多字节加法运算。

例如,若(A)=0C3H,(R0)=0AAH,(Cy)=1,执行指令 ADDC　A,R0。

$$\begin{array}{r} 1100\quad 0011 \\ 1010\quad 1010 \\ 0000\quad 0001 \\ \hline 1\quad 0110\quad 1110 \end{array}$$

执行后:(A)=6EH,(Cy)=1,(AC)=0,(OV)=1,(P)=1。

(3) 增量的 5 条指令(表 3-12)

表 3-12　增量指令(5 条)

汇编语言指令	指令功能	指令编码		字节数	执行周期
INC　A	(A)+1 → A	04H		1	1
INC　Rn	(Rn)+1 → Rn	08H~0FH		1	1
INC　direct	(direct)+1 → direct	05H	di	2	1
INC　@Ri	((Ri))+1 → (Ri)	06H、07H		1	1
INC　DPTR	(DPTR)+1 → DPTR	A3H		1	2

这组指令的功能是操作数自动加 1,除"INC　A"指令会影响 P 标志外,其余指令都不会影响标志位。

例如,若(R1)=4EH,(4EH)=0FFH,(4FH)=40H,依次连续执行下列指令,结果为:

INC　@R1　　　;(4EH)+1→4EH,(4EH)=0FFH+1=00H

INC　R1　　　;(R1)=4FH

INC　@R1　　　;(4FH)+1→4FH,(4FH)=40H+1=41H

又如,若(A)=0FFH,(Cy)=0,分别执行以下指令后,结果为:

ADD　A,#01H　　;(A)=0FFH+01H=00H,(Cy)=1

INC　A　　　　;(A)=0FFH+01H=00H,(Cy)=0

（4）十进制调整的 1 条指令（表 3-13）

表 3-13　十进制调整指令(1 条)

汇编语言指令	指令功能	指令编码	字节数	执行周期
DA　A	对 A 中的结果进行十进制调整	D4H	1	1

这条指令用于对 2 个 BCD 码相加后存入累加器 A 中的结果进行十进制调整，使之成为一个正确的 2 位 BCD 码，以实现十进制加法运算。通常该指令紧跟在 ADD 和 ADDC 指令后面。该指令会对 PSW 产生影响。

BCD 码调整的方法：

① 当 A 中的低 4 位数出现了非 BCD 码（1010~1111）或低 4 位产生了进位（AC=1），则应在低 4 位做加 6 调整，以产生低 4 位正确的 BCD 码结果。

② 当 A 中的高 4 位数出现了非 BCD 码（1010~1111）或高 4 位产生进位（Cy=1），则应在高 4 位做加 6 调整，以产生高 4 位正确的 BCD 码结果。

例如，若(A)=56H，(R7)=67H，(Cy)=1，执行下列指令：

ADDC　A,R7

　DA　A

```
      0101    0110   A
      0110    0111   R7
      0000    0001   Cy
      1011    1110
      0110    0110   DA  A 调整
   1  0010    0100
```

执行后：(A)=24H，(Cy)=1。

BCD 码的减 1 操作可采用加 99 的方法求得，条件是不计进位位。

例如，若(A)=30H，执行下列指令：

ADD　A,♯99H

　DA　A

```
      0011    0000   A
      1001    1001   99
      1100    1001
      0110    0000   DA  A 调整
   1  0010    1001
```

执行后：(A)=29H。

3.4.2 减法指令(8条)

(1) 带借位的 4 条减法指令(表 3 - 14)

表 3 - 14　带借位的减法指令(4条)

汇编语言指令	指令功能	指令编码	字节数	执行周期
SUBB　A,Rn	(A)—(Cy)—(Rn) → A	98H~9FH	1	1
SUBB　A,direct	(A)—(Cy)—(direct) → A	95H　di	2	1
SUBB　A,@Ri	(A)—(Cy)—((Ri)) → A	96H,97H	1	1
SUBB　A,♯data	(A)—(Cy)—♯data → A	94H　da	2	1

　　这组指令的功能是从累加器 A 中减去源操作数和借位标志 Cy 的值,并将结果存放回 A 中。源操作数的寻址方式有寄存器寻址、直接寻址、寄存器间接寻址和立即寻址。同样,减去的 Cy 值是该指令执行之前已经存在的借位标志的值,并不是执行该指令过程中产生的借位标志的值。指令执行后,会对 PSW 中的 Cy,AC,OV,P 位产生影响。这组指令常用于多字节减法运算。

　　因为没有不带借位的减法指令,因此,可用该组指令完成不带借位的减法,只要事先将借位标志 Cy 清零即可。

　　例如,若(A)=0C9H,(R2)=54H,(Cy)=1,执行指令:

SUBB A,R2

```
        1100    1001
        0000    0001
       ─────────────
        1100    1000
        0101    0100
       ─────────────
        0111    0100
```

执行后:(A)=74H,(Cy)=0,(AC)=0,(OV)=1,(P)=0。

(2) 减量的 4 条指令(表 3 - 15)

表 3 - 15　减量指令(4条)

汇编语言指令	指令功能	指令编码	字节数	执行周期
DEC　A	(A)—1 → A	14H	1	1
DEC　Rn	(Rn)—1 → Rn	18H~1FH	1	1
DEC　direct	(direct)—1 → direct	15H　di	2	1
DEC　@Ri	((Ri))—1 → (Ri)	16H,17H	1	1

　　这组指令的功能是操作数自动减 1,仅"DEC　A"影响 P 标志外,其余指令都不影响标志位。

　　例如,若(R1)=4FH,(4EH)=0FFH,(4FH)=40H,依次连续执行下列指令,结果为:

DEC　@ R1　　;(4FH)—1→4FH,(4FH)=40H—1=3FH

```
DEC   R1          ;(R1)=4EH
DEC   @R1         ;(4EH)-1→4EH,(4EH)=0FFH-1=0FEH
```

3.4.3　乘法指令(1 条)

乘法的 1 条指令(表 3-16)。

表 3-16　乘法指令(1 条)

汇编语言指令	指令功能	指令编码	字节数	执行周期
MUL AB	(A)×(B) → (B)(A)	A4H	1	4

这条指令的功能是将累加器 A 和寄存器 B 中的 2 个 8 位无符号数相乘,乘积的低 8 位放在 A 中,高 8 位放在 B 中。当乘积大于 0FFH(大于 8 位)时,溢出标志 OV=1,否则清零。Cy 总是清零。

例如,若(A)=50H,(B)=0A0H,执行指令:

　　　　MUL AB

结果为:(A)=00H,(B)=32H,(OV)=1,(Cy)=0。

3.4.4　除法指令(1 条)

除法的 1 条指令(表 3-17)。

表 3-17　除法指令(1 条)

汇编语言指令	指令功能	指令编码	字节数	执行周期
DIV AB	(A)/(B)	84H	1	4

这条指令的功能是将累加器 A 中的 8 位无符号二进制数除以寄存器 B 中的 8 位无符号二进制数,商放到 A 中,余数放到 B 中。当除数为 0 时,则 A、B 中的结果不定,且溢出标志 OV=1,否则清零。Cy 总是被清零。

例如,若(A)=0FBH,(B)=12H,执行指令:

　　　　DIV AB

结果为:(A)=0DH,(B)=11H,(OV)=0,(Cy)=0。

3.5　逻辑运算和移位类指令

逻辑运算指令主要包括逻辑与、或、异或、求反和清零等操作,共 20 条。移位类指令则都是对 A 的循环移位操作,包括有左、右方向以及带与不带进位位的不同循环移位方式,共 4 条。此外,还有 1 条累加器 A 的自交换指令。

3.5.1 逻辑与指令(6条)

逻辑与的 6 条指令(表 3-18)。

表 3-18 逻辑与指令(6 条)

汇编语言指令	指令功能	指令编码		字节数	执行周期
ANL A,Rn	(A)∧(Rn)→A	58H~5FH		1	1
ANL A,direct	(A)∧(direct)→A	55H	di	2	1
ANL A,@Ri	(A)∧((Ri))→A	56H、57H		1	1
ANL A,#data	(A)∧#data→A	54H	da	2	1
ANL direct,A	(direct)∧(A)→direct	52H	di	2	1
ANL direct,#data	(direct)∧#data→direct	53H	di da	3	2

前 4 条指令是将累加器 A 的内容和源操作数按位进行逻辑"与",结果存放在 A 中,影响 PSW 的奇偶校验位 P;后 2 条指令是将直接地址单元中的内容和源操作数按位进行逻辑"与",结果存入直接地址单元。若直接地址正好是 I/O 端口,则为"读-修改-写"操作指令。

例如,若(A)=0CAH,(R0)=0A3H,执行下列指令:

$$
\begin{array}{r}
\text{ANL A,R0} \\
1100 \quad 1010 \\
\wedge\ 1010 \quad 0011 \\
\hline
1000 \quad 0010
\end{array}
$$

结果为:(A)=82H

逻辑与指令通常用作将字节中的某一位或某几位清零而不影响其他位,只要将对应位和 "0"相与,无关位和"1"相与即可。

例如:将累加器 A 的高 4 位清零。

ANL A,#0FH

3.5.2 逻辑或指令(6条)

逻辑或的 6 条指令(表 3-19)。

表 3-19 逻辑或指令(6 条)

汇编语言指令	指令功能	指令编码		字节数	执行周期
ORL A,Rn	(A)∨(Rn)→A	48H~4FH		1	1
ORL A,direct	(A)∨(direct)→A	45H	di	2	1
ORL A,@Ri	(A)∨((Ri))→A	46H、47H		1	1
ORL A,#data	(A)∨#data→A	44H	da	2	1
ORL direct,A	(direct)∨(A)→direct	42H	di	2	1
ORL direct,#data	(direct)∨#data→direct	43H	di da	3	2

前 4 条指令是将累加器 A 的内容和源操作数按位进行逻辑"或",结果存放在 A 中,影响 PSW 的奇偶校验位 P;后 2 条指令是将直接地址单元中的内容和源操作数按位进行逻辑"或",结果存入直接地址单元。若直接地址正好是 I/O 端口,则为"读-修改-写"操作指令。

例如,若(A)=0CAH,(R0)=0A3H,执行下列指令:

$$
\begin{array}{r}
\text{ORL}\quad \text{A,R0} \\
1100\quad 1010 \\
\vee\ 1010\quad 0011 \\
\hline
1110\quad 1011
\end{array}
$$

结果为:(A)=0EBH

逻辑或指令通常用作将字节中的某一位或某几位置"1"而不影响其他位,只要将对应位和"1"相或,无关位和"0"相或即可。

例如:将累加器 A 的高 4 位置 1。

ORL　A,#0F0H

3.5.3　逻辑异或指令(6 条)

逻辑异或的 6 条指令(表 3-20)。

表 3-20　逻辑异或指令(6 条)

汇编语言指令	指令功能	指令编码	字节数	执行周期
XRL　A,Rn	(A)∀(Rn)→ A	68H~6FH	1	1
XRL　A,direct	(A)∀(direct)→ A	65H　　di	2	1
XRL　A,@Ri	(A)∀((Ri))→ A	66H、47H	1	1
XRL　A,#data	(A)∀#data → A	64H　　da	2	1
XRL　direct,A	(direct)∀(A)→ direct	62H　　di	2	1
XRL　direct,#data	(direct)∀#data → direct	63H　di da	3	2

前 4 条指令是将累加器 A 的内容和源操作数按位进行逻辑"异或",结果存放在 A 中,影响 PSW 的奇偶校验位 P;后 2 条指令是将直接地址单元中的内容和源操作数按位进行逻辑"异或",结果存入直接地址单元。若直接地址正好是 I/O 端口,则为"读-修改-写"操作指令。

例如,若(A)=0CAH,(R0)=0A3H,执行下列指令:

$$
\begin{array}{r}
\text{XRL}\quad \text{A,R0} \\
1100\quad 1010 \\
\vee\ 1010\quad 0011 \\
\hline
0110\quad 1001
\end{array}
$$

结果为:(A)=69H。

逻辑异或指令通常将字节中的某一位或某几位取反而不影响其他位,只要将对应位和"1"相异或,无关位和"0"相异或即可。

例如:将累加器 A 的高 4 位取反。

XRL　A,#0F0H

3.5.4 清零和取反指令(2 条)

清零和取反的 2 条指令(表 3 - 21)。

表 3 - 21 清零和取反指令(2 条)

汇编语言指令	指令功能	指令编码	字节数	执行周期
CLR A	$0 \to A$	E4H	1	1
CPL A	$\overline{(A)} \to A$	F4H	1	1

前一条指令的功能是将累加器 A 中的内容清零,后一条指令的功能是将累加器 A 中的内容取反。

例如:若(A)=7FH,执行指令"CPL A"后,(A)=80H。

3.5.5 移位指令(5 条)

移位的 5 条指令(表 3 - 22)。

表 3 - 22 移位指令(5 条)

汇编语言指令	指令功能	指令编码	字节数	执行周期
RL A	$(A)_{6 \sim 0} \to A_{7 \sim 1}, (A)_7 \to A_0$	23H	1	1
RR A	$(A)_{7 \sim 1} \to A_{6 \sim 0}, (A)_0 \to A_7$	03H	1	1
RLC A	$(A)_{6 \sim 0} \to A_{7 \sim 1}, (A)_7 \to Cy, (Cy) \to A_0$	33H	1	1
RRC A	$(A)_{7 \sim 1} \to A_{6 \sim 0}, (A)_0 \to Cy, (Cy) \to A_7$	13H	1	1
SWAP A	$(A)_{7 \sim 4} \longleftrightarrow (A)_{3 \sim 0}$	C4H	1	1

"RL A"是不带进位位的循环左移指令,功能是将累加器 A 中的内容依次左移 1 位,第 7 位循环移入第 0 位。

"RR A"是不带进位位的循环右移指令,功能是将累加器 A 中的内容依次右移 1 位,第 0 位循环移入第 7 位。

"RLC A"是带进位位的循环左移指令,功能是将累加器 A 中的内容依次左移 1 位,第 7 位循环移入 Cy,Cy 循环移入第 0 位。

"RRC A"是带进位位的循环右移指令,功能是将累加器 A 中的内容依次右移 1 位,第 0 位循环移入 Cy,Cy 循环移入第 7 位。

"SWAP A"是累加器 A 的自交换指令,功能是将 A 中内容的高半字节与低半字节互换。

例如,若(A)=4FH,(Cy)=1,分别执行移位指令后,其结果为:

```
RL   A      ;(A)=9EH,(Cy)=1
RLC  A      ;(A)=9FH,(Cy)=0
RR   A      ;(A)=0A7H,(Cy)=1
RRC  A      ;(A)=0A7H,(Cy)=1
SWAP A      ;(A)=0F4H
```

3.6　子程序调用与控制转移类指令

MCS-51 单片机指令系统中,控制转移类指令共有 17 条,包括:子程序调用与返回指令、无条件转移指令、条件转移指令和空操作指令。控制转移类指令是通过修改程序计数器 PC 的内容来控制程序的执行过程的,能够大大提高程序的效率,实现复杂的功能。

3.6.1　子程序调用与返回指令(4 条)

为简化程序设计,经常把功能完全相同或反复使用的程序段单独编写成子程序,供主程序调用。主程序需要时通过调用指令,无条件转移到子程序处执行,子程序结束时执行返回指令,再返回到主程序继续执行。

子程序调用与返回的 4 条指令见表 3-23。

表 3-23　子程序调用与返回指令(4 条)

汇编语言指令	指令功能	指令编码	字节数	执行周期
ACALL　addr11	(PC)+2 → PC (SP)+1 → SP (PC 低 8 位) → (SP) (SP)+1 → SP (PC 高 8 位) → (SP) addr11 → PC$_{10\sim0}$	a10a9a810001 addr(7~0)	2	2
LCALL　addr16	(PC)+3 → PC (SP)+1 → SP (PC 低 8 位) → (SP) (SP)+1 → SP (PC 高 8 位) → (SP) addr16 → PC	12H addr(15~8) addr(7~0)	3	2
RET	((SP)) → PC 高 8 位 (SP)-1 → SP ((SP)) → PC 低 8 位 (SP)-1 → SP	22H	1	2
RETI	((SP)) → PC 高 8 位 (SP)-1 → SP ((SP)) → PC 低 8 位 (SP)-1 → SP	32H	1	2

第 1 条指令是绝对调用指令。执行时,先将 PC 加 2,指向下一条指令的首地址,即 PC 的

当前值,然后通过2次进栈操作,将PC当前值(断口地址)入栈保护,最后用指令中给出的11位地址值addr11去替换PC当前值的低11位,形成新的PC值,指向子程序的入口地址,程序发生转移,执行子程序。

需要注意的是,由于PC值只修改了低11位,因此,绝对调用指令只能在2 KB地址范围内调用,整个64 KB程序存储器空间被分成32个基本2 KB地址范围,编程时,必须保证紧接ACALL指令后面的那一条指令的第一个字节与被调用子程序的入口地址在同一个2 KB范围内,否则将不能使用ACALL指令实现这种调用。

第2条指令是长调用指令。执行该指令时,先将PC加3,指向下一条指令的首地址,即PC的当前值,然后通过2次进栈操作,将PC当前值(断口地址)入栈保护,最后用指令中给出的16位地址值addr16替换PC的当前值,形成新的PC值,指向子程序的入口地址,程序发生转移,执行子程序。长调用指令可以在64 KB范围内任意调用,当绝对调用指令超出调用范围时,可改用长调用指令。

第3条指令是子程序返回指令。执行该指令时,通过2次出栈操作,将调用子程序是压入堆栈中的断点地址送回给PC,使程序回到原程序断点处继续执行。特别注意的是,对于每一个子程序,必须通过RET指令返回。

第4条指令是中断服务程序返回指令。中断服务程序执行完成后,使用该指令把响应中断时压入堆栈的断点地址送回给PC,使程序回到原程序断点处继续执行。此外,该指令具有清除中断响应时被置位的优先级状态、开放较低级中断和恢复中断逻辑等功能。

3.6.2 无条件转移指令(4条)

无条件转移的4条指令见表3-24。

表3-24 无条件转移指令(4条)

汇编语言指令	指令功能	指令编码	字节数	执行周期
AJMP addr11	$(PC)+2 \rightarrow PC$	a10a9a800001	2	2
	$addr11 \rightarrow PC_{10 \sim 0}$	addr(7~0)		
LJMP addr16	$(PC)+3 \rightarrow PC$	02H	3	2
	$addr16 \rightarrow PC$	addr(15~8)		
		addr(7~0)		
SJMP rel	$(PC)+2+rel \rightarrow PC$	80H,rel	2	2
JMP @A+DPTR	$(A)+(DPTR) \rightarrow PC$	3H	1	2

第1条指令是绝对转移指令。执行该指令时,先将PC加2,指向下一条指令的首地址,即PC的当前值,再用指令中给出的11位地址值addr11替换PC当前值的低11位,形成新的PC值指向转移的目的地址,程序就无条件地转移到该目的地址去执行指令操作。

与绝对调用指令一样,绝对转移指令PC值只修改了低11位,因此绝对转移指令也只能在2 KB地址范围内转移,编程时,必须保证紧接AJMP指令后面的那一条指令的第一个字节与被转移的目的地址在同一个2 KB范围内,否则将不能使用AJMP指令实现这种转移。

第2条指令是长转移指令。执行该指令时,先将PC加3,指向下一条指令的首地址,即

PC 的当前值,再用指令中给出的 16 位地址值 addr16 替换 PC 的当前值,形成新的 PC 值,指向转移的目的地址,程序就无条件地转移到该地址去执行指令操作。

长转移指令可以在 64 KB 范围内任意跳转,当绝对转移指令超出跳转范围时,可改用长转移指令实现。

第 3 条指令是相对转移指令。在寻址方式介绍过 rel 是 8 位补码形式的相对偏移量。当 rel>0,程序向后跳转;当 rel<0,程序向前跳转。当执行该指令时,先将 PC 加 2,指向下一条指令的首地址,即 PC 的当前值,再加上相对偏移量 rel,形成新的 PC 值,指向转移的目的地址,程序就无条件地转移到该地址去执行指令操作。

第 4 条指令是间接转移指令。该指令是将累加器 A 中的内容与数据指针 DPTR 中的内容相加,形成一个目的地址送给 PC,程序将无条件地转移到该地址去执行指令操作。这条指令可以替代众多的判别跳转指令,具有散转功能。

例如,现有一段程序:

```
        MOV   DPTR, ＃TAB
        JMP   @A+DPTR
TAB：   AJMP  L1
        AJMP  L2
        AJMP  L3
        AJMP  L4
```

当(A)=00H 时,程序将转移到地址 L1 处去执行,当(A)=02H 时,程序将转移到地址 L2 处去执行。注意,AJMP 指令是双字节指令,所以只有(A)=02H 时,程序才转移到 L2 处去执行。

3.6.3　条件转移指令(8 条)

(1) 累加器判 0 转移的 2 条指令(表 3-25)

表 3-25　累加器判 0 转移指令(2 条)

汇编语言指令	指令功能	指令编码	字节数	执行周期
JZ　rel	(A)=00H,(PC)+2+rel → PC (A)≠00H,(PC)+2 → PC	60H　rel	2	2
JNZ　rel	(A)≠00H,(PC)+2+rel → PC (A)=00H,(PC)+2 → PC	70H　rel	2	2

这 2 条指令分别是以累加器 A 中的内容为 0 和不为 0 作为判断依据,条件满足时,程序发生转移,条件不满足时则程序顺序执行。

例如,现有一段程序:

```
        MOV   A, R7
        JZ    L2
L1：    …                ;(A)=(R7)≠00H 时执行的程序段
L2：    …                ;(A)=(R7)=00H 时执行的程序段
```

（2）两数比较不等转移的 4 条指令（表 3-26）

表 3-26　两数比较不等转移指令（4 条）

汇编语言指令	指令功能	指令编码	字节数	执行周期
CJNE　A,#data,rel	(A)=#data,(PC)+3 → PC,0 → Cy	B4H	3	2
	(A)>#data,(PC)+3+rel → PC,0 → Cy	data		
	(A)<#data,(PC)+3+rel → PC,1 → Cy	rel		
CJNE　A,direct,rel	(A)=(direct),(PC)+3 → PC,0 → Cy	B5H	3	2
	(A)>(direct),(PC)+3+rel → PC,0 → Cy	direct		
	(A)<(direct),(PC)+3+rel → PC,1 → Cy	rel		
CJNE　Rn,#data,rel	(Rn)=#data,(PC)+3 → PC,0 → Cy	B8H~BFH	3	2
	(Rn)>#data,(PC)+3+rel → PC,0 → Cy	data		
	(Rn)<#data,(PC)+3+rel → PC,1 → Cy	rel		
CJNE　@Ri,#data,rel	((Ri))=#data,(PC)+3 → PC,0 → Cy	B6H,B7H	3	2
	((Ri))>#data,(PC)+3+rel → PC,0 → Cy	data		
	((Ri))<#data,(PC)+3+rel → PC,1 → Cy	rel		

这组指令的功能是将目的操作数与源操作数相减,进行比较。若它们的值不相等则转移,转移的目的地址为 PC 当前值加相对偏移量 rel;若它们的值相等,则程序顺序执行。目的操作数与源操作数的相减,不会改变两个操作数的值,但会影响 PSW 中的 Cy。若目的操作数减去源操作数够减,则清进位标志位 Cy;若目的操作数减去源操作数不够减,则置位进位标志位 Cy。

例如,现有一段程序:

```
        MOV   A,30H
        CJNE  A,31H,L2
L1:          …        ;(30H)=(31H)时执行的程序段
L2:          …        ;(30H)≠(31H)时执行的程序段
```

（3）减 1 非零转移的 2 条指令（表 3-27）

表 3-27　减 1 非零转移指令（2 条）

汇编语言指令	指令功能	指令编码	字节数	执行周期
DJNZ　Rn,rel	(Rn)-1 → Rn	D8H~DFH	2	2
	(Rn)≠00H,(PC)+2+rel → PC	Rel		
	(Rn)=00H,(PC)+2 → PC			
DJNZ　direct,rel	(direct)-1 → direct	D5H	3	2
	(direct)≠00H,(PC)+3+rel → PC	direct		
	(direct)=00H,(PC)+3 → PC	rel		

这组指令每执行一次,作为目的操作数的值先自动减 1,然后判断其是否为 0。若不为 0,转移到目的地址执行程序;若为 0,程序顺序执行。

这组指令常用于控制程序循环。使用该指令时,通常预先给寄存器 Rn 或内部存储器的 direct 单元装入循环次数,则可控制程序实现按次数循环执行。

例如,试说明以下程序段运行后 A 中的结果。

```
        MOV   R7,♯0AH
        CLR   A
L1:     ADD   A,R7
        DJNZ  R7,L1
        SJMP  $
```

根据程序可知,(A)=10+9+8+7+6+5+4+3+2+1=55=37H。

3.6.4 空操作指令(1 条)

空操作的 1 条指令见表 3-28。

表 3-28 空操作指令(1 条)

汇编语言指令	指令功能	指令编码	字节数	执行周期
NOP	(PC)+1 → PC	00H	1	1

这条指令不产生任何控制操作,只是将程序计数器 PC 中的内容加 1。执行指令将需要 1 个机器周期的时间,所以常用于实现等待和延时功能。

3.7 位操作类指令

MCS-51 单片机中有一个功能强大、结构完全的位处理器,又称布尔处理器。布尔处理器在硬件上是一个完整的系统,具有位运算器 ALU、位累加器(借用 PSW 的 Cy 位)、可位寻址 RAM 及并行 I/O 接口等。

布尔处理器的位操作功能为逻辑电路的“硬件软化”提供有效而简便的方法,充分体现了单片机的位处理能力。

MCS-51 单片机位操作指令能够对位地址单元中的内容进行操作,共有 17 条,包括位传送、清位、置位、位逻辑运算和位条件转移指令,且指令中的操作数都是 1 位。

3.7.1 位传送指令(2 条)

位传送的 2 条指令见表 3-29。

表 3-29 位传送指令(2 条)

汇编语言指令	指令功能	指令编码		字节数	执行周期
MOV bit, C	(C) → bit	92H	bit	2	2
MOV C, bit	(bit) → C	A2H	bit	2	2

前一条指令的功能分别是把位累加器 C 中的内容送到指定的位地址单元 bit 中,后一条

指令的功能分别是把位地址单元 bit 中的内容送到位累加器 C 中。

例如,若片内 RAM(20H)=89H=10001001B,执行指令:

    MOV C,00H

结果为:(C)=(00H)=(20H.0)=1。

又如,若(C)=1,(P3)=11000101B,(P1)=00110101B,执行下列指令:

    MOV P1.3,C

    MOV C,P3.3

    MOV P1.2,C

执行后,(C)=0,P3 不变,(P1)=00111001B。

3.7.2 清零和置位指令(4 条)

清零和置位的 4 条指令见表 3 - 30。

表 3 - 30 清零和置位指令(4 条)

汇编语言指令	指令功能	指令编码	字节数	执行周期
CLR C	0 → C	C3H	1	1
CLR bit	0 → bit	C2H bit	2	1
SETB C	1 → C	D3H	1	1
SETB bit	1 → bit	D3H bit	2	1

前 2 条指令的功能分别是对位累加器 C 和位地址单元 bit 中的内容清零,后 2 条指令的功能分别是对位累加器 C 和位地址单元 bit 中的内容置位。

例如,分别执行下列指令,结果为:

CLR P1.0   ;(P1.0)=0,从 P1.0 输出低电平

SETB P1.1   ;(P1.1)=1,从 P1.1 输出高电平

3.7.3 位逻辑运算指令(6 条)

位逻辑运算的 6 条指令见表 3 - 31。

表 3 - 31 位逻辑运算指令(6 条)

汇编语言指令	指令功能	指令编码	字节数	执行周期
CPL C	$\overline{(C)}$ → C	B3H	1	1
CPL bit	$\overline{(bit)}$ → bit	B2H bit	2	1
ANL C,bit	(C) ∧ (bit) → C	82H bit	2	2
ANL C,/bit	(C) ∧ $\overline{(bit)}$ → C	B0H bit	2	2
ORL C,bit	(C) ∨ (bit) → C	72H bit	2	2
ORL C,/bit	(C) ∨ $\overline{(bit)}$ → C	A0H bit	2	2

前 2 条指令的功能是对位累加器 C 和位地址单元 bit 中的内容取反。

第3、4条指令的功能是把位累加器C的内容与位地址单元bit中的内容或取反后的值进行逻辑与,并把结果送到位累加器C。

后2条指令的功能是把位累加器C的内容与位地址单元bit中的内容或取反后的值进行逻辑或,并把结果送到位累加器C。

例如,若(C)=1,位地址(00H)=0,分别执行以下指令后的结果为:

```
CPL   C         ;(C)=0
CPL   00H       ;(00H)=1
ANL   C,00H     ;(C)=0
ANL   C,/00H    ;(C)=1
```

3.7.4　位条件转移指令(5条)

位条件转移的5条指令见表3-32。

表3-32　位条件转移指令(5条)

汇编语言指令	指令功能	指令编码	字节数	执行周期
JC　rel	(C)=1,(PC)+2+rel → PC	40H　rel	2	2
JNC　rel	(C)=0,(PC)+2+rel → PC	50H　rel	2	2
JB　bit,rel	(bit)=1,(PC)+3+rel → PC	20H　bit　rel	3	2
JNB　bit,rel	(bit)=0,(PC)+3+rel → PC	30H　bit　rel	3	2
JBC　bit,rel	(bit)=1,(PC)+3+rel → PC, 0 → bit	10H　bit　rel	3	2

这组指令分别以指定的位为0或1作为判断条件,条件满足,程序发生跳转;条件不满足,程序则顺序执行。

例如,现有一段程序:

```
      CLR   C
      SUBB  A,#05H
      JC    L2
L1:   …         ;(A)≥5时执行的程序段
L2:   …         ;(A)<5时执行的程序段
```

又如,现有一段程序:

```
      SETB  P1.0
      JNB   P1.0,L2
L1:   …         ;P1.0引脚为高电平时执行的程序段
L2:   …         ;P1.0引脚为低电平时执行的程序段
```

习 题 3

3-1. 什么是寻址方式? MCS-51 单片机有哪几种寻址方式?

3-2. 访问特殊功能寄存器有哪些寻址方式?

3-3. 访问片内数据存储器有哪些寻址方式? 对增强型单片机,访问片内数据存储器有哪些寻址方式?

3-4. 访问片外数据存储器有哪些寻址方式?

3-5. 访问程序存储器有哪些寻址方式?

3-6. 下列哪些指令是非法指令?

MOV A,R5	MOV 30H,@R2	ADD B,R7
CLR R0	SETB 30H	PUSH R1
MOV R1,R2	DEC DPTR	CLR A
XRL C,20H	ANL 20H,♯7FH	DJNZ @R1,L1
SUBB A,B	POP 30H	MOVX 2000H,2001H
CLR P0	RLC A	MOV A,C

3-7. 用数据传送指令实现下列要求的数据传送:

(1) R1 的内容传送到 R0。

(2) 外部 RAM 1000H 单元的内容送入 R0。

(3) 外部 RAM 1000H 单元的内容送内部 RAM 10H 单元。

(4) 外部 RAM 1000H 单元的内容送外部 RAM 2000H 单元。

(5) ROM 1000H 单元的内容送 R0。

(6) ROM 1000H 单元的内容送外部 RAM 1000H 单元。

(7) 内部 RAM 10H 单元的内容送外部 RAM 1000H 单元。

3-8. 设(30H)=40H,(40H)=10H,(10H)=00H,端口 P1 内容为 0CAH,请问执行以下指令后,各相关存储单元、寄存器及端口(即 R0,R1,A,B,P1,40H,30H 及 10H 单元)的内容是什么?

```
MOV     R0, ♯30H
MOV     A, @R0
MOV     R1, A
MOV     B, @R1
MOV     @R1, P1
MOV     P2, P1
MOV     10H, ♯20H
MOV     30H, 10H
```

3-9. 如下程序段:

```
MOV     SP, ♯70H
MOV     30H, ♯7FH
```

```
MOV      31H，♯0F7H
PUSH     30H
PUSH     31H
POP      30H
POP      31H
```

执行后：(30H)=_____，(31H)=_____，(SP)=_____。

3-10. 如下程序段：

```
MOV      A，♯6FH
MOV      R1，♯97H
ADD      A，R1
```

执行后：(A)=_____，(Cy)=_____，(AC)=_____，
(OV)=_____，(P)=_____。

3-11. 若外部 RAM(1000H)=47H，(1001H)=30H，执行如下程序段：

```
MOV      DPTR，♯1000H
MOVX     A，@DPTR
MOV      B，A
INC      DPTR
MOVX     A，@DPTR
MUL      AB
MOVX     @DPTR，A
DEC      DPL
MOV      A，B
MOVX     @DPTR，A
```

执行后：(1000H)=_____，(1001H)=_____，程序的功能
是_____。

3-12. 欲使 P1 口的低 4 位输出 0 而高 4 位不变，应执行一条什么指令？

3-13. 欲使 P1 口的低 4 位输出 1 而高 4 位不变，应执行一条什么指令？

3-14. 欲使 P1 口的低 4 位取反输出而高 4 位不变，应执行一条什么指令？

3-15. 如下程序段：

```
MOV      A，♯02H
RL       A
RL       A
```

执行后：(A)=_____，程序的功能是_____。

第4章 MCS-51单片机的程序设计

所谓程序设计,就是编写计算机程序,目的就是利用计算机语言描述所要实现的功能。第3章介绍了MCS-51单片机汇编语言的指令系统,每一条指令就是汇编语言程序设计中的一条命令语句。本章将通过编程实例,使读者进一步熟悉和掌握单片机的指令系统及编程方法和技巧,提高读者的单片机程序设计能力。

4.1　程序设计的语言

目前,用于程序设计的语言基本上分为3种:机器语言、汇编语言和高级语言。

1. 机器语言

机器语言(或称机器代码、指令代码)是用二进制数(也可用十六进制数)表示的指令和数据的总称。用机器语言编写的程序称为目标程序,它是计算机能够直接识别和执行的程序。因此,用机器语言编写的程序能充分发挥其指令系统的特点,编写高质量的目标程序。但是,用机器语言编写的程序,其指令、数据和地址均以二进制数码表示,难编难读,不易交流,不易修改调试,且容易出错。

2. 汇编语言

为了克服用机器语言编写程序的缺点,便于编写、调试、阅读和记忆,人们发明了有助于记忆和理解的助记符号来代表指令、数据和地址的汇编语言。汇编语言是一种面向机器的语言,它的助记符指令和机器语言保持着一一对应的关系,换而言之,汇编语言实际上就是机器语言的符号表示。

用汇编语言编写的程序要比机器语言简便、直观,而且使用汇编语言,程序中的指令操作符、数据、地址分得比较清楚,每条指令的功能意义明确。由于采用助记符,用户便于记忆、了解计算机的实际操作,也便于交流、修改和程序调试,因此,汇编语言是能充分利用单片机所有硬件特性并能直接控制硬件的编程语言,同时也是单片机提供给用户的最快、最有效的语言。

3. 高级语言

高级语言是一种面向算法和过程的程序设计语言,采用更接近人类自然语言习惯的数学表达式和直接命令的方法来描述算法和过程,如BASIC、C语言等。高级语言的语句直观、功能强,一条语句往往相当于许多条汇编语言指令,程序设计时也不必顾及计算机的结构和指令系统,对不同的计算机,其程序基本能通用,尤其对复杂的科学计算和数据处理,高级语言有着明显的优势。

机器语言是计算机唯一能理解和执行的语言,用其编写的程序执行效率最高,但由于不易记忆、编写和阅读,使其应用受到很大限制。

汇编语言编写的程序占用内存少,执行速度快,同时利用助记符的方式提高了程序的直观性,因此适用于实时系统的程序设计,但由于它是针对硬件的设计特点,使其不能独立于机器,程序设计的通用性受到一定限制。

高级语言易学易用,通用性强,但编写的程序经编译后产生的目标程序质量相对较差,占用内存多,运行速度较慢。

4.2　程序设计的步骤和方法

在单片机系统设计时,根据设计任务所要达到的目标,如被控对象的功能和工作过程要求,首先设计硬件电路,然后再根据具体的硬件环境进行程序设计。

1. 程序设计的步骤

(1) 分析问题

对需要解决的问题进行分析,达到正确理解,例如,解决问题的任务是什么,工作过程是什么,现有条件、已知数据、精度要求是什么,设计的硬件结构是否方便编程等等。

(2) 确定算法

算法就是如何将实际问题的解决转化成程序模块来处理,解决一个问题常常有多种可选择的方法,而从数学的角度来描述,则可能有多种不同的算法。在编写程序之前要对不同的算法进行分析、比较,根据功能、技术指标以及实时性的要求,确定最优算法。

(3) 画程序流程图

程序流程图是一种使用各种图形、符号、有向线段来说明程序设计过程的直观表示。流程图步骤分得越细致,编写程序也就越方便。通过流程图,可使设计人员抓住程序的基本线索,对全局有较为完整地了解,便于发现设计思想上的错误和矛盾,也便于找出解决问题的途径,因此,画流程图是程序结构设计时采用的一种重要手段。有了流程图,可以很容易地把较大的程序分成若干个模块分别设计,最后再将各个程序模块合在一起调试。一个系统软件要有总的流程图,即主程序流程图。主程序流程图着重反映各模块之间的相互联系,而模块流程图是反映某个模块的具体实现方案。

(4) 编写程序

根据程序流程图,用汇编指令替代流程中的各个细节,进而组成程序段、程序模块,最后组合成完整的用户程序。

(5) 调试源程序

上机运行源程序,排除程序存在的语法和算法错误,达到解决问题的要求。上机调试可以先在 PC 机上进行运行调试,利用软件进行模拟调试,查看一些纯算法方面的运行情况和正确性,然后再移至硬件系统板上调试,主要解决面向硬件的软件问题,综合解决存在的算法问题,从而彻底解决实际问题。

2. 编程的方法和技巧

(1) 模块化程序设计方法

实际应用程序一般都由主程序(包括若干个功能模块)和多个子程序构成。每一个程序模块都能完成一个明确的任务,实现某个具体功能,如发送数据、接收数据、延时、显示、打印等。采用模块化程序设计方法有下述优点:

① 单个模块功能单一,易于编写、调试和修改;

② 便于分工,从而使多个程序员同时编写和调试,加快软件开发进度;

③ 程序可读性好,便于功能扩展和版本升级。

④ 可局部修改程序;

⑤ 对于使用频繁的子程序可以建立子程序库,便于多个模块调用。

划分模块时,首先应弄清楚每个模块的功能,确定其数据结构以及与其他模块的关系,其次是对主要任务进一步细化,把一些专用的子任务交由下一级,即第二级子模块完成,弄清楚它们之间的相互关系。按这种方法细分成易于理解和实现的小模块。

模块的划分有很大的灵活性,但也不能随意划分。划分模块时应遵循下述原则:

① 单个模块的功能高内聚性,即每个模块应具有独立的功能,能产生一个明确的结果;

② 模块间的低耦合性,即模块之间的控制耦合应尽量简单,数据耦合应尽量少;

③ 模块长度适中,语句量通常在 20～100 条的范围较合适,模块太长时,分析和调试比较困难,失去模块化程序结构的优越性,而模块过短则连接复杂,信息交换频繁。

(2) 编程技巧

在进行程序设计时,应注意以下事项和技巧:

① 尽量采用循环结构和子程序,这样可大大减少程序的总容量,提高程序的效率,节省内存。多重循环时要注意各重循环的初值和循环结束条件。

② 尽量少用无条件转移指令,这样可使程序条理更清楚,从而减少错误。

③ 对于通用的子程序,除了用于存放子程序入口参数的寄存器外,子程序中用到的其他寄存器的内容应压入堆栈(返回前再弹出),即保护现场。

④ 中断处理程序除了要保护处理程序中用到的寄存器外,还要保护标志寄存器。因为在中断处理过程中,难免会影响到标志位,而中断处理结束后返回主程序时,依据标志位运行的程序就被打乱。

⑤ 累加器是信息传递的枢纽,用累加器传递入口参数或返回参数比较方便。

4.3 伪指令

汇编语言源程序的编译过程可以用专门的汇编程序在通用计算机上自动完成。在编译过程中,往往需要一些指示信息说明汇编程序如何完成编译工作,这些包含在源程序中的指示信息就称为伪指令。伪指令是程序员发给汇编程序的命令,只在编译过程中起指导作用,它不属于 MCS-51 单片机指令系统,因此编译时不会产生目标程序代码,也就不会影响源程序的执行。

下面介绍 MCS-51 单片机常用的伪指令。

1. ORG 汇编起始伪指令

格式:ORG addr16

功能:规定该指令后面的源程序编译后所产生的目标程序存放的起始地址。

例如:

    ORG 0003H

INT0: LJMP CL_INT0

这条伪指令规定其后第一条指令从地址 0003H 单元开始存放。标号 CL_INT0 的值为 0003H。

　　通常,在一个汇编语言源程序的开始都要设置一条 ORG 伪指令来指定该程序在存储器中存放的起始位置。若省略 ORG 伪指令,则默认程序从 0000H 单元地址开始存放。在一个源程序中,ORG 可多次使用,以规定不同程序段的不同起始地址。使用 ORG 伪指令时,规定每个程序段的起始地址可以不连续,但必须是以从小到大的顺序进行。

　　2. END 汇编结束伪指令

　　格式:END

　　功能:通知汇编程序结束编译过程。编译时遇到 END 指令,则结束所有编译工作,其后的所有指令将不再进行编译。

　　3. DB 定义字节伪指令

　　格式:[标号:]　DB　8 位字节数据表

　　功能:把表中的数据存入程序存储器自标号开始的连续地址单元中。

　　字节数据表可以是一个或多个字节数据、字符串或表达式。该伪指令将字节数据表中的数据按从左到右的顺序依此存放在指定的存储单元中,一个数据占一个存储单元。

　　例如:

```
        ORG   1000H
TAB1:   DB    10H,7FH
TAB2:   DB    "ABC"   ;将字符串中的字符以 ASCII 码的形式存放在自 TAB2 地址开
```

始的连续的 ROM 单元中。

```
编译后:  (2000H)=10H,
        (2001H)=7FH,
        (2002H)=41H,
        (2003H)=42H,
        (2004H)=43H。
```

其中,TAB1、TAB2 是二进制的标号地址,它们的值分别是 2000H 和 2002H。

　　4. DW 定义字伪指令

　　格式:[标号:]　DW　16 位字数据表

　　功能:从标号指定的地址单元开始,在程序存储器中定义字数据。

　　该伪指令将字数据表中的数据按从左到右的顺序依此存放在指定的存储单元中。需要注意的是,DW 伪指令使 16 位数据的高字节存放到低地址单元,低字节存放到高地址单元。

　　例如:

```
        ORG   1000H
TAB:    DW    1234H,0CH
编译后:  (1000H)=12H,
        (1001H)=34H,
        (1002H)=00H,
        (1003H)=0CH。
```

　　5. EQU 赋值伪指令

　　格式:字符名称　EQU　表达式

　　功能:将 EQU 右边的表达式的值或特定的某个汇编符号赋给或定义为一个指定的符号名。

在实际应用中,通常把经常使用的数值、符号定义为一个有意义的字符名称,编写程序时使用这些字符名称,可以方便程序的阅读和修改。

需要注意的是,符号名必须先定义后使用,因此,EQU 伪指令通常放在程序开头部分。另外,程序中一旦用 EQU 伪指令对符号名赋值后,就不能再用 EQU 伪指令改变其值。

例如：　COUNT　EQU　34H
　　　　ADDE　　EQU　18H
　　　　MOV　　A,♯COUNT　;34H → A
　　　　ADD　　A,ADDE　　;(A)+(18H)→ A

这里,COUNT 被赋值为 34H,ADDE 被赋值为 18H。

6. BIT 位地址符号赋值伪指令

格式:字符名　BIT　位地址

功能:将位地址赋予字符名。

例如：　M1　BIT　01H
　　　　M2　BIT　P1.0

编译后,01H 和 P1.0 的位地址分别赋值给 M1 和 M2,在其后的编程中,可以用 M1 代替 01H 使用,用 M2 代替 P1.0 使用。

4.4　程序设计基础与举例

程序设计是为了解决某个问题,将指令有序地组合在一起。程序根据功能的不同有繁有简,复杂的程序往往是由简单的基本程序构成的。在程序设计中,最常见的程序结构形式有顺序程序、分支程序、循环程序和子程序。本节将结合实例详细介绍这些程序的设计方法。

4.4.1　顺序程序

顺序程序是最简单的程序结构,其执行顺序与程序中指令的排列顺序完全一致。

【例 4-1】 将外部数据存储器 1000H 和 1001H 单元的内容相交换。

分析:MCS-51 单片机有交换指令,但不能实现外部存储单元内容的直接交换,因此需先把外部 RAM 中的数据读入内部后再进行交换,然后依此存放回原外部 RAM 单元。程序流程图如图 4-1 所示,程序如下:

```
ORG      0100H
MOV      DPTR,♯1000H
MOVX     A,@DPTR
MOV      R7,A
```

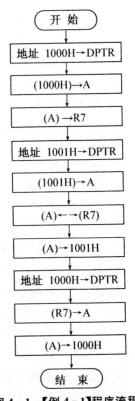

图 4-1 【例 4-1】程序流程图

```
INC      DPTR
MOVX     A,@DPTR
XCH      A,R7
MOVX     @DPTR,A
DEC      DPL
MOV      A,R7
MOVX     @DPTR,A
SJMP     $
END
```

【例 4-2】　设变量 x 放在片内 RAM 的 30H 单元中,求其平方值放入 31H 单元中,x 范围为 0~5。

分析:可建一个 0~5 的平方表,利用查表的方法求取平方值。程序流程图如图 4-2 所示,程序如下:

```
ORG      0100H
MOV      DPTR,♯TAB
MOV      A,30H
MOVC     A,@A+DPTR
MOV      31H,A
SJMP     $
TAB:     DB 00H,01H,04H,09H,16H,25H
END
```

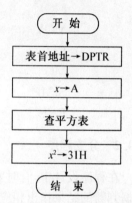

图 4-2　【例 4-2】程序流程图

查表技术是汇编语言程序设计的一个重要技术,如常遇到的平方表、立方表、函数表、数码管显示的段码表等,通过查表可以避免复杂的计算和编程。

【例 4-3】　设寄存器 R7 中存放着一个 8 位无符号二进制数,试编程将其转化为压缩 BCD 码,将百位存放到 R5 中,十位和个位存放到 R6 中。

分析:8 位无符号二进制数的范围在 0~255 之间,将其除以 100,商即为百位,余数再除以 10,商为十位,余数为个位。程序流程图如图 4-3 所示,程序如下:

```
ORG      0100H
MOV      A,R7
MOV      B,♯100
DIV      AB
MOV      R5,A
MOV      A,B
MOV      B,♯10
DIV      AB
SWAP     A
ORL      A,B            ;合并十位和个位
MOV      R6,A
```

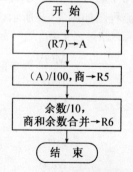

图 4-3　【例 4-3】程序流程图

```
        SJMP        $
        END
```

【例 4-4】 将 R6、R7 构成的双字节无符号数乘以 2 放回,假设结果仍然为双字节数。

分析:对于二进制数,左移 1 位相当于乘 2,因此,可以将该双字节数依此左移 1 位,实现乘 2 功能。程序流程图如图 4-4 所示,程序如下:

```
        ORG         0100H
        CLR         C
        MOV         A, R7
        RLC         A
        MOV         R7, A
        MOV         A, R6
        RLC         A
        MOV         R6, A
        SJMP        $
        END
```

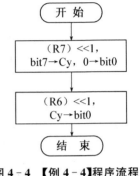

图 4-4 【例 4-4】程序流程图

4.4.2 分支程序

在程序设计中,有时要根据功能任务的要求,对程序运行过程中的某种情况作出判断,再根据判断的结果作出相应处理。通常,计算机依据某些运算结果或状态信息来判断和选择程序的不同走向,从而形成分支。分支程序是通过转移类指令实现的。

【例 4-5】 设在内部 RAM 30H 单元存放着一个有符号数,试编程求其补码,并存放回原单元。

分析:有符号数是利用最高位作为正、负数的标志位,最高位为"0"是正数,最高位为"1"是负数。正数的补码与原码一样,负数的补码等于原码取反后加 1,符号位不变。因此,对 30H 单元中的有符号数,求补码时,首先要判断这个数是正数还是负数,再按相应的规则求解。程序流程图如图 4-5 所示,程序如下:

```
        ORG         0100H
        MOV         A, 30H
        JNB         ACC.7, L1
        CPL         A           ;负数,取反加 1
        ADD         A, #1
        ORL         A, #80H      ;符号位置 1
        MOV         30H, A
    L1：SJMP        $
        END
```

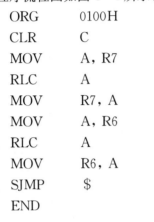

图 4-5 【例 4-5】程序流程图

【例 4-6】 x、y 均为无符号数,设 x 存放在内部 RAM 30H 单元,y 存放在内部 RAM 31H 单元,试编程求解:

$$y=\begin{cases} x-1 & (x>5) \\ x+1 & (x<5) \\ x & (x=5) \end{cases}$$

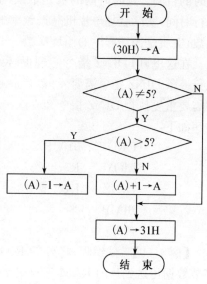

分析：这是一个三分支结构程序，可以利用 CJNE 指令既可判断两数是否相等，又会对 Cy 产生影响，进而判断两数大小的特点，将 x 与 5 相比较，实现 3 个不同的函数功能。程序流程图如图 4-6 所示，程序如下：

```
        ORG     0100H
        MOV     A，30H
        CJNE    A，#5，L1
        SJMP    L3              ;x=5
L1：    JNC     L2
        ADD     A，#1           ;x<5
        SJMP    L3
L2：    SUBB    A，#1           ;x>5
L3：    MOV     31H，A
        SJMP    $
        END
```

图 4-6　【例 4-6】程序流程图

【例 4-7】　根据 R7 的内容转向相应的处理程序，设 R7 的内容为处理程序的序号。

```
        ORG     0100H
        MOV     A，R7
        ADD     A，R7
        ADD     A，R7            ;(A)×3→A
        MOV     DPTR，#TAB
        JMP     @A+DPTR         ;散转
TAB：   LJMP    L1              ;根据(R7)，转向不同的程序段
        LJMP    L2
        LJMP    L3
        ⋮
```

4.4.3　循环程序

在程序设计中，往往会遇到需要连续多次重复执行某段程序的情况，这时可以采用循环结构程序设计，有助于用简短的程序完成大量的处理任务。

循环程序编写时，一般是由循环初始条件设置、循环体和循环结束判断三部分组成。循环初始条件设置包括循环次数、循环体中相关地址指针、寄存器和存储单元内容的设置等。循环体是程序设计中需要重复执行的程序部分，除了相关的功能程序段外，还要特别注意地址指针的修改。循环结束判断一般由条件转移类指令完成，常用 DJNZ，CJNE 指令。

【例 4-8】　设计一个 1 ms 的延时程序，已知单片机晶振频率为 6 MHz。

分析：执行每条指令都需占用一定的时间，通过指令有条件的不断反复执行，就可以达到

延时的目的。延时时间的长短取决与两个因素:一是每条指令的执行时间,实际就是单片机晶振频率的大小;二是指令反复执行的次数,实质是循环程序的循环次数。

在这里,用 DJNZ 指令实现循环结构,它是双机器周期指令,执行一条 DJNZ 指令需要 4 μs,1 ms=1 000 μs,则 1 ms 的延时程序需要重复执行 DJNZ 指令 250 次。程序流程图如图 4-7 所示,程序如下:

```
ORG     0100H
MOV     R7,#250          ;循环次数
DJNZ    R7,$             ;循环体及循环条件判断
SJMP    $
END
```

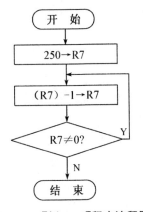

图 4-7 【例 4-8】程序流程图

【例 4-9】 试编程,将外部 RAM 1000H 单元开始的 20 个字节数据传送到片内 RAM 30H 开始的单元。

分析:此例是先要将外部 RAM 的数据读入,再存入片内 RAM,这种操作要反复 20 次,因此可以采用循环结构来完成。考虑到每次数据传送后,数据传送的对象都要指向下一个存储单元,采用地址指针的方式最易实现。程序流程图如图 4-8 所示,程序如下:

```
ORG      0100H
MOV      R7,#20
MOV      DPTR,#1000H
MOV      R0,#30H
L1: MOVX    A,@DPTR
MOV      @R0,A
INC      DPTR
INC      R0
DJNZ     R7,L1
SJMP     $
END
```

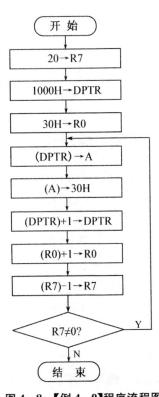

图 4-8 【例 4-9】程序流程图

【例 4-10】 把片内 RAM 中地址 30H～39H 中的 10 个无符号数,按从小到大的顺序排列。

分析:为了把 10 个单元中的数按从小到大的顺序排列,可从 30H 单元开始,两数逐次进行比较,使小数存入低地址单元,大数存入高地址单元,并且只要有地址单元内容的交换就置标志位。多次循环比较后,若两数比较不再出现单元内容互换,就说明 30H～39H 单元中的数已经全部按从小到大的顺序排列。程序流程图如图 4-9 所示,程序如下:

```
ORG      0100H
L3: CLR     7FH              ;清交换标志
MOV      R0,#30H
```

```
        MOV      R1, #31H
        MOV      R7, #9
L1：MOV      A, @R0
        CLR      C              ;两数比较
        SUBB     A, @R1
        JC       L2
        SETB     7FH            ;置交换标志位
        MOV      A, @R0         ;交换
        XCH      A, @R1
        MOV      @R0, A
L2：INC      R0
        INC      R1
        DJNZ     R7, L1         ;是否比较 9 次
        JB       7FH, L3        ;排序是否完成
        SJMP     $
        END
```

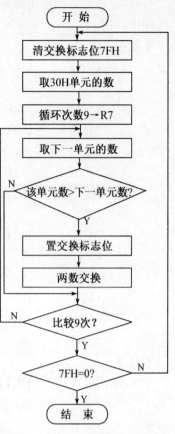

图 4-9　【例 4-10】程序流程图

4.4.4　子程序的设计与调用

　　子程序是单片机程序设计必不可少的部分。在实际应用中,有些具有通用性的问题在一个程序中可能要使用多次,而编写的程序段完全相同。为了避免重复,使程序结构紧凑,更便于阅读和调试,往往将其从主程序中独立出来,设计成为子程序的形式,供程序运行时随时调用。另外,程序设计时往往采用模块化方法,每个功能模块作为一个子程序,极大方便了程序的设计、阅读、调试、修改和维护。善于灵活使用子程序,也是程序设计的重要技巧。

　　子程序的结构与主程序基本相同,区别在于子程序的执行是通过其他程序调用来实现的,执行完子程序后仍要返回到调用主程序中。

　　在调用子程序时,要注意以下事项:

　　① 保护现场　在调用前,如果主程序已经使用了某些存储单元或寄存器,那么调用时这些存储单元和寄存器又有其他用途,就应先把这些单元和寄存器中的内容压入堆栈保护,调用完后再从堆栈中弹出以便加以恢复。如果有较多的寄存器要保护,应使主、子程序使用不同的寄存器组。

　　② 设置入口参数和出口参数　调用之前主程序要按子程序的要求设置入口参数,子程序从指定的地址单元或寄存器获得输入数据,经运算或处理的结果存放到指定的地址单元或寄存器,这样主程序就能从出口参数中得到调用后的结果。这就是子程序和主程序之间的数据传递。

　　③ 子程序的嵌套　在一个子程序中可以继续调用另一个子程序。

　　【例 4-11】　用程序实现 $c=a^2+b^2$,设 a,b 均小于 10。a 存放在 30H,b 存放在 31H,结果 c 存放在 32H、33H 单元(a,b,c 均为 BCD 码)。

分析:在这里要两次用到平方计算,所以可以将求平方值的程序设计成子程序,需要时在主程序中调用。

主程序:

```
           ORG      0000H
           MOV      A,30H          ;取 a 值
           LCALL    SQR            ;求 a²
           MOV      33H,A          ;暂存
           MOV      A,31H          ;取 b 值
           LCALL    SQR            ;求 b²
           ADD      A,33H          ;a²+b²
           DA       A
           MOV      33H,A
           CLR      A
           ADDC     A,#0
           DA       A
           MOV      32H,A
           SJMP     $
```

子程序:

```
    SQR:   MOV      DPTR,#TAB
           MOVC     A,@A+DPTR      ;查表,求平方值
           RET
    TAB:   DB       00H,01H,04H,09H,16H,25H,36H,49H,64H,81H
           END
```

4.4.5 其他实用程序

1. 多字节加、减法运算

【例4-12】 设两个 N 字节的无符号数分别存放在内部 RAM 中以 DATA1 和 DATA2 开始的单元中。相加后的结果要求存放在 DATA2 数据区。

```
    NADD:   MOV      R0,#DATAl
            MOV      R1,#DATA2
            MOV      R7,#N          ;置字节数
            CLR      C
    NADD1:  MOV      A,@R0
            ADDC     A,@R1          ;求和
            MOV      @R1,A          ;存结果
            INC      R0             ;修改指针
            INC      Rl
            DJNZ     R7,NADD1
            RET
```

【例 4-13】　设两个 N 字节的无符号数分别存放在内部 RAM 中以 DATA1 和 DATA2 开始的单元中。相减后的结果要求存放在 DATA2 数据区。

```
NSUB: MOV      R0,#DATA1
      MOV      R1,#DATA2;
      MOV      R7,#N              ;置字节数
      CLR      C
NSUB1:MOV      A,@R0
      SUBB     A,@R1              ;求差
      MOV      @R1,A              ;存结果
      INC      R0                 ;修改指针
      INC      R1
      DJNZ     R7,NSUB1
      RET
```

2. 多字节乘法运算

用移位法进行两个无符号二进制数的乘法。

设乘数=5,被乘数=7,求其积。

```
          1 1 1
        × 1 0 1
          1 1 1      乘数 2⁰ 位值为 1,部分积为 7
          0 0 0      乘数 2¹ 位值为 0,部分积为 0
        + 1 1 1      乘数 2² 位值为 1,部分积为 7
      1 0 0 0 1 1    部分积之和,即为最后的乘积
```

$$1 1 1 \times 1 0 1$$
乘数 2^0 位值为 1,部分积为 7
乘数 2^1 位值为 0,部分积为 0
乘数 2^2 位值为 1,部分积为 7

采用这种方法时,大致过程如下:

```
      b2 b1 b0
       1  1  1
    ×  1  0  1
       0  0  0          初始值清零
    +  1  1  1          b0=1,加被乘数
       1  1  1          中间结果累加
       0  1  1  1       中间结果右移 1 位
    +  0  0  0          b1=0,加 0
       0  1  1  1       中间结果累加
       0  0  1  1  1    中间结果右移 1 位
    +  1  1  1          b2=1,加被乘数
     1 0  0  0  1  1    中间结果累加
       1  0  0  0  1  1 右移 1 位,得到最后结果
```

由此可见,采用这种右移移位法计算,每次只要三部分积相加,可以节省所需的寄存器的数目;另外还发现,在两部分积相加时,只要虚线左边 n 位相加,而右边的其余部分不再参加运

算。这样只用位加法器便可实现乘法运算。

综上所述,两个 16 位二进制数相乘的算法归纳如下:

① 初始化　将存放乘积的寄存器清零,作为 32 位部分积的累加器(简称 32 位累加器),同时设置位计数,表示乘数位数。

② 从最低位开始,检验乘数的每一位是 0 还是 1。若该位是 1,则被乘数就加到部分积上;若该位为 0,就跳转。这样可以将乘数右移 1 位,使其最低位进入进位位,然后判值 Cy。

③ 无论哪种情况,部分积都右移 1 位,右移次数等于乘数的位数。

④ 每次判断乘数中的 1 位,乘数位数计数器就减 1,若计数器不为 0,则重复步骤 2,否则乘法结束。

【例 4 - 14】　设被乘数存放在 R2,R3 寄存器中,乘数存放在 R6,R7 寄存器中,结果 32 位存放在 R4,R5,R6,R7 寄存器中,即 (R2R3)×(R6R7)＝R4R5R6R7

程序流程图如图 4 - 10 所示,程序如下:

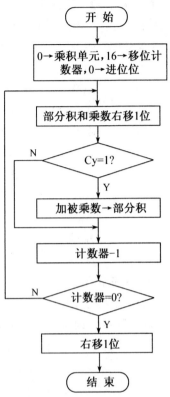

图 4 - 10　【例 4 - 14】程序流程图

```
NMUL: MOV    R4,  ♯0
      MOV    R5,  ♯0
      MOV    R0,  ♯16
      CLR    C
NMLP: MOV    A,  R4
      RRC    A
      MOV    R4,  A
      MOV    A,  R5
      RRC    A
      MOV    R5,  A
      MOV    A, R6
      RRC    A
      MOV    R6,  A          ;R4,R5,R6,R7 右移 1 位
      MOV    A,  R7
      RRC    A
      MOV    R7,  A
      JNC    NMLN            ;Cy=0,乘数某位=0
      MOV    A,  R5          ;Cy=1 加被乘数
      ADD    A,  R3
      MOV    R5,  A
      MOV    A,  R4
      ADDC   A,  R2
      MOV    R4,  A
NMLN: DJNZ   R0,  NMDP
```

```
MOV       A，R4
RRC       A
MOV       R4，A
MOV       A，R5
RRC       A
MOV       R5，A
MOV       A，R6
RRC       A              ；最后右移 1 位
MOV       R6，A
MOV       A，R7
RRC       A
MOV       R7，A
RET
```

带符号数的相乘,除必须考虑符号之外,其他与上述原理相同。最常用的方法是采用原码相乘,乘积求补,即先检查乘数的符号,是负数的都变成正数,然后求两个正数的乘积。因此,这种算法是在不带符号数的乘法之前加上变负数为正数的操作,而在它的后面加上对乘积求补码的操作。

请读者自行编写 8 位带符号二进制数的乘法程序。

3. 多字节除法运算

两个无符号二进制数相除,可以用减法和移位法完成。首先采用试减法判断被除数或余数是否大于或等于除数,如果大(即够减,无错位),则商为 1,接着做减法;反之,则商为 0,不做减法,然后再进行下一位商的运算,其具体步骤如下:

① 初始化,商为 0,计数为 8(设除数为 8 位);

② 被除数与商左移 1 位;

③ 试减,如果没有错位,则商为 1(即被除数的高 8 位大于或等于除数);反之商为 0;

④ 位计数器(除数的位数)减 1,判计数器是否为 0,若不是 0,重复步骤②,否则结束。

【例 4-15】 编写一个 16 位除以 8 位的除法程序,假定被除数在 R6、R5 中(R5 中为低位),除数在 R2 中,运算结束时,余数在 R5 中,商在 R6 中。利用 R7 做除法次数的计数单元,计数初值为 8。另设一个地址单元(07H)作为标志位,存放中间标志。

程序流程图如图 4-11 所示,程序如下:

```
DV：    MOV     R7,#08H        ；设计数初值
DVl：   CLR     C
        MOV     A，R5
```

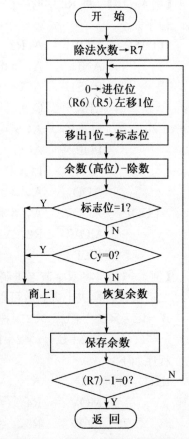

图 4-11 【例 4-15】程序流程图

```
        RCL     A
        MOV     R5，A
        MOV     A，R6
        RLC     A                   ;将(R6)(R5)左移1位
        MOV     07H，C               ;将移出的一位送07H位保存
        CLR     C
        SUBB    A，R2                ;余数(高位)减除数
        JB      07H，GOU             ;若标志位为1,说明够减
        JNC     GOU                 ;无错位,也说明够减
        ADD     A，R2                ;否则,恢复余数
        AJMP    DV2
GOU：   INC     R5                  ;商上1
DV2：   MOV     R6，A                ;保存余数(高位)
        DJNZ    R7，DVl
        RET
```

4. 数制转换程序

【例 4 - 16】 将 R2 中的一位十六进制数转换成 ASCII 码。

程序如下：

```
HTASC：  MOV     A,R2
        ANL     A，#0FH
        PUSH    ACC
        CLR     C
        SUBB    A，#0AH
        POP     ACC
        JC      LOOP
        ADD     A，#07H
LOOP：   ADD     A，#30H
        MOV     R2,A
        RET
```

【例 4 - 17】 将双字节二进制数(R2,R3)转换成 BCD 码(R4,R5,R6)。

二进制数转换成十进制数可以按照以下公式原理：

$$B = b_{n-1} \times 2^{n-1} + b_{n-2} \times 2^{n-2} + \cdots\cdots + b_1 \times 2 + b_0$$

$$= (((b_{n-1} \times 2 + b_{n-2}) \times 2 + b_{n-3}) \times 2 + \cdots\cdots + b_1) \times 2 + b_0$$

程序如下：

```
IBTD：   CLR     A
        MOV     R4，A
        MOV     R5，A
        MOV     R6，A
        MOV     R7，#16
```

```
IBTD1：  CLR    C
         MOV    A，R3
         RLC    A
         MOV    R3，A
         MOV    A，R2
         RLC    A
         MOV    R2，A
         MOV    A，R6
         ADDC   A，R6
         DA     A
         MOV    R6，A
         MOV    A，R5
         ADDC   A，R5
         DA     A
         MOV    R5，A
         MOV    A，R5
         ADDC   A，R4
         DA     A
         MOV    A，R4
         DJNZ   R7，IBTD1
         RET
```

习题 4

4‐1. 编写一段程序,实现两个 4 位 BCD 码数相加求和。设一个加数存于内部 RAM 的 50H、51H 单元,另一个加数存于 55H、56H 单元,要求和数存于 5AH、5BH 和 5CH 单元(设低地址存放数据的高位)。

4‐2. 试编写程序,查找在片外 RAM 1000H 地址开始的 100 个单元中,数据出现 00H 的次数,并将查找的结果存入片内 30H 单元。

4‐3. 试编写程序,将外部 RAM 中从 1000H 到 10FFH 有一个数据块,传送到外部 RAM 中 2A00H 开始的单元。

4‐4. 设晶振频率为 12 MHz,请用循环转移指令编写延时 20 ms 的延时子程序。

4‐5. 试编写程序,求 16 位带符号二进制补码数的绝对值。假定补码放在内部 RAM 的 30H 和 31H 单元,求得的绝对值仍放在原单元中(设低地址存放数据的高位)。

4‐6. 试编写程序,将 30H 单元中的 2 位 BCD 数拆开,并变成相应的 ASCII 码存入 31H 和 32H 单元。

4‐7. 编写一段程序,将 3000H 单元开始的外部 RAM 中存有 100 个有符号数,要求把它们传送到 3100H 开始的存储区,但负数不传送,编写程序。

4-8. 试编写程序,用查表法,求 $y=x!$ ($x=0\sim7$),x 存放在 30H 中,y 存放在 40H、41H。

4-9. 设 a 存放在 30H 中,b 存放在 31H 中,y 存放在 32H 中,编程实现以下功能:

$$y=\begin{cases} a-b & (a\geqslant0) \\ a+b & (a<0) \end{cases}$$

4-10. 在内部 RAM 的 30H 单元开始存有 50 个无符号数,试编程找出最小值,并存入 MIN 单元。

4-11. 试编写一个程序,将外部存储区 DATA1 单元开始的 20 个单字节数据依次与 DATA2 单元为起始地址的 20 个单字节数据进行交换。

4-12. 设外部 RAM 有 100 个无符号数的数组,起始地址为 1000H,试编写一段程序,把它们由小到大的顺序排列到以 2000H 为起始地址的区域中。

第5章 中断系统

5.1 中断的基本概念

中断是 CPU 与外部设备之间交换信息的方式之一。所谓中断,是指 CPU 对系统中或系统外发生的某个事件的一种响应过程,即 CPU 暂时停止正在执行的程序转而执行预先安排好的处理该事件的服务子程序(中断服务子程序),当处理完毕后,CPU 又自动返回原来的程序继续运行。实现这种功能的硬件系统和软件系统统称为中断系统。中断流程如图 5-1 所示。

从中断的执行过程看来,计算机的中断过程与子程序的调用有相似之处,但是它们之间也有本质区别:首先,子程序的执行是程序员事先安排好的,在程序中通过调用指令来执行的,而中断服务子程序的执行则是由随机事件引起的,程序员也不知道何时中断服务子程序会被执行;其次,子程序一般与主程序有关,子程序的执行受到主程序或上一级子程序的控制,而中断服务子程序一般是用来处理随机事件的,与被中断的程序无关。

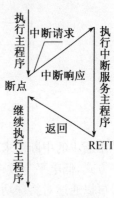

图 5-1 中断流程

中断系统是计算机的重要组成部分,中断技术在计算机中得到广泛应用。在单片机应用系统中,中断主要用于实时监测与控制、故障自动处理、人机交互等等。中断系统大大提高了单片机的工作效率和实时性,单片机的片内硬件中都带有中断系统。

5.2 MCS-51 单片机的中断系统及其管理

MCS-51 单片机的中断系统结构示意图如图 5-2 所示。由图可见,MCS-51 单片机中断系统有 5 个中断请求源(简称中断源),2 个中断优先级,可实现两级中断服务程序嵌套,每个中断源可以用软件独立控制为允许中断或关中断状态,每个中断源的中断优先级均可用软件来设置。

5.2.1 中断源

所谓中断源,是指引起中断的原因和发出中断申请的来源。MCS-51 单片机有 5 个中断源,可分为三类:外部输入中断源(外中断),2 个;定时/计数器溢出中断源(定时/计数器中断),2 个;串行接口中断请求源(串行中断),1 个。

(1) 外部输入中断源

由外部信号引起,分为外中断 0 和外中断 1。外中断 0 的中断请求信号由 $\overline{INT0}$ 引脚输入,

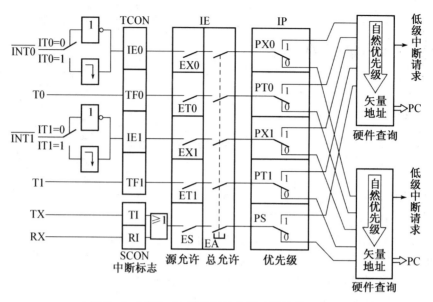

图 5-2　MCS-51 单片机的中断系统结构示意图

外中断 1 的中断请求信号由$\overline{INT1}$引脚输入。外中断的中断请求信号有两种形式:一种称为电平方式,低电平有效;一种称为脉冲方式,脉冲后沿负跳变有效。外中断使用哪种中断请求信号可以通过对特殊功能寄存器 TCON 编程来选择。中断系统收到有效的中断请求信号后,将相应的中断请求标志位置 1,向 CPU 发出中断申请。

（2）定时/计数器溢出中断源

MCS-51 单片机片内含有 2 个定时/计数器,称为定时/计数器 0 和定时/计数器 1,用来实现定时或计数。当定时/计数器定时时间到达或计数值满时将发生溢出,溢出信号即作为中断请求信号,将中断标志位 TF0 或 TF1 置位,CPU 通过此中断请求标志位是否置位判断定时/计数器是否有中断请求。

（3）串行接口中断请求源

MCS-51 单片机片内含有一个全双工的串行通信接口,当串行接口发送或接收一组串行数据时,由硬件将中断请求标志位 RI(接收中断标位)或 TI(发送中断标志位)置 1,CPU 根据 TI 或 RI 是否置位判断串行接口是否发出中断请求。

5.2.2　中断请求标志寄存器

MCS-51 单片机的 5 个中断源都有相应的中断请求标志位,由特殊功能寄存器 TCON 和 SCON 的相应位来规定,参见图 5-2。CPU 根据这些中断标志位的置位情况来判断是否有中断请求以及是何种中断请求。

1. TCON 寄存器的中断标志

TCON 为 8 位的定时/计数器控制寄存器,字节地址为 88H,可位寻址,其格式如图 5-3 所示。

D7	D6	D5	D4	D3	D2	D1	D0
TF1		TF0		IE1	IT1	IE0	IT0

图 5-3　TCON 格式

TCON 寄存器中包含定时/计数器 0 和定时/计数器 1 的溢出中断请求标志位 TF0 和 TF1,2 个外部中断请求标志位 IE0 和 IE1,以及 2 个外中断中断触请求信号方式控制位 IT1 和 IT0。TCON 寄存器中与中断系统有关的各标志位的位符号及功能如下:

（1）TF1:定时/计数器 1 的溢出中断请求标志位。启动 T1 后,T1 从初值开始加 1 计数,计满溢出后,由硬件自动将该位置 1,向 CPU 申请中断。CPU 响应 TF1 中断时,由硬件将该位自动清 0,TF1 也可由软件清零。

（2）TF0:定时/计数器 0 的溢出中断请求标志位。功能类似于 TF0。

（3）IE1:外部中断 1 的中断请求标志位,当该位为 1 时,表示外部中断 1 向 CPU 申请中断。

（4）IE0:外部中断 0 的中断请求标志位,功能类似于 IE1。

（5）IT1:外部中断 1 的中断信号触发方式控制位。当 IT1＝0 时,为电平触发方式,加到引脚$\overline{INT1}$上的外部中断请求输入信号为低电平有效。CPU 在每个机器周期的 S5P2 期间采样$\overline{INT1}$引脚,若为低电平,则由硬件将 IE1 置 1;若为高电平。转向中断服务子程序时,由硬件自动将 IE1 清零。当 IT1＝1 时,为脉冲方式,加到引脚$\overline{INT1}$引脚上的外部中断请求输入信号为脉冲后沿负跳变有效。当 CPU 在两个相邻的机器周期内检测到$\overline{INT1}$引脚的电平由高到低的负跳变后,将由硬件将 IE1 置 1,转向中断服务子程序时,则由硬件自动清零。

（6）IT0:外部中断 0 的中断信号触发方式控制位,功能类同于 IE1。

2. SCON 寄存器中的中断标志

SCON 为 8 位的串行接口控制寄存器,字节地址为 98H,可位寻址,其格式如图 5-4 所示。

D7	D6	D5	D4	D3	D2	D1	D0
						T1	RI

图 5-4　SCON 格式

SCON 的低 2 位是串行接口发送和接收的中断请求标志位,这 2 位的位符号和功能如下:

（1）TI:串行接口发送中断请求标志位。CPU 将一个字节的数据写入串行接口发送缓冲寄存器 SBUF 时,就开始一帧串行数据的发送,每发送完一帧数据,硬件将 TI 自动置 1。CPU 响应中断时并不将 TI 清零,TI 必须在中断服务子程序中由指令清零。

（2）RI:串行接口接收中断请求标志位。当串行接口允许接收时,接收缓冲寄存器 SBUF 每接收完一帧数据,硬件自动将 RI 置 1。CPU 在响应串行接口接收中断时,并不将 RI 清零,RI 也必须在中断服务子程序中用指令清零。

当 MCS-51 单片机复位后,TCON 和 SCON 中的各位均被清零。

5.2.3　中断的控制

中断的控制包括中断允许控制和中断优先级控制,分别由特殊功能寄存器中的中断允许

· 77 ·

寄存器 IE 和中断优先级寄存器 IP 来实现。

1. 中断允许寄存器 IE

MCS-51 单片机的 CPU 对各中断源的开放或屏蔽是由片内的中断允许寄存器 IE 控制的。IE 是一个 8 位的特殊功能寄存器,字节地址为 A8H,可位寻址,其格式如图 5-5 所示。

D7	D6	D5	D4	D3	D2	D1	D0
EA	/	/	ES	ET1	EX1	ET0	EX0

图 5-5   IE 格式

各位功能如下:

(1) EA:中断允许总控位。中断允许寄存器 IE 对中断的开放和关闭实现两级控制。当 EA=0 时,所有的中断请求被屏蔽,CPU 将不响应任何中断请求;当 EA=1 时,CPU 开中断,但 5 个中断源的中断请求是否被响应则由 IE 中相应的中断允许位的状态决定,因此 EA 被称为中断允许总控位。

(2) ES:串行接口中断允许位。ES=0 时,禁止串行接口中断;ES=1 时,允许串行接口中断。

(3) ET1:定时/计数器 1 的中断允许位。当 ET1=0 时,禁止定时/计数器 1 中断;ET1=1 时,允许定时/计数器 1 中断。

(4) EX1:外部中断 1 的中断允许位。EX1=0 时,禁止外部中断 1 中断;EX1=0 时,允许外部中断 1 中断。

(5) ET0:定时/计数器 0 的中断允许位。当 ET0=0 时,禁止定时/计数器 0 中断;ET0=1 时,允许定时/计数器 0 中断。

(6) EX0:外部中断 0 的中断允许位。EX0=0 时,禁止外部中断 0 中断;EX0=1 时,允许外部中断 0 中断。

当 MCS-51 单片机复位后,IE 被清零,所有的中断请求均被禁止。若要允许某个中断源中断,除将该中断源对应的中断允许位置 1 之外,还应将 EA 置 1。改变 IE 的内容,既可通过位指令实现,又通过字节操作指令完成。

2. 中断优先级寄存器 IP

MCS-51 单片机的中断源有 2 个中断优先级,可由软件设置为高优先级和低优先级,从而可实现两级中断嵌套,即单片机正在执行低优先级的中断的服务程序时,可被高优先级的中断请求所中断,等待高优先级的中断处理完后,再返回低优先级中断服务程序。两级中断嵌套的过程如图 5-6 所示。

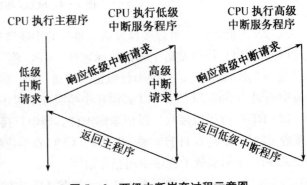

图 5-6   两级中断嵌套过程示意图

每个中断源的中断优先级由 MCS-51 单片机片内的中断优先级寄存器 IP 中的相应位的状态来控制。IP 是一个 8 位的特殊功能寄存器,其字节地址为 B8H,可位寻址,其格式如图 5－7 所示。

D7	D6	D5	D4	D3	D2	D1	D0
/	/	/	PS	PT1	PX1	PT0	PX0

图 5－7　IP 格式

只要用指令改变其内容,即可设置各中断源的中断优先级。各位的功能如下:

(1) PS:串行接口中断优先级控制位。当 PS＝0 时,串行接口中断优先级设定为低优先级;PS＝1 时,则设定为高优先级。

(2) PT1:定时/计数器 1 中断优先级控制位。当 PT1＝0 时,定时/计数器 1 中断优先器设定为低优先级;PT1＝1 时,则设定为高优先级。

(3) PX1:外部中断 1 的中断优先级控制位。当 PX1＝0 时,外部中断 1 的中断优先级设定为低优先级;PX1＝1 时,则设定为高优先级。

(4) PT0:定时/计数器 0 中断优先级控制位。当 PT0＝0 时,定时/计数器 0 中断优先级设定为低优先级;PT0＝1 时,则设定为高优先级。

(5) PX0:外部中断 0 的中断优先级控制位。当 PX0＝0 时,外部中断 0 的中断优先级设定为低优先级;PX0＝1 时,则设定为高优先级。

当 MCS－51 单片机复位后,IP 各位均被清零,即 5 个中断源的中断优先级都被设定为低先级。改变 IP 的内容可通过位操作指令实现,也可通过字节操作指令来完成。

MCS－51 单片机的中断系统运行时遵循以下规则:

(1) 正在进行的中断过程不能被新的同级或低优先级的中断请求所中断。

(2) 正在进行的低优先级中断能够被高优先级的中断请求所中断,实现两级中断嵌套。

(3) CPU 同时接收到多个中断请求时,首先响应优先级最高的中断请求。若同时接收到几个同一优先级的中断请求时,CPU 通过硬件查询按自然优先级确定响应的先后顺序执行中断,用户无法决定。自然优先级的优先级顺序如表 5－1 所示。

表 5－1　自然优先级顺序

中断源	中断级别
外部中断 0	最高
T0 溢出中断	
外部中断 1	↓
T1 溢出中断	
串行口中断	最低

以上规则是通过 MCS－51 单片机中断系统中 2 个用户不可寻址的优先级状态触发器来实现的,其中一个触发器用来指示 CPU 正在执行某高优级的中断服务子程序,所有后来的中断均被阻止;另一个触发器用来指示 CPU 正在执行某低优先级的中断服务子程序,所有同级的中断都被阻止,但不阻断高优先级的中断请求。当某个中断得到响应时,由硬件根据其优先级自动地将相应的一个优先级状态触发器置 1。若高优先级的状态触发器为 1,则屏蔽所有后来的中断请求;若低优先级的状态触发器为 1,则屏蔽后来的同一级的中断请求。当中断响应结束时,对应优先级的状态触发器由硬件清零。

5.3 中断处理过程

中断处理过程可分为 4 个阶段,即中断请求、中断查询和响应、中断处理、中断返回。

5.3.1 中断请求

MCS-51 单片机的 5 个中断源的中断请求均由硬件自动完成,中断请求完成后,相应的中断请求标志位被硬件置 1。定时/计数器和串行接口的中断请求信号在单片机内部自动产生,而外部中断 1 和外部中断 0 的中断请求信号则需从引脚 INT0 和 INT1 输入,中断系统在每个机器周期的 S5P2 对引脚信号进行采样,根据采样的结果设置中断标志位。

5.3.2 中断查询和响应

1. 中断查询

MCS-51 单片机在每个机器周期的 S6 状态按照中断优先级的高低顺序对中断标志位进行查询,即 CPU 对 TCON 和 SCON 的各标志位的状态进行查询,以确定是否有中断请求以及是哪个中断源的中断请求。中断查询是在指令执行的每个机器周期中不停重复进行,若查询到有标志位被置位且满足响应条件,则 CPU 将在下个机器周期的 S1 状态进行响应。

2. 中断响应

(1) 中断响应的条件

中断响应是 CPU 对中断源提出的中断请求的接受。一个中断源的中断请求要被响应,必须满足 4 个条件:① 开放 CPU 中断,即中断允许控制位 EA=1;② 中断源有中断请求,即中断标志位被置位;③ 相应的中断允许位被置位,即某个中断源允许中断;④ 无同级或高级中断正在被服务。

以上是中断请求被响应必须满足的条件,中断请求最终能否被响应,还要看程序执行的状态,若遇到以下情况,中断请求仍不能被响应:当前正在执行的指令还没有执行完;正在执行访问 IE、IP 的指令或执行 RETI 指令。对后一种情况,只有在执行这些指令后至少还要再执行一条指令,才能响应新的中断请求。

如果存在以上情况,CPU 将丢弃中断查询结果,不能响应中断请求,查询过程在下一个机器周期重新进行。

(2) 中断响应的过程

当 CPU 查询到有效的中断请求且满足中断响应的条件时,紧接着就进行中断响应。中断响应的主要过程是由硬件自动生成一条长调用指令"LCALL addr16"。这里的 addr16 就是程序存储器中相应的中断入口地址。例如:对于定时/计数器 0 的响应,硬件自动生成的长调用指令是:"LCALL 000BH"。

CPU 执行该指令时,首先将当前 PC 的内容压入堆栈以保护现场,再将相应的中断服务程序的入口地址装入 PC,使程序转向响应中断请求的中断入口地址。各中断源的服务程序的入口地址是固定的,如表 5-2 所示。除此之外,还将由硬件自动清除中断请求标志位(TF0, TF1,IE0,IE1)。

表 5-2 中断入口地址表

中断源	中断入口地址
外部中断 0	0003H
定时/计数器 0	000BH
外部中断 1	0013H
定时/计数器 1	001BH
串行口中断	0023H

由表 5-2 可知,每个中断源的中断服务程序地址区只占 8 个字节,一般难以存入一个完整的中断服务程序。通常中断服务程序地址区内放置一条无条件转移令,使程序执行转向到其他地址存放的中断服务程序入口。

(3) 中断响应的时间

中断响应的时间是指从中断响应有效(标志位置 1)到转向其中断服务程序地址区的入口地址所需要的时间。

对于单一中断源中断系统,中断响应时间最少需要 3 个机器周期,其中查询中断请求标志位需要 1 个机器周期,且该机器周期恰好处于正在执行指令的最后一个机器周期,则 CPU 无需等待即可响应中断请求,执行由硬件自动生成的长调用指令需要 2 个机器周期。

中断响应时间最长则需要 8 个机器周期,这种情况出现在 CPU 进行中断标志查询时,刚好开始执行访问 IE、IP 的指令或执行 RETI 指令,则需把当前指令执行完且再继续执行一条指令才能开始响应中断请求。执行 RETI 指令或访问 IE、IP 指令时,需要 2 个机器周期,而再执行一条指令最长需要 4 个机器周期(如 MUL、DIV 指令),加上执行硬件自动生成的长调用指令 LCALL 需要 2 个机器周期,最长需 8 个机器周期。

对于多中断源中断系统,如果已经在处理同级或更高级中断,则中断响应的时间取决于正执行的中断服务程序的处理时间,这种情况下中断响应的时间很难估算。因此,对于单一中断源中断系统,MCS-51 单片机中断响应的时间在 3~8 个机器周期。

(4) 中断请求的撤销

某个中断请求被响应后,应该撤销该中断请求,以免该中断请求再次引起中断。

① 对于定时/计数器中断请求,CPU 响应中断后,硬件会自动把中断标志位(TF0 或 TF1)清零,因此,定时/计数器中断请求是自动撤销的。

② 对于外部中断请求,若外部中断请求信号触发方式为脉冲方式,由于脉冲信号过后立即消失,CPU 响应中断请求后由硬件自动清除中断请求标志位(IE0 或 IE1),因此脉冲方式的外部中断请求是自动撤销的。而对于电平触发方式的外部中断请求,中断请求标志位(IE0 或 IE1)是由硬件自动完成的,但中断请求信号的低电平可能继续存在,在 CPU 响应中断后,又会将已清除的中断标志位 IE0 或 IE1 重新置位,再次引起中断,因此,电平触发的外部中断请求的撤销,除清除中断请求标志位之外,还应立即撤除引脚上(INT0 或 INT1)上的低电平信号。

③ 对于串行接口中断请求,CPU 响应中断后,中断请求标志位 RI 和 TI 不会被硬件自动清零,只能使用软件清零,因此,串行接口中断请求的撤销只能使用软件方法实现。

5.3.3 中断处理

中断处理是中断源请求中断的具体目的。CPU响应中断请求后,程序转向执行相应的中断服务子程序,中断处理的主要任务就是根据具体要求编写中断服务子程序。

在设计中断服务子程序时需要注意以下问题:

(1) 现场保护和现场恢复

所谓现场是指中断时刻单片机中某些寄存器和存储单元中的数据或状态。为了避免中断服务子程序的执行破坏这些数据或状态,需要把它们存入堆栈中保护起来,以免中断返回后影响主程序的执行,这就是现场保护。现场保护要在执行中断服务子程序之前进行。

中断服务子程序执行完,在返回主程序之前,需要把保存的现场内容从堆栈中弹出,以恢复那些寄存器和存储单元中的原有内容,这就是现场恢复。现场恢复要位于中断服务子程序的后面。

MCS-51单片机指令中提供了2条堆栈操作指令:"PUSH direct"和"POP direct",用于实现现场保护和现场恢复,保护的内容由用户根据具体情况决定。

(2) 关中断和开中断

对于现场保护和现场恢复不允许被打断,可以在现场保护和现场恢复之前关中断,即禁止CPU响应中断,将中断允许控制位EA清零,以免破坏现场。在现场保护和现场恢复之后再开中断,为下一次的中断做好准备。而对于必须执行完毕不允许被其他的中断嵌套的中断,除了可以将该中断设为高优先级之外,也可以在现场保护之前关中断,待该中断处理完毕后再打开中断。

5.3.4 中断返回

中断服务子程序的最后一条指令必须是返回指令RETI,它是中断服务子程序结束的标志。CPU执行这条指令时,首先把响应中断时置1的中断优先级触发器清零,然后从堆栈中弹出栈顶上的2个字节的断点地址送给程序计数器PC,使程序回到断点处重新执行被中断的程序。由于RETI指令和RET指令两者功能不同,所以中断服务子程序的返回不能使用RET指令。

5.4 中断系统应用

设计外部中断服务子程序时,应根据硬件连接电路及中断源的情况设置中断系统,即进行中断允许和中断优先级控制,并设计中断服务子程序。

【例5-1】 如图5-8所示是单片机控制的数据传输系统。将P1口设置成数据输入口,外部设备每准备好一个数据就发出一个正脉冲,使D触发器Q端置0,向INT0送入一个低电平中断请求信号。中断响应后,利用P3.0向D触发器的直接置位端SD输出一个负脉冲,使D触发器的Q端置1,撤销低电平的中断请求信号,从而撤销中断请求。

程序如下:

```
        ORG         0000H
```

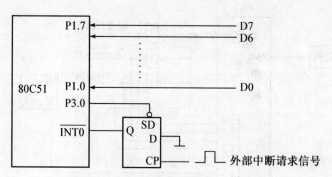

图 5-8　单片机数据传输系统示意图

START：	LJMP	MAIN	;转向主程序
	ORG	0003H	
	LJMP	INT0	;转向中断服务程序
	ORG	0030H	;主程序
MAIN：	CLR	IT0	;设置低电平触发方式
	SETB	EA	;CPU 开放中断
	SETB	EX0	;允许外部中断 0 中断
	MOV	DPTR,#1000H	;设置数据指针
	...		
	ORG	0100H	;中断服务子程序
INT0：	PUSH	PSW	;现场保护
	PUSH	A	;由 P3.0 输出负脉冲
	CLR	P3.0	
	NOP		
	NOP		
	SETB	P3.0	
	MOV	A,P1	;输入数据
	MOVX	@DPTR,A	;存入数据存储器
	INC	DPTR	;修改数据指针,指向下一个单元
	...		
	POP	A	;现场恢复
	POP	PSW	
	RETI		;中断返回

【例 5-2】　某工业监控系统具有温度、压力、pH 值等多路监控功能,中断源的接口电路如图 5-9 所示。在 pH 值小于 7 时向 CPU 申请中断,CPU 响应中断后使 P3.0 引脚输出高电平,经驱动使加碱管道电磁阀接通 1 s,以调整 pH 值。

分析:电路中把多个中断源通过"线或"接到 P3.2($\overline{\text{INT0}}$)引脚上,任意一个中断源申请中断都将使单片机产生外部中断,CPU 可以在中断服务子程序中通过对 P1 口逐一检测确定是哪个中断源申请中断。假设 4 个中断源的中断服务程序入口地址分别为 INT00,INT01,

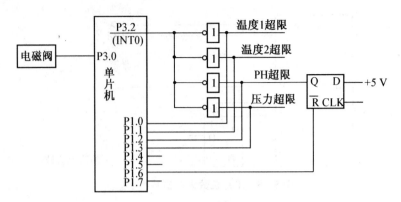

图 5 - 9　多个外部中断源公用INT0引脚接线示意图

INT02,INT03,针对 pH 小于 7 时的中断服务子程序编写如下：

```
        ORG     0030H           ;外部中断 0 的中断服务子程序入口
        JB      P1.0,INT00      ;检测转移指令表
        JB      P1.1,INT01
        JB      P1.2,INT02
        JB      P1.3,INT03
        ORG     0080            ;pH 小于 7 时中断服务子程序
INT02：  PUSH    PSW             ;现场保护
        PUSH    A
        SETB    PSW.3           ;工作寄存器设置为 1 组,以保护原 0 组的内容
        SETB    P3.0            ;接通加碱管道电磁阀
        ACALL   DELAY           ;调用 1 s 延时子程序
        CLR     P3.0            ;1 s 到关闭加碱管道电磁阀
        ANL     P1,#BFH
        ORL     P,#40H          ;产生一个 P1.6 的负脉冲,用来撤除
                                ;pH 小于 7 的中断请求
        POP     A               ;现场恢复
        POP     PSW
        RETI
```

习题 5

5-1. 什么是中断？中断与子程序调用有什么区别？

5-2. MCS-51 单片机中断源分为几个优先级？怎样设置每个中断源的优先级？同一优先级的中断源同时提出中断请求,CPU 按什么顺序响应？

5-3. MCS-51 单片机的 5 个中断源中哪几个中断源在 CPU 响应中断后可自动撤除中断请求,哪几个不能撤除中断请求？CPU 不能撤除中断源的中断请求时,用户应采取什么

措施?

5-4. 中断响应需要满足什么条件?

5-5. 各中断源的中断服务程序入口地址是多少?

5-6. 如何设定外部中断的中断请求信号形式? 不同形式所产生的中断处理过程有何不同?

5-7. MCS-51 单片机响应中断后,CPU 自动进行哪些操作? 用户在中断程序中还需进行什么操作?

5-8. 中断返回指令能否使用 RET 指令?

第6章 定时/计数器

定时/计数器是 MCS-51 单片机的重要功能模块之一。在工业检测与控制中,很多场合都要用到计数或定时功能,如对外部事件计数,产生精确的定时时间等。MCS-51 单片机片内有 2 个 16 位可编程的定时/计数器,分别表示为定时/计数器 0(T0)和定时/计数器 1(T1),它们均可作为定时器或计数器使用。

6.1 定时/计数器的结构和工作原理

MCS-51 单片机的定时/计数器结构如图 6-1 所示。定时/计数器 0 的高 8 位和低 8 位分别由特殊功能寄存器 TH0(地址为 8CH)和 TL0(地址为 8AH)组成,定时/计数器 1 的高 8 位和低 8 位分别由特殊功能寄存器 TH1(地址为 8DH)和 TL1(地址为 8BH)组成。

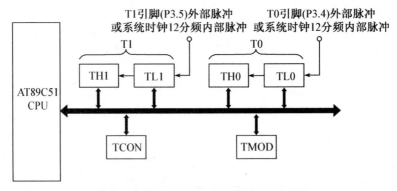

图 6-1 单片机的定时/计数器结构框图

MCS-51 单片机的 2 个定时/计数器都属于增 1 计数器,具有定时和计数功能。

(1) 计数功能

定时/计数器的计数是指对外部事件计数。外部事件以脉冲信号的形式表示,计数的实质是对脉冲信号计数。外部事件脉冲信号通过引脚 T0(P3.4)或 T1(P3.5)输入给单片机内部的定时/计数器,负跳变有效。在收到有效的负跳变信号后,定时/计数器在初值基础上加 1 操作。单片机复位后计数器的初值为 0,可通过指令给计数器装入一个新的初值。

MCS-51 单片机在每个机器周期的 S5P2 期间对外部输入引脚 T0 或 T1 采样。如在第一个机器周期中采样值为 1,在下一个机器周期中采样值为 0,则在紧接着的下一个机器周期的 S3P1 期间将定时/计数器 0 或 T1 的值加 1。因为对计数脉冲的采样是在 2 个机器周期中完成的,即 24 个振荡周期,因此外部输入的计数脉冲的最高频率为系统振荡频率的 1/24。

（2）定时功能

定时/计数器的定时功能也是通过计数来实现的。当定时/计数器工作在定时方式下时，将对单片机内部的时钟振荡器信号经片内 12 分频后的内部脉冲信号计数。由于 1 个机器周期等于 12 个振荡周期，因此，在定时方式下，定时/计数器对内部机器周期脉冲计数，由于时钟频率是定值，所以可根据计数值计算出定时时间。

6.2 定时/计数器的方式和控制寄存器

1. 方式控制寄存器 TMOD

MCS-51 单片机的定时/计数器方式控制寄存器 TMOD 用于选择定时/计数器的工作模式和方式。TMOD 是一个 8 位的特殊功能寄存器，字节地址为 89H，不可位寻址，其低 4 位用于定时/计数器 0，高 4 位用于定时/计数器 1，其格式如图 6-2 所示。

D7	D6	D5	D4	D3	D2	D1	D0
GATE	$C/\overline{T}$	M1	M0	GATE	$C/\overline{T}$	M1	M0
←————定时/计数器 1————→				←————定时/计数器 0————→			

图 6-2 TMOD 格式

各位定义如下：

（1）GATE：门控位。

GATE=0 时，仅由运行控制位 TR0 或 TR1 控制定时/计数器的运行；GATE=1 时，用外部中断引脚$\overline{INT0}$或$\overline{INT1}$上的电平与运行控制位 TR0 或 TR1 共同控制定时/计数器的运行。

（2）M1M0：方式选择位。

M1M0 共有 4 种编码，对应于定时/计数器的 4 种方式，如表 6-1 所示。

表 6-1 M1M0 方式选择

M1	M0	方 式
0	0	方式 0，13 位定时/计数器
0	1	方式 1，16 位定时/计数器
1	0	方式 2，8 位的常数自动重新装载的定时/计数器
1	1	方式 3，仅适用于 T0，此时 T0 分成 2 个 8 位计数器，T1 停止计数

（3）$C/\overline{T}$：计数模式和定时模式选择位。

$C/\overline{T}$=1 时，选择计数方式，定时/计数器对外部输入引脚 T0(P3.4) 或 T1(P3.5) 的外部事件脉冲信号进行计数；$C/\overline{T}$=0 时，选择定时方式，对单片机的时钟振荡器 12 分频后的脉冲进行计数。

2. 定时/计数器控制寄存器 TCON

TCON 也是一个 8 位的特殊功能寄存器，字节地址为 88H，可位寻址，其格式如图 6-3 所示。在第 5 章中介绍了与外部中断有关的低 4 位，在此只介绍与定时/计数器有关的高 4 位。

D7	D6	D5	D4	D3	D2	D1	D0
TF1	TR1	TF0	TR0	IE1	IT1	IE0	IT0

图 6 - 3　TCON 格式

(1) TF1、TF0:定时/计数器 1 和定时/计数器 0 计数溢出中断请求标志位。

当定时/计数器计数溢出时,由硬件将该位置 1,表示定时时间到或计数已满。使用中断方式时,CPU 响应中断后,由硬件将该标志位清零。若使用查询方式,即禁止定时/计数器中断,该标志位可作为查询测试标志,查询有效后要由指令将该位清零。

(2) TR1、TR0:定时/计数器 1 和定时/计数器 0 的运行控制位。

TR1 或 TR0＝1 是启动定时/计数器 1 或 T0 工作的必要条件;TR1 或 TR0＝0,停止定时/计数器 1 或 T0 工作。这两位可由指令清零或置位,如:SETB TR0 或 CLR TR0。

6.3　定时/计数器的工作方式

通过指令对 TMOD 中的控制位 C/$\overline{\text{T}}$ 进行设置,可选择定时/计数器的定时或计数功能;对控制位 M1M0 进行设置,可选择定时/计数器的方式。定时/计数器有 4 种方式:方式 0、方式 1、方式 2、方式 3。

6.3.1　方式 0

当 M1M0 为 00 时,定时/计数器被设置为方式 0,是一个 13 位的计数器,16 位的寄存器(TH0、TL0、TH1、TL1)只用了 TH0(TH1)8 位和 TL0(TL1)的低 5 位,TL0(TL1)的高 3 位不用。当 TL0(TL1)计数溢出时则向 TH0(TH1)溢出,TH0(TH1)计数溢出则把 TCON 中的溢出标志位 TF0(TF1)置 1。在方式 0 下,定时/计数器 0 和定时器/计数器 T1 的逻辑结构和操作是完全相同的,下面以定时/计数器 1 为例说明其操作方法,其逻辑结构如图 6 - 4 所示。

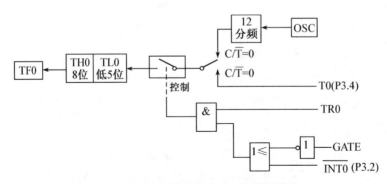

图 6 - 4　定时/计数器方式 0 逻辑结构图

(1) C/$\overline{\text{T}}$ 位控制的多路开关确定定时/计数器的工作模式

当 C/$\overline{\text{T}}$＝0 时,多路开关连接振荡器的 12 分频输出,此时,定时/计数器 1 工作在定时模

式,对单片机内部机器周期脉冲计数。一次溢出的定时时间为:

$(2^{13} -$定时/计数器初值$) \times$机器周期,或$(2^{13} -$定时/计数器初值$) \times 12/f_{osc}$,

则最小定时时间为:$[2^{13} - (2^{13} - 1)] \times 12/f_{osc}$,

最长定时时间为:$(2^{13} - 0) \times 12/f_{osc}$。

当 $C/\overline{T} = 1$ 时,多路开关连接 T1 引脚,此时,定时/计数器 1 工作在计数模式,对外部输入脉冲计数。对一次溢出而言,其计数值范围为:$1 \sim 2^{13}(8\ 192)$。

(2) GATE 位的状态是确定定时/计数器 1 的运行是由 TR1 还是由 TR1 和$\overline{INT1}$引脚控制。

当 GATE=0 时,由图 6-4 可知,或门被封锁,输出恒为 1,与门打开,由 TR1 控制定时/计数器 1 的开启和关闭。TR1=1,与门输出 1,定时/计数器 1 开启。TR1=0,与门输出 0,定时/计数器 1 关闭。

当 GATE=1 时,由 TR1 和$\overline{INT1}$引脚共同确定定时/计数器 1 的开启和关闭。当 GATE =1,TR1=1 时,由图 6-4 可知,或门、与门都打开,由$\overline{INT1}$引脚信号控制定时/计数器 1 的开启和关闭。$\overline{INT1}$=1,与门打开,定时/计数器 1 开启。$\overline{INT1}$=0,与门输出 0,定时/计数器 1 关闭。

6.3.2　方式 1

当 M1M0=01 时,定时/计数器设置为方式 1。在方式 1 下,定时/计数器 0 和定时/计数器 1 的逻辑结构和操作完全相同。2 个定时/计数器都是 16 位计数器,即由 TH0(TH1)8 位和 TL0(TL1)8 位构成,工作原理和工作过程与方式 0 时完全相同,在此不再赘述。

对一次溢出而言,其定时时间为:

$(2^{16} -$定时/计数器初值$) \times$机器周期,或$(2^{16} -$定时/计数器初值$) \times 12/f_{osc}$,

则最小定时时间为:$[2^{16} - (2^{16} - 1)] \times 12/f_{osc}$,

最长定时时间为:$(2^{16} - 0) \times 12/f_{osc}$,

计数值范围为:$1 \sim 2^{16}(65\ 536)$。

6.3.3　方式 2

当 M1M0=10 时,定时/计数器设置为方式 2。在方式 2 下,定时/计数器 1 与定时/计数器 0 的逻辑结构和操作完全相同,均为可重置初值的 8 位计数器。这里以定时/计数器 1 为例进行说明其逻辑结构如图 6-5 所示。

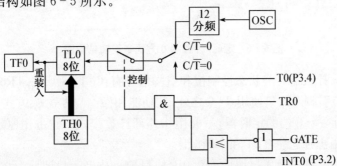

图 6-5　定时/计数器方式 0 逻辑结构图

在方式2下,以 TL1(TL0)作为8位计数器,TH1(TH0)作为预置寄存器,用于保存初值。当 TL1(TL0)计数满溢出时,硬件在溢出标志位 TF1 置1的同时,自动将 TH1(TH0)保存的初值送入 TL1(TL0)中,使定时/计数器又开始新一轮计数。

对一次溢出而言,其定时时间为:

$(2^8-定时/计数器初值)\times$机器周期,或$(2^8-定时/计数器初值)\times12/f_{osc}$,

则最小定时时间为:$[2^8-(2^8-1)]\times12/f_{osc}$,

最长定时时间为:$(2^8-0)\times12/f_{osc}$,

计数值范围为:$1\sim2^8(256)$。

方式2适用于循环定时或循环计数的场合,省去用户软件中重装初值指令的执行时间,简化定时初值的计算,可实现相当精确的定时。

6.3.4 方式3

当 M1M0=11 时,定时/计数器设置为方式3。方式3是为了增加一个附加的8位定时/计数器而设置的,从而使 MCS-51 单片机有3个定时/计数器。在方式3下,定时/计数器1和定时/计数器0的设置和使用是不同的。方式3只适用于定时/计数器0,而定时/计数器1不能工作在方式3下。当将定时/计数器1设置为方式3时相当于使 TR1=0,将停止工作。

1. 方式3下的定时/计数器0

当 TMOD 的低2位被设置为11时,定时/计数器被设置为方式3。在方式3下,定时/计数器0被拆成2个独立的8位计数器 TH0 和 TL0,其逻辑结构如图6-6所示。

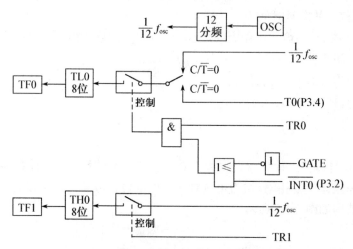

图6-6 定时/计数器0方式3逻辑结构图

TL0 使用定时/计数器0的状态控制位和引脚信号有:$C/\overline{T}$,GATE,TR0,TF0,T0(P3.4)引脚和$\overline{INT0}$(P3.2)引脚。除只使用 TL0 之外,其功能和操作与方式0、方式1完全相同。

TH0 被固定为一个8位的定时器,不能用作外部计数模式。它占用原定时/计数器1的运行控制位 TR1、溢出标志位 TF1 和中断源。

在方式3下,TL0 的中断入口地址为 000BH,TH0 的中断入口地址为 0001BH。

2. 方式 3 下的定时/计数器 1

当将定时/计数器 1 设为方式 3 时,它将停止工作。在定时/计数器 0 工作在方式 3 时,定时/计数器 1 仍可工作在方式 0～2,但是由于 TR1、TF1 均由定时/计数器 0 使用,定时/计数器 1 一般作为串行接口的波特率发生器。实际中常把定时/计数器 1 设置为方式 2 作为串行接口的波特率发生器使用。其逻辑结构如图 6-7 所示。

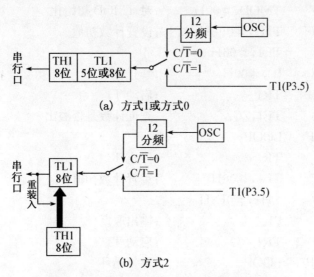

图 6-7 定时/计数器 1 的工作逻辑结构图

6.4 定时/计数器的应用

6.4.1 方式 0 的应用

在方式 0 下,定时/计数器 0、1 均为 13 位的计数器。这种方式是为兼容 MCS-48 单片机而设置的,计数初值的计算较复杂,实际使用中,这种方式用得较少。

【例 6-1】 选用定时/计数器 1 方式 0 产生 500 μs 定时,在 P1.1 引脚上输出周期为 1 ms 的方波,设晶振频率 $f_{osc}=6$ MHz。

(1) 计算定时/计数器的初值

机器周期为 2 μs,设需要装入 T1 的初值为 X,则有:

$(2^{13}-X)\times2=500$,可得 X=7942D=1111100000110B,低 5 位送入 TL1 的低 5 位,高 8 位送入 TH1,即(TL1)=00110B=06H,(TH1)=11111000B=F8H。

(2) 初始化程序设计

根据题意对 TMOD 进行初始化。GATE=0,用 TR1 控制定时器的启动和停止,C/$\overline{T}$=0,设为定时工作模式,M1M0=00,设为方式 0,定时/计数器 0 不用,TMOD 低 4 位置 0 即可,则(TMOD)=00H。

（3）程序设计

程序的实现可以采用查询方式或中断方式。采用查询方式,参考程序如下:

```
            ORG     0000H
            LJMP    MAIN
            ORG     0300H
MAIN：      MOV     TMOD,#00H      ;对 TMOD 初始化
            MOV     TH1,#0F8H      ;设置计数初值
            MOV     TL1,#06H
            MOV     IE,#00H        ;禁止中断
            SETB    TR1            ;启动 T1
LOOP：      JBC     TF1,ZCZ        ;查询计数是否溢出
            AJMP    LOOP
ZCZ：       CLR     TR1            ;停止 T1
            MOV     TL1,#06H       ;重置计数初值
            MOV     TH1,#0F8H
            CLP     P1.1           ;输出取反
            SETB    TR1            ;启动 T1
            AJMP    LOOP           ;重复循环
```

若采用中断方式,参考程序如下:

```
            ORG     0000H
            LJMP    MAIN
            ORG     001BH          ;定时/计数器 1 的中断服务程序入口地址
            AJMP    ZCZ
            ORG     0300H
MAIN：      MOV     TMOD,#00H      ;对 TMOD 初始化
            MOV     TH1,#0F8H      ;设置计数初值
            MOV     TL1,#06H
            SETB    ET1            ;允许 T1 中断
            SETB    EA             ;总中断允许
            SETB    TR1            ;启动 T1
$：         SJMP    $              ;等待中断
ZCZ：       CLR     TR1            ;T1 中断服务子程序,停止 T1
            MOV     TL1,#06H       ;重置计数初值
            MOV     TH1,#0F8H
            CLP     P1.1           ;输出取反
            SETB    TR1            ;启动 T1
            RETI                   ;中断返回
```

6.4.2 方式 1 的应用

方式 1 是 16 位的定时/计数器,初值的计算比方式 0 简单,应用较广。

【例 6-2】 假设系统时钟频率为 12 MHz,使用定时/计数器 0 工作在方式 1,在 P1.0 端输出周期为 20 ms 的方波。

(1) 计算定时/计数器的初值

要输出周期 20 ms 的方波,只需在 P1.0 引脚每隔 10 ms 交替输出高、低电平即可,因此定时时间为 10 ms。机器周期为 1 μs。设计数初值为 X,则有

$(2^{16}-X) \times 1 = 10\ 000,X = 55536D = 0D8F0H$。

低 8 位送 TL0,高 8 位送 TH0,即(TL0)=0F0H,(TH0)=0D8H。

(2) 对 TMOD 初始化

由题意可知,GATE=0,C/$\overline{T}$=0,M1M0=01,定时/计数器 1 不用,TMOD 高 4 位置 0,则(TMOD)=01H。

(3) 程序设计

采用中断方式实现,参考程序如下:

```
            ORG     0000H
            LJMP    MAIN
            ORG     000BH           ;定时/计数器 0 的中断服务程序入口地址
            LJMP    ZCZ
            ORG     0300H
MAIN:       MOV     TMOD,#01H       ;对 TMOD 初始化
            MOV     TH0,#0D8H       ;设置计数初值
            MOV     TL0,#0F0H
            SETB    ET0             ;允许 T0 中断
            SETB    EA              ;总中断允许
            SETB    TR0             ;启动 T0
HERE:       AJMP    HERE            ;等待中断
   ZCZ:     CLR     TR0             ;T0 中断服务子程序,停止 T0
            MOV     TL0,#0D8H       ;重置计数初值
            MOV     TH0,#0F0H
            CLP     P1.0            ;输出取反
            SETB    TR0             ;启动 T0
            RETI                    ;中断返回
```

6.4.3 方式 2 的应用

方式 2 是可重装初值的 8 位定时/计数器,这种方式可以免去用户在计数溢出后用指令重装初值的麻烦。

【例 6-3】 使用定时/计数器 1 工作在方式 2 下,对外部信号计数,要求每计满 100 个数,进行累加器加 1 操作。

（1）计算定时/计数器的初值

设计数初值为 X，则 $(2^8-X)=100$，$X=156=9CH$。所以，$(TL1)=9CH$，$(TH1)=9CH$。

（2）对 TMOD 初始化

由题意可知，外部信号由 T1(P3.5)引脚输入，每发生一次负跳变计数器加 1，每 100 个脉冲，T1 溢出产生中断，在中断服务器程序中对累加器加 1。因此有：GATE=0，由 TR1 控制定时/计数器 1 的运行；$C/\overline{T}=1$，工作在计数模式；M1M0=10，设为方式 2；定时/计数器 0 不用，低 4 位任意，但不能使 T0 工作在方式 3，这里低 4 位全置 0，则(TMOD)=60H。

（3）程序设计

采用中断方式实现，参考程序如下：

```
            ORG      0000H
            LJMP     MAIN
            ORG      001BH          ;定时/计数器 1 的中断服务程序入口地址
            INC      A
            RETI
            ORG      0300H
MAIN：      MOV      TMOD,#60H      ;对 TMOD 初始化
            MOV      TH0,#9CH       ;设置计数初值
            MOV      TL0,#9CH
            SETB     ET1            ;允许 T1 中断
            SETB     EA             ;总中断允许
            SETB     TR1            ;启动 T1
HERE：      AJMP     HERE           ;等待中断
            END
```

由于 T1 的中断服务子程序只有 2 条指令，不超过 8 个字节，所以进入 T1 中断服务子程序入口后，直接执行这 2 条指令，没有选择再跳转。

6.4.4　方式 3 的应用

只有定时/计数器 0 可以工作在方式 3 下。当定时/计数器 0 工作在方式 3 时，TL0 和 TH0 被分成 2 个独立的 8 位定时/计数器，TL0 可作为 8 的定时/计数器使用，而 TH0 只能作为 8 位的定时器使用。

【例 6-4】　假设系统晶振频率为 12 MHz，定时/计数器 1 工作在方式 2 下，已作为波特率发生器使用。现要求利用定时/计数器 0(P3.4)增加一个外部中断源，并控制从 P1.0 引脚输出周期为 200 μs 的方波。

分析：由于定时/计数器 1 用作波特率发生器，因此，T0 应工作在方式 3。在方式 3 下，TL0 初值设为 0FFH，工作于计数模式，当 T0 引脚收到负跳变信号则产生中断，TH0 控制从 P1.0 引脚输出周期 200 μs 方波，即完成 100 μs 定时。

（1）计数初值

(TL0)=0FFH，机器周期为 1 μs，设 TH0 的初值为 X，则

$(2^8-X)\times1=100$，$X=156D=9CH$，(TH0)=9CH。

（2）TMOD 初始化

定时/计数器 1 设为方式 2，定时/计数器 0 设为方式 3，TL0 工作于计数模式，则（TMOD）=00100111B=27H。

（3）程序设计

采用中断方式实现，参考程序如下：

```
            ORG     0000H
            LJMP    MAIN
            ORG     000BH           ;TL0 的中断服务程序入口地址
            LJMP    TL0INT
            ORG     001BH           ;TH0 的中断服务程序入口地址
            LJMP    TH0INT
            ORG     0300H
    MAIN：  MOV     TMOD,♯27H       ;对 TMOD 初始化
            MOV     TH0,♯9CH        ;设置初值
            MOV     TL0,♯0FFH
            SETB    ET0             ;允许 TL0 中断
            SETB    ET1             ;允许 TH0 中断
            SETB    EA              ;总中断允许
            SETB    TR0             ;启动 TL0
    HERE：  AJMP    HERE            ;等待中断
  TL0INT：  MOV     TL0,♯0FFH       ;重置 TL0 初值
            SETB    TR1             ;启动 TH0
            RETI                    ;中断返回
  TH0INT：  MOV     TH0,♯9CH        ;重置 TH0 初值
            CLP     P1.0            ;输出取反
            RETI                    ;中断返回
```

6.4.5 门控位 GATE 的应用

下面以测量 $\overline{INT0}$ 引脚上出现的正脉冲的宽度为例为说明门控位的应用。

【例 6-5】 测量 $\overline{INT0}$ 引脚上出现的正脉冲宽度，并以机器周期数的形式存放在 R0、R1 内，低位放在 R0 内，高位放在 R1 内。

分析：由定时/计数器 0 的逻辑结构可知，当 GATE=1 且 TR1=1 时，T0 的启动和停止由 $\overline{INT0}$ 引脚上的信号控制。因此，将定时/计数器 0 设置为定时功能，当 $\overline{INT0}$ =1 时，T0 启动，当 $\overline{INT0}$ =0 时，T0 停止，根据 T0 的计数值计算 $\overline{INT0}$ 引脚上的信号的正脉冲的宽度。

（1）计数初值

定时/计数器初值可取为 00H。

（2）TMOD 初始化

GATE=1，$\overline{INT0}$ =0，M1M0=01，TMOD 高 4 位置为 0，则（TMOD）=09H。

（3）程序设计

参考程序如下：

```
         ORG      0000H
         AJMP     MAIN
         ORG      0300H
MAIN：MOV      TMOD，#09H    ;对 TMOD 初始化
         MOV      TH0，#00H     ;设置初值
         MOV      TL0，#00H
LOOP1：JB       P3.2，LOOP1   ;等待 INT0 下降
         SETB     TR0           ;INT0 下降时，TR0 置 1，开放运行
         T0
LOOP2：JNB      P3.2，LOOP2   ;等待 INT0 上升，以启动 T0 计数
LOOP3：JB       P3.2，LOOP3   ;等待 INT0 下降，以停止 T0 计数
         CLR      TR0           ;关闭 T0
         MOV      R0，TL0       ;保存结果
         MOV      R1，TH0
         SJMP     $
```

习题 6

6-1. MCS-51 单片机内部有几个定时/计数器？它们由哪些特殊功能寄存器组成？

6-2. 定时/计数器用作定时模式时，其计数脉冲由谁提供？定时时间与哪些因素有关？用作计数模式时，对外界计数脉冲有何限制？

6-3. 当定时/计数器 0 工作于方式 3 时，应如何控制定时/计数器 1 的启动和关闭？

6-4. 假设单片机晶振频率为 12 MHz，则定时/计数器工作在不同方式时，其最大定时范围是多少？

6-5. 采用定时/计数器 1 对外部脉冲进行计数，编程实现：每计满 100 个脉冲后，T1 转为定时工作模式。定时 200 μs 后，又转为计数模式，如此循环下去。假设单片机晶振频率为 6 MHz。

6-6. 编写一段程序实现：当 P1.0 引脚的电平正跳变时，对 P1.1 的输入脉冲进行计数；当 P1.2 引脚电平负跳变时，停止计数，并将计数值写入 R0、R1（高位存入 R1，低位存入 R0）。

6-7. 设单片机晶振频率为 6 MHz，试编程实现，从 P1.0 引脚输出 1 000 Hz 的方波。

6-8. 要求用单片机内部定时/计数器定时 1 min，试编程实现。

6-9. 设单片机晶振频率为 6 MHz，试用定时/计数器 0 在 P1.0 引脚输出周期为 400 μs、占空 1∶9 的矩形脉冲。

第7章 MCS-51单片机的串行接口

7.1 串行通信的一般概念

7.1.1 通信的基本方式

不同的独立系统利用线路(传输介质)互相交换信息(数据)称之为通信。

通信的基本方式分为并行通信和串行通信两种。

(1)并行通信是将构成一组数据的各位在并行信道上同时传送的方式,例如:一次传送8位二进制数。这种通信方式的特点是传输数据速度快、效率高,但所需要的数据线较多,成本高且控制复杂,仅适用于近距离数据通信,如系统内部数据总线。

(2)串行通信是将要传送字符中的各数据位在一条信道上一位接一位地顺序传送。数据传输时,发送方按位发送,接收方按位接收。这种通信方式线路简单,只需要一对传输线即可完成,其传输数据速度低于并行传输,成本低,易于控制,适用于长距离数据通信。

7.1.2 串行通信的方式

串行通信又分为异步传输和同步传输两种方式。

(1)在异步传输方式下,数据以一个字符为单位进行传输。在传输字符时,是以一个起始位表示字符的开始,以一个停止位表示字符的结束。一个字符又称为一帧信息,它包括起始位、数据位、奇偶校验位和停止位。其中,起始位占1位,用逻辑"0"表示。当发送方要发送一个字符时,首先发送一个逻辑"0"信号,这个逻辑"0"信号就是起始位。其后是数据位,数据位的个数可以是5、6、7、8或9位。发送时,低位在前,高位在后,按位发送。紧跟在数据位后的是奇偶校验位,用于对所发送的数据位和奇偶校验位进行奇偶校验,奇偶校验位为可选位。最后一位是停止位,用来表示一帧信息的结束,可以是1位、1位半或2位。在异步传送中,字符间隔不固定,在停止位后可加若干个空闲位,空闲位用高电平表示,用来等待数据的传输。异步传输的字符格式如图7-1所示。

在串行异步传输方式下,通信双方必须事先约定好字符格式和数据传输速度。字符格式包括字符的编码格式、奇偶校验位、起始位和停止位。如字符编码格式采用 ASCII 码,则数据位占7位,再加上起始位、奇偶校验位和停止位,传输一个字符共10位。数据传输速度通常以波特率表示,即每秒传送的二进制数的位数,单位为 b/s(位/秒)。例如,数据以每秒200个比特位传送,则数据传输的速度即为200 b/s。

(2)在同步传输方式下,数据传输是以数据块的形式进行,每个数据块开头以同步字符 SYN 指示。一个数据块由若干个字符组成,各字符之间取消了起始位和停止位连续发送。通信双方为了实现通信,必须建立准确的定时信号,正确区分每位数据信号。由于数据块的各字

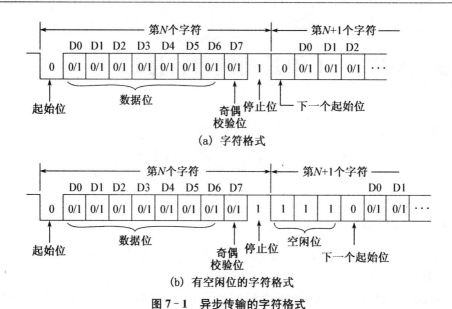

（a）字符格式

（b）有空闲位的字符格式

图 7-1　异步传输的字符格式

符之间取消了起始位和停止位，因此同步传输的通信速度高，但控制电路比较复杂。同步传输格式如图 7-2 所示。

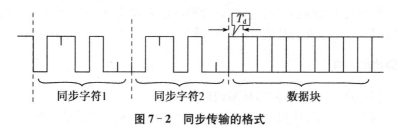

图 7-2　同步传输的格式

7.1.3　双工通信方式

　　双工通信方式是对相互通信的两台设备间数据传输方向的描述。根据通信时数据流在通信双方的传输方向的不同，串行通信有以下三种方式：

　　（1）单工方式　在该方式下，数据传输方向是单向的，通信双方中一方固定作为数据的发送位，另一方固定作为接收方。单工方式只需一个数据线即可完成通信，如图 7-3（a）所示。

　　（2）半双工方式　半双工的数据传输方向是双向的，即通信双方任何一方都可作为数据的发送方和接收方，但同一时刻只能作为发送方或接收方，不能同时既发送数据又接收数据。半双工通信可以使用 1 条数据线也可使用 2 条数据，如图 7-3（b）所示。

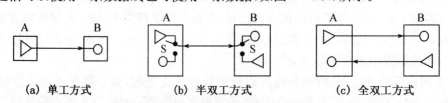

（a）单工方式　　　　（b）半双工方式　　　　（c）全双工方式

图 7-3　串行通信数据传送的三种方式

（3）全双工方式　全双工通信的数据传送方向是双向,通信双方任一方都可以同时发送和接收数据。全双工通信需要 2 条数据线,如图 7 - 3(c)所示。

7.1.4　串行通信的接口电路

完成串行通信需要相应的接口电路。该接口电路应具备的功能包括:接收 CPU 的并行数据,转换成串行数据通过接口数据线发送出去,或者从接口数据线上接收串行数据并转换成并行数据传送给 CPU。能够完成串行通信的接口电路有很多,如通用异步收发器(UART),它能够完成串行异步通信;通用同步收发器(USRT),它能够完成串行同步通信;通用同步/异步收发器,它能够完成串行同步/异步 2 种通信方式。

MCS - 51 单片机内部集成了一个全双工的串行异步通信接口,能够同时完成数据的收发。

7.1.5　串行通信总线标准接口

所谓标准接口,是指明确定义了若干信号线,使接口电路标准化,通用化。通过标准接口,不同类型的数据通信设备,如计算机、打印机、扫描仪、各种智能仪器仪表等可以很方便地实现数据交换。

串行通信接口标准由多种,如 RS - 232C,RS - 449、RS - 422、RS - 423、RS - 485 等,其中 RS - 232C 应用最为广泛。下面着重介绍 RS - 232C 接口标准。

RS - 232C 标准是数据通信设备 DCE 与数据终端设备 DTE 之间的接口技术标准,是由美国电子工业协会 EIA 与 BELL 等公司一起开发的,并在 1966 年成为串行通信接口标准,因此又称为 EIA - RS - 232C 标准,它是一种串行物理接口标准,明确规定了串行通信的信号线功能、电气特性、信号接口等。RS - 232C 适合于短距离通信,通信距离不超过 15 m,数据传送的速度不大于 20 000 b/s。

1. RS - 232C 标准的电气特性

RS - 232C 标准规定了电气特性、逻辑电平以及各种信号线的功能。由于 RS - 232C 标准出现早于 TTL 电路,对于数据信号,它采用的电平不是＋5 V 和 0 V,而是负逻辑,即:逻辑"1":－3～－15 V;逻辑"0":＋3～＋15 V。而对于控制信号,RS - 232 标准则规定,信号有效:＋3～＋15 V;信号无效:－3～－15 V。

由于计算机和终端接口采用的是 TTL 电平,不能直接和 RS - 232C 相连,必须加适当的电平转换电路,否则会使 TTL 电路烧坏。完成电平的转换,既可以通过分立元器件实现,又可通过转换器件实现。目前应用较为广泛的是采用转换器件,如:MC1488、MC1489、MAX232 等。MC1488 可将输入的 TTL 电平转换为 RS - 232C 电平输出;MC1489 可将输入的 RS - 232C 电平转换 TTL 电平输出;而 MAX232 可完成双向的电平转换。

2. 信号接口

RS - 232C 总线标准接口规定了 21 个信号,有 25 条引脚线,可提供 1 个主信道和 1 个辅助信道,在多数情况下主要使用主信道。对于一般的串行异步双工通信,仅需要几条信号线就可实现,如 1 条发送线、1 条接收线和 1 条地线。与 RS - 232C 相匹配的 D 型连接器主要有 2 种:DB - 25 和 DB - 9,它们的引脚排列分别如图 7 - 4(a)和 7 - 4(b)所示,其引脚信号定义如表 7 - 1 和表 7 - 2 所示。

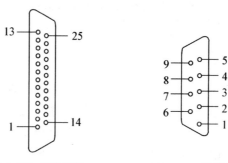

(a) DB-25连接器   (b) DB-29连接器

图 7-4 D 型连接器引脚排列示意图

表 7-2 DB-25 连接器引脚说明

引　脚	信号名称	符　号	流　向	功　能
1	保护地	GND		设备外壳接地
2	发送数据	TXD	从 DTE 至 DCE	DTE 发送串行数据
3	接收数据	RXD	从 DCE 至 DTE	DTE 接收串行数据
4	请求发送	RTS	从 DTE 至 DCE	DTE 请求 DCE 将线路切换到发送方式
5	允许发送	CTS	从 DCE 至 DTE	DCE 告诉 DTE 线路接通可以发送数据
6	数据设备准备好	DSR	从 DCE 至 DTE	DCE 准备好
7	信号地	SGND		
8	载波检测	DCD	从 DCE 至 DTE	接收到远程载波信号
9	空			留作调试用
10	空			留作调试用
11	空			未用
12	载波检测	DCD	从 DCE 至 DTE	在第二信道检测到远程载波信号
13	允许发送(2)		从 DCE 至 DTE	第二信道允许发送
14	发送数据(2)	TXD(2)	从 DTE 至 DCE	第二信道发送数据
15	发送时钟		从时钟至 DTE	提供发送器定时信号
16	接收数据(2)	RXD(2)		第二信道接收数据
17	接收时钟			为接口和终端提供定时信号
18	空			未用
19	请求发送(2)		从 DTE 至 DCE	连接第二信道的发送器
20	数据终端准备好	DTR	从 DTE 至 DCE	DTE 准备就绪
21	空			
22	振铃指示	RI	从 DCE 至 DTE	表示 DCE 与线路接通,出现振铃
23	数据率选择		从 DTE 至 DCE	选择两个同步数据率
24	发送时钟		从 DTE 至 DCE	为接口和终端提供定时信号
25	空			未用

表 7 - 2　DB - 9 连接器引脚说明

引脚号	信号名称	符 号	数据流向	功 能
1	载波检测	DCD	从 DCE 至 DTE	接收到远程载波信号
2	接收数据	RXD	从 DCE 至 DTE	DTE 接收串行数据
3	发送数据	TXD	从 DTE 至 DCE	DTE 发送串行数据
4	数据终端准备好	DTR	从 DTE 至 DCE	DTE 准备就绪
5	信号地	SGND		
6	数据设备准备好	DSR	从 DCE 至 DTE	DCE 准备就绪
7	请求发送	RTS	从 DTE 至 DCE	DTE 请求 DCE 将线路切换到发送方式
8	允许发送	CTS	从 DCE 至 DTE	DCE 告诉 DTE 线路已接通可以发送数据
9	振铃指示	RI	从 DCE 至 DTE	表示 DCE 与线路接通,出现振铃

RS - 232C 标准规定的 25 条线中,包括 4 条数据线、11 条控制线、3 条定时线、7 条备用和未定义线,其中常用的有 9 条,传输信号可分为 3 类。

(1) 传送信息的信号线

① 发送数据 TXD:由发送端(DTE)以串行数据格式向接收端(DCE)发送数据。

② 接收数据 RXD:由接收端(DCE)以串行数据格式接收数据。

(2) 联络控制信号线

① 请求传送信号 RTS:由发送端(DTE)向接收端(DCE)发送的联络信号,表示 DTE 请求向 DCE 发送数据。

② 允许发送信号 CTS:由 DCE 向 DTE 发出的联络信号,表示本地 DCE 响应 DTE 向 DCE 发出的 RTS 信号,且本地 DCE 准备向远程 DCE 发送数据。

③ 数据准备就绪信号 DSR:是 DCE 向 DTE 发出的联络信号,指出本地 DCE 的状态。当 DSR=1 时,表示 DCE 没有处于测试通话状态,此时 DCE 可以和远程 DCE 建立通信通道。

④ 数据终端准备就绪信号 DTR:由 DCE 向 DTE 发送,指出本地 DTE 的当前状态。当 DTR=1 时,表示 DTE 处于准备就绪状态,在本地 DCE 和远程 DCE 之间建立通信通道。

⑤ 数据载波检测信号 DCD:DCE 向 DTE 发出的状态信息,当 DCE=1 时,表示已接通通信链路,告知 DTE 准备接收数据。

⑥ 振铃指示信号 RI:DCE 向 DTE 发出的状态信息,当 RI=1 时,表示本地 DCE 接收到远程 DCE 的振铃信号。

(3) 地线

SG、PE:信号地和保护地。

7.2　MCS - 51 单片机的串行通信接口

MCS - 51 单片机片内含有一个全双工的串行通信接口,可以完成串行异步通信,同时也可以通过外接同步移位寄存器作为串行扩展口使用。

7.2.1 串行接口的结构

MCS-51 单片机的串行接口内部结构如图 7-5 所示。它内部有 2 个物理上独立的缓冲器,这 2 个缓冲器都属于特殊功能寄存器,使用同一符号 SBUF 来表示,共用一个字节地址 99H。其中发送缓冲器只能写不能读,它具有移位功能,实现发送数据的并转串和数据格式化的功能。当 CPU 将发送的数据写入发送缓冲器后,发送过程就自动开始。接收缓冲器用来接收输入移位寄存并行传送的数据,并将数据传送到内部总线上,它只能读不能写。对单片机的 CPU 而言,串行接口只是一个可读写的寄存器,通过读、写指令区分要访问的是发送缓冲器还是接收缓冲器。当 CPU 对串行接口执行读操作时,如"MOV A,SBUF"访问的是接收缓冲器,当 CPU 对串行接口执行写操作时,如"MOV SBUF,A"访问的是发送缓冲器。

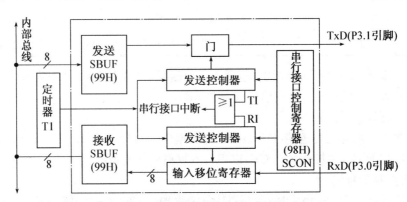

图 7-5 串行接口的内部结构示意图

7.2.2 串行接口的控制寄存器

串行接口的控制寄存器有 2 个:SCON 和 PCON。通过对这 2 个特殊寄存器的编程来设置串行接口的工作方式和工作过程。

1. 串行接口控制寄存器 SCON

串行接口控制寄存器 SCON,字节地址 98H,可位寻址,其格式如图 7-6 所示。

D7	D6	D5	D4	D3	D2	D1	D0
SM0	SM1	SM2	REN	TB8	RB8	TI	RI

图 7-6 SCON 格式

各位功能如下:

(1) SM0、SM1:串行接口的工作方式选择位

SM0、SM1 两位的编码所对应的 4 种工作方式和相应的功能如表 7-1 所示。

表7-1　串行接口的4种工作方式

M1	M0	方式和功能
1	0	方式0,同步移位寄存器方式(用于扩展I/O口)
0	1	方式1,8位异步收发,波特率可变(由定时/计数器控制)
1	0	方式2,9位异步收发,波特率为$f_{osc}/64$或$f_{osc}/32$
1	1	方式3,9位异步收发,波特率可变(由定时/计数器控制)

(2) SM2:多机通信控制位

方式0时,SM2必须为0;方式1时,若SM2=1,则接收到的停止位为1时,才会将接收到前8位数据送入SBUF,停止位送入RB8,并将RI置1,向CPU申请中断;若接收到的停止为0,则将接收到的数据丢弃,RI清零,不申请中断;若SM2=0,则正常接收,即不论接收到的停止位是什么状态,都将接收到的前8位数据送入SBUF,RI置1,向CPU申请中断。

在方式2和方式3时,若SM2=1,则当接收到的第9位数据(RB8)为1时,将RI置1,向CPU申请中断,并将接收到的前8位数据送入SBUF;若接收到的第9位数据(RB8)为0时,则将接收到的数据丢弃;若SM2=0时,则不论第9位数据是1还是0,都将前8位数据送入SBUF中,并使RI置1,产生中断请求。

(3) REN:允许/禁止串行接口接收控制位

若REN=1,允许串行接口接收数据,若REN=0,禁止串行接口接收数据。

(4) TB8:发送的第9位数据

在方式2和方式3时,TB8是要发送的第9位数据,它的值可由软件置位或清零。在双机串行通信时,TB8常作为奇偶校验位使用。在多机串行通信时,TB8常作为地址信息和数据信息的区别标志。在方式1中,TB8是停止位,方式0不使用TB8。

(5) RB8:接收的第9位数据

在方式2和方式3时,RB8存放接收到的第9位数据。在方式1时,RB8是接到的停止位。方式0时不使用RB8。

(6) RI:发送中断标志位

在方式0时,接收完第8位数据时,RI由硬件置1;在其他方式时,该位在串行接口接收到停止位时由硬件自动置1。RI=1,表示一帧接收结束,该位的状态可供软件查询或形成中断请求。RI不能由硬件清零,必须由软件清零。

(7) TI:发送中断标志位

在方式0时,发送完第8位数据时,TI由硬件置1。在其他方式时,串行接口发送停止位的开始时置为1。TI=1,表示一帧发送完毕。TI的状态可供软件查询或形成中断请求。TI也不能由硬件清零,必须由软件清零。

2. 电源控制寄存器PCON

PCON也是一个特殊功能寄存器,字节地址为87H,不可位寻址。PCON的格式如图7-7所示。

(1) SMOD:波特率倍增位

串行接口工作在方式1或方式3时,其波特率可调。若SMOD=0,波特率不倍增,若SMOD=1时,波特率倍增。

(2) GF1、GF0、PD、IDL：此4位用于CHMOS型单片机的掉电方式控制，对HMOS型单片机无定义。

D7	D6	D5	D4	D3	D2	D1	D0
SMOD	—	—	—	GF1	GF0	PD	IDL

图 7-7 PCON 格式

7.2.3 串行接口的工作方式

MCS-51单片机的串行接口有4种工作方式，可以通过编程设置SCON中的SM0、SM1 2位来选择，见表7-1。

1. 方式0

串行接口方式0为同步移位寄存器输入/输出方式，在这种方式下，串行接口需要外接同步移位寄存器，实现单片机I/O口的扩展，即外接"串入并出"移位寄存器以扩展输出端口，外接"并入串出"移位寄存器以扩展输入端口。此时，引脚RXD(P3.0)固定作为数据移位的输入/输出端，TXD(P3.1)固定作为提供移位时钟脉冲的输出端。移位数据的发送和接收均按照低位在前，高位在后的方式进行，数据传送的波特率是固定的，为$12/f_{osc}$。方式0以8位数据为一帧，没有起始位和停止位，其帧格式如图7-8所示。

···	D0	D1	D2	D3	D4	D5	D6	D7	···

图 7-8 方式 0 的帧格式

(1) 方式0发送过程

方式0发送数据时，串行接口需要外接"串入并出"移位寄存器，如CD4094或74LS164，与串行接口配合，将串行接口扩展为并行输出口。通过串行接口发送数据时，CPU执行一条写指令将要发送的数据写入发送缓冲器SBUF，此时产生一个正脉冲，串行接口将SBUF中的8位二进制数以$12/f_{osc}$的波特率从RXD引脚发送出去，低位在前，高位在后，TXD引脚则同时提供移位脉冲。发送完毕时，由硬件将TI置1，发送过程时序如图7-9所示。

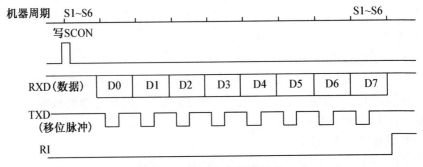

图 7-9 方式 0 的发送时序

(2) 方式0接收过程

方式0接收数据时，串行接口需要外接"串出并入"移位寄存器，如CD4014或74LS165，将串行接口扩展为并行输出口。接收数据时，应先将REN置1，否则将禁止串行接口接收数据。当 CPU 将控制字写入 SMOD 时,产生一个正脉冲,接收过程便开始。数据通过 RXD 引脚以串行方式输入 SBUF,TXD 则提供同步移位时钟。当接收完 8 位数据时,由硬件将 RI 置 1,向 CPU 申请中断。接收过程时序如图 7 - 10 所示。

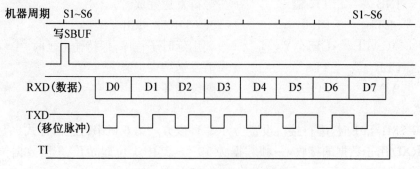

图 7 - 10　方式 0 的接收时序

（3）方式 0 应用

【例 7 - 1】　使用 CD4014"并入串出"移位寄存器的并行输入端外接 8 个开关,作为单片机系统的输入设备,使用 CD4094"串入并出"移位寄存器的并行输出端外接 8 只发光二极管作为单片机系统的输出设备,连接图如图 7 - 11 所示。试编写程序完成将开关的状态读入,并由发光二极管显示(开关闭合为亮,断开为暗)的任务。

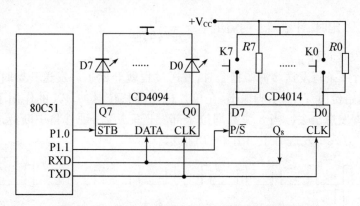

图 7 - 11　方式 0 实现并行 I/O 端口扩展结构图

采用查询方式,参考程序如下:

```
        MOV     SCON,#00H
        CLR     ES          ;关中断
LOOP:   CLR     P1.0        ;关 CD4094 并出
        CLR     P1.1        ;开 CD4014 串出
        MOV     SCON,#10H   ;启动单片机输入
        JNB     RI,$        ;等待接收完成
        SETB    P1.1        ;关 CD4014 串出
        CLR     RI          ;清接收结束标志
        MOV     SCON,#00H   ;关单片机输入
```

MOV	A,SBUF	;读取开关输入状态
CPL	A	;状态取反
MOV	SBUF,A	;启动单片机串行接口输出
JNB	TI,$	;等待发送完成
SETB	P1.0	;开 CD4094 并出
ACALL	DELAY	;调用延时子程序,保持输出延时
CLR	TI	;清发送结束标志
AJMP	LOOP	;继续循环

2. 方式 1

当 SM0 SM1＝01 时,串行接口设置为方式 1,该方式为双机串行通信方式。TXD 用于数据的发送,RXD 用于数据的接收,一帧数据为 10 位,其中 1 位起始位、8 位数据位、1 位停止位,其帧格式如图 7－12 所示。

图 7－12　方式 1 的帧格式

在方式 1 时,串行接口的波特率可确定:

$$方式 1 的波特率＝\frac{2^{SMOD}}{32}\times定时器/计数器 1 的溢出率,$$

$$定时/计数器 1 的溢出率＝\frac{1}{定时时间}。$$

（1）方式 1 发送过程

当 CPU 执行一条写发送缓冲器指令时,发送过程就开始了。发送开始时,内部控制信号 $\overline{SEND}$ 有效,将起始位由 TXD 引脚输出,在单片机内部移位脉冲 TX 的作用下以设定好的波特率从 TXD 引脚发送出去。当 8 位数据位全部发送完后,由硬件将中断标志位 TI 置 1,向 CPU 申请中断。方式 1 发送时序如图 7－13 所示。

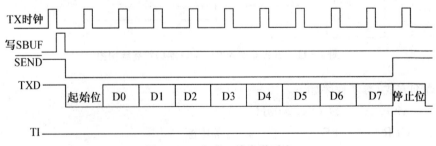

图 7－13　方式 1 的发送时序

（2）方式 1 接收过程

串行接口以方式 1 接收时,SCON 中的 REN 必须置 1。当检测到 RXD 引脚的负跳变时,接收过程便开始。在内部移位脉冲 RX 的控制下,以规定的波特率将 RXD 引脚的数据逐位移入输入移位寄存器当中,停止位移入后被送入 RB8 中,数据位被送入接收缓冲器中,RI 由硬件置 1,向 CPU 申请中断。接收时,定时控制信号有 2 种:一种是接收移位时钟 RX,其频率和发送的 TX 相同;另一种是位检测器采样脉冲,其频率是 RX 时钟的 16 倍。位检测器在每个

RX 时钟内对接收的数据位进行连续 3 次采样,至少检测到 2 次相同的值,以保证接收到的数据正确。方式 1 接收时序如图 7-14 所示。

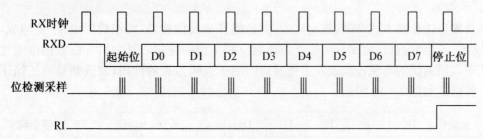

图 7-14　方式 1 的接收时序

（3）方式 1 的应用

【例 7-2】　设单片机采用 12 MHz 晶振频率,串行接口以工作方式 1 工作,定时/计数器 1 工作于定时器方式 2 作为波特率发生器,波特率选定为 1 200 b/s。试编程实现单片机从键盘上接收所键入的字符,并把它送到 CRT 显示器显示的功能。

分析:由题设可知,$GATE=0$,$C/\overline{T}=0$,$M1M0=10$,则（TMOD）$=20H$（假设定时/计数器 0 相关控制位全为 0）,由公式:波特率 $=\dfrac{2^{SMOD}}{32}\times$ 定时/计数器 1 的溢出率,设 $SMOD=0$,不倍增,定时器/计数器 1 的溢出率 $=\dfrac{1}{\text{定时时间}}=\dfrac{f_{osc}}{12\times(256-\text{初值})}$,可得:初值 $=256-$ $\dfrac{f_{osc}\times 2^{SMOD}}{384\times\text{波特率}}=256-\dfrac{12\times 10^6\times 2^0}{384\times 1\,200}=230$。则（TH1）$=$（TL0）$=230=0E6H$。串行接口工作在方式 1,则（SCON）$=1$。

采用查询方式,参考程序如下:

```
CRT:   MOV    SP,#60H         ;设堆栈指针
       MOV    TMOD,#20H       ;设 T1 为方式 2,作定时器使用
       MOV    TL1,#0E6H       ;设波特率为 1 200 b/s
       MOV    TH1,#0E6H       ;设置重置值
       SETB   TR1             ;启动 T1 运行
       MOV    PCON,#00H       ;SMOD=0,波特率不倍增
       MOV    SCON,#40H       ;设串行接口为方式 1,关接收
       MOV    SBUF,#3FH       ;启动发送提示符"?"到 CRT
       JNB    TI,$            ;等待发送结束
KEY:   MOV    SCON,#50H       ;设串行接口工作方式 1 接收,同时将 TI 清零
WAIT:  JBC    RI,GET          ;等待输入字符接收结束后将 RI 清零,并转移程序
       AJMP   WAIT
GET:   MOV    A,SBUF          ;接收键入字符
DIR:   MOV    SCON,#40H       ;设置串口为方式 1,关接收
       MOV    SBUF,A          ;发送字符到显示器
       JNB    TI,$            ;等待发送结束
```

```
    CLR    TI                    ;清发送标志
    AJMP  KEY                    ;循环至下一字符的键入
```

3. 方式2

串行接口工作在方式2时,被定义为11位的异步通信接口,每帧数据由11位构成,包括1位起始位,8位数据位,可编程的第9位数据位和1位停止位。其中第9位数据位通过编程用于实现双机通信的奇偶校验或在多机通信时用于表明数据的性质,如该帧是地址帧还是数据帧。帧格式如图7-15所示。

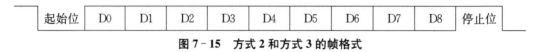

图7-15 方式2和方式3的帧格式

在方式2时,串行接口的波特率可确定:

$$方式2的波特率 = \frac{2^{\text{SMOD}}}{64} \times f_{\text{OSC}}$$

（1）方式2发送过程

发送前,根据通信协议确定第9位数据位的性质,由指令"SETB TB8"或"CLR TB8"将其写入SCON中,然后将要发送的数据写入发送缓冲器SBUF中,内部产生$\overline{\text{SEND}}$信号,便开始发送过程。串行接口自动将TB8装入第9位数据位发送出去。发送完成,由硬件将中断标志位TI置1,向CPU申请中断。方式2发送时序如图7-16所示。

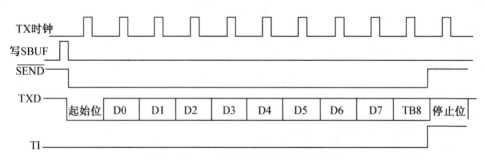

图7-16 方式2和方式3的发送时序

（2）发式2接收过程

首先将SCON中REN置1,当串行接口采样到RXD引脚由1到0的负跳变且起始位有效后,接收过程便开始。串行接口以规定的波特率从RXD引脚接收数据,送入串行接口中的输入移位寄存器中,接收完毕,将数据位D0～D7送入接收缓冲器SBUF中,第9位数据送入RB8中,由硬件将RI置1,接收过程结束。方式2接收时序如图7-17所示。

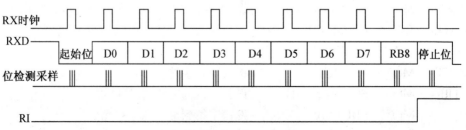

图7-17 方式2和方式3的接收时序

（3）方式 2 的应用

【例 7-3】　下面的子程序为方式 2 时的双机通信的发送子程序，以 TB8 作为奇偶校验位，其功能是将片外 2000H～200FH 单元内容从串行接口中发送出去。

```
TRT:    MOV     SCON,#80H       ;方式2编程
        MOV     PCON,#80H       ;取波特率为倍频
        MOV     DPTR,#2000H     ;数据块起始地址2000H送DPTR
        CLR     ES              ;关中断
        MOV     R7,#10H         ;字节数10H送R7
LOOP:   MOVX    A,@DPTR         ;取数据送A
        MOV     C,P             ;A中数据的奇偶标志P送TB8
        MOV     TB8,C
        MOV     SBUF,A          ;数据送SBUF,启动发送
WAIT:   JBC     TI,CONT         ;判断发送过程是否结束
        SJMP    WAIT
CONT:   INC     DPTR
        DJNZ    7,LOOP
        RET
```

4. 方式 3

方式 3 的帧格式、发送和接收过程与方式 2 均相同，唯一不同的是方式 3 的波特率。方式 3 的波特率由下式确定：

$$方式3的波特率=\frac{2^{SMOD}}{32}\times 定时器/计数器1的溢出率$$

【例 7-4】　下面的子程序为方式 3 时的双机通信的发送子程序，以 TB8 作为奇偶校验位，其功能是将片外 2000H～200FH 单元内容从串行接口中发送出去。晶振频率为 6 MHz，波特率为 4 800 b/s。

```
TRT:    MOV     SCON,#0D0H      ;工作方式为方式3发送
        MOV     PCON,#00H       ;取波特率为不倍频
        MOV     DPTR,#2000H     ;数据块起始地址2000H送DPTR
        MOV     TMOD,#20H
        MOV     TH1,#0FDH       ;设置波特率为4800 b/s
        MOV     TL1,#0FDH
        SETB    TR1
        CLR     ES              ;关中断
        MOV     R7,#10H         ;字节数10H送R7
LOOP:   MOVX    A,@DPTR         ;取数据送A
        MOV     C,P             ;A中数据的奇偶标志P送TB8
        MOV     TB8,C
        MOV     SBUF,A          ;数据送SBUF,启动发送
WAIT:   JBC     TI,CONT         ;判断发送过程是否结束
```

```
         SJMP       WAIT
CONT：INC            DPTR
         DJNZ       7,LOOP
         RET
```

7.3　串行通信接口应用

利用 MCS-51 单片机的串行接口实现单片机之间点对点通信、多机通信以及单片机与 PC 机间的单机或多机通信。限于篇幅,下面仅介绍单片机之间点对点通信、单片机与 PC 机的通信。

7.3.1　单片机之间点对点双机通信

1. 硬件连接

若通信的 2 个单片机距离较近,如在 1.5 m 之内,它们的串行接口可直接相连,接口电路如图 7-18 所示。如果双机通信距离在 1.5~5 m 之间时,则不能直接相连。因为单片机串行接口的输入输出电平均为 TTL 电平,以 TTL 电平方式进行串行通信,线路抗干扰性差,传输距离短,传输速率低。为了提高串行通信的可靠性,增大串行通信的距离以及提高串行通信速度,一般均采用标准串行接口,如 RS-232C、RS-422A、RS-485 等来实现。由于单片机串行接口采用的是 TTL 电平,通过电平转换器 MAX232 将 TTL 电平转换为 EIA 电平,以 RS-232C 实现双机点对点通信连接如图 7-19 所示。

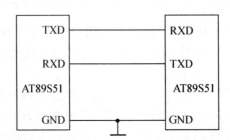

图 7-18　双机串行通信直接连接电路

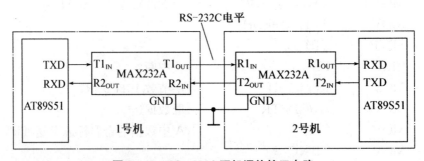

图 7-19　RS-232C 双机通信接口电路

2. 软件设计

串行通信编程有 2 种方式：查询方式和中断方式。前者是指通过软件查询中断标志位 TI、RI 是否为 1 的方式，判断是否完成发送或接收一帧数据，以便进行后续处理；而后者则是当 TI 或 RI 被置位时引发 CPU 中断来进行后续处理。以查询方式发送和接收的程序流程如图 7-20 所示，而以中断方式发送和接收的流程如图 7-21 和图 7-22 所示。

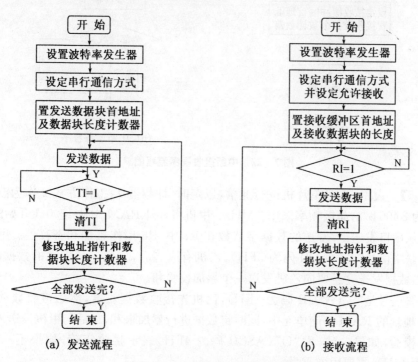

(a) 发送流程　　　　　　　　　　(b) 接收流程

图 7-20　查询方式的程序流程图

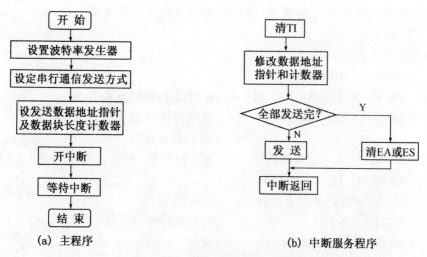

(a) 主程序　　　　　　　　　　(b) 中断服务程序

图 7-21　中断发送程序流程图

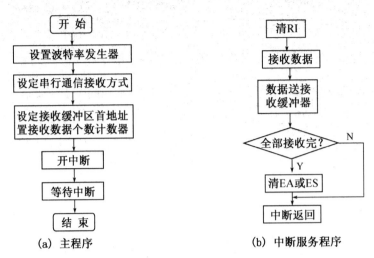

图 7-22　中断接收程序流程图

【例7-5】　设甲、乙两单片机进行通信,以定时/计数器1,工作方式2作为波特率发生器,波特率为2 400 b/s,晶振频率采用6 MHz。甲机将片外RAM中从1000H开始的小于256字节的数据从串口发送出,发送的数据字节数在R7中,R6用作累加和寄存器。甲机发送数据之前先发联络信号"?"(ASCII码为3FH),乙机有应答后,先发送待发送的数据的字节数,再发数据,当数据发送完还要向乙机发送一个累加校验和。

乙机应答信号是"."(ASCII码为2EH),乙机先接收数据长度,然后接收数据并送片外1000H为首地址的RAM存储单元中,同时将数据进行累加求和,最后与甲机发送来的累加和进行累加和校验,如果一致,发"O"(ASCII码为4FH)表示接收正确,如果不一致,发"F"(ASCII码为46H),需要甲方重发。

(1) 假设甲机以查询方式发送,通过上述公式计算,定时/计数器1的定时计数初值=0FAH,根据要求,甲机以查询方式发送程序流程图如图7-23所示。

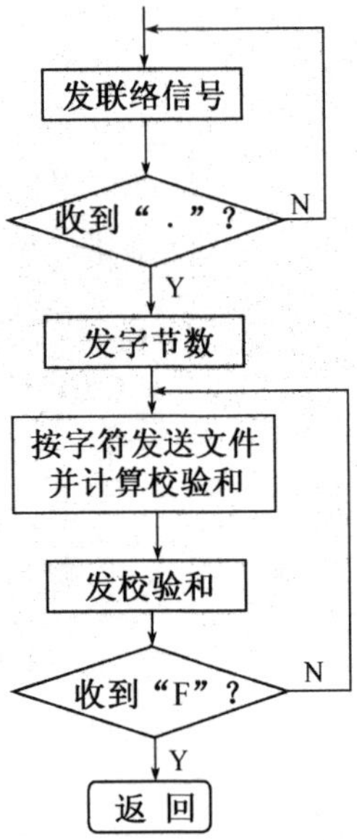

甲机查询发送子程序如下:

```
        ORG     0100H
SEND:   MOV     TMOD,#20H      ;定时器1,定时方式2
        MOV     SCON,#50H      ;设串行接口为工作方
                                式1,允许接收
        MOV     TH1,#0FAH      ;置定时初值
        MOV     TL1,#0FAH
        MOV     PCON,#00H      ;SMOD置0
        SETBT   R1             ;启动波特率发生器
        MOV     A,#3FH         ;发"?"
        MOV     SBUF,A
        JNB     TI,$
        CLR     TI
```

图7-23　单片机查询发送流程图

```
        JNB     RI, $               ;等乙机应答
        CLR     RI
        MOV     A, SBUF            ;接收应答
        CJNE    A, ♯2EH, SEND      ;应答信号是".",则发字节数
        MOV     A, R7              ;发字节数
        MOV     R3, A
        MOV     SBUF, A
        JNB     TI, $
        CLR     TI
        MOV     R6, ♯00H           ;准备发数据
        MOV     DPTR, ♯1000H
SEND1:  MOVX    A, @DPTR           ;取数据
        MOV     SBUF, A            ;发数据
        JNB     TI, $
        CLR     TI
        ADD     A, R6              ;累加
        MOV     R6, A
        INC     DPTR               ;地址加 1
        DJNZ    R7, SEND1          ;未发完继续
        MOV     A, R6              ;发累加和
        MOV     SBUF, A
        JNB     TI, $
        CLR     TI
        JNB     RI, $              ;等乙机的校验结果
        CLR     RI
        MOV     A, SBUF
        CJNE    A, ♯4FH, SEND2     ;出错重发,无错返回
        RET
SEND2:  MOV     DPTR, ♯1000H       ;出错重发
        MOV     R6, ♯00H
        MOV     A, R3              ;字节数返回给 R7
        MOV     R7, A
        LJMP    SEND1
```

(2) 假设乙机以中断方式接收,则在中断服务子程序中,为了区别所接收的信号是联络信号还是字节数,是数据还是校验和,需要设立不同的标志位。为此,在可位寻址区的 RAM 中设定 00H～03H 存储不同的标志位:00H 为接收联络信号标志位;01H 为接收字节数标志位;02H 为接收数据标志位;03H 为接收文件结束标志位,初始化时这些位均清零。乙机接收中断服务子程序流程图如图 7-24 所示。

乙机中断方式接收程序:

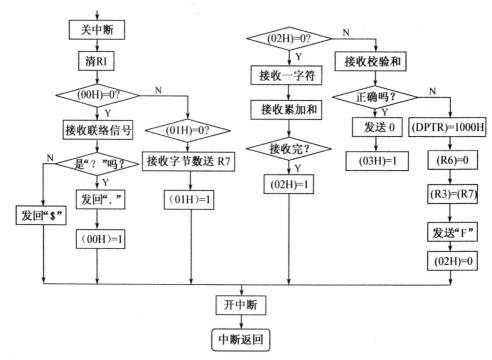

图 7-24 乙机接收中断服务子程序流程图

```
              ORG      0000H
              LJNP     MAIN
              ORG      0023H
              LJM      PRECE
              ORG      0030H
MAIN：        MOV      SP，＃60H           ;重设堆栈区
              MOV      TMOD，＃20H         ;定时/计数器1,定时方式2
              MOV      SCON，＃50H         ;设串行接口为工作方式1,允许接收
              MOV      TH1，＃0FAH         ;置定时初值
              MOV      TL1，＃0FAH
              MOV      PCON，＃00H
              MOV      PCON，＃00H         ;SMOD置0
              SETB     TR1
LP：          CLR      00H                ;接收联络信号标志位清零
              CLR      01H                ;接收字节数标志位清零
              CLR      02H                ;接收数据标志位清零
              CLR      03H                ;接收文件结束标志位清零
              MOV      R6，＃00H
              MOV      DPTR，＃1000H
              SETB     EA
```

```
        SETB    ES
        JNB     03H, $                      ;等待文件接收结束
        LJMP    LP
```

应答中断服务子程序：

```
RECE：  CLR     ES                          ;关闭串行中断
        CLR     RI
        JB      00H, RECE1
        MOV     A, SBUF
        CJNE    A, ＃3FH, RECE2             ;若是"?"则应答,否则退出
        MOV     A, ＃2EH
        MOV     SBUF, A                     ;发应答信号"."
        JNB     TI,
        CLR     TI
        SETB    00H
        SETB    ES
        RETI
RECE2： MOV     A, ＃24H
        MOV     SBUF, A                     ;发"＄"符号退出
        JNB     TI, $
        CLR     TI
        SETB    ES
        RETI
RECE1： JB      01H, RECE4                  ;判断甲机发送的是否数据字节数
        MOV     A, SBUF                     ;接收甲机发送的字节数
        MOV     R7, A
        MOV     R3, A                       ;保存接收的字节数
        SETB    01H
        SETB    ES
        RETI
RECE4： JB      02H, RECE5                  ;判断甲机发送的是否是数据
        MOV     A, SBUF                     ;接收甲机发送的数据
        MOVX    @DPTR, A                    ;存数据
        ADD     A, R6                       ;求累加和
        MOV     R6, A
        INC     DPTR                        ;地址加 1
        DJNZ    R7, RECE7
        SETB    02H
RECE7： SETB    ES
        RETI
```

RECE5：MOV	A，SBUF	;接收甲机发来的累加和
CJNE	A，06H，RECE8	;与本机的累加和比较
MOV	A，#4FH	;校验正确后向甲机发"0"
MOV	SBUF，A	
JNB	TI，$	
CLR	TI	
SETB	03H	;接收文件结束
SETB	ES	
RETI		
RECE8：MOV	DPTR，#1000H	;返回初值
MOV	R6，#00H	
MOV	A，R3	
MOV	R7，A	
MOV	A，#46H	;发不正确标志"F"
MOV	SBUF，A	
JNB	TI，$	
CLR	TI	
CLR	02H	
SETB	ES	
RETI		

7.3.2 单片机与 PC 机的点对点串行通信

单片机体积小,价格低、抗干扰能力强。在现代测控系统中,经常使用单片机在操作现场进行数据采集和实时控制。但是由于单片机的数据存储能力和处理能力都较低,所以一般情况下是利用单片机与 PC 之间串行通信,将单片机采集到的数据传送给 PC 机,然后在 PC 机上进行存储和处理。

1. 硬件连接

由于单片机的串行接口采用的是 TTL 电平,而 PC 机上的串口一般都是 RS - 232C 标准接口,两者电平不匹配,必须将单片机输出的 TTL 电平转换为 EIA 电平。单片机与 PC 间串行通信的硬件连线如图 7 - 25 所示。由于采用 MAX232 转换器,接口只使用 3 根线:RXD,TXD,GND。

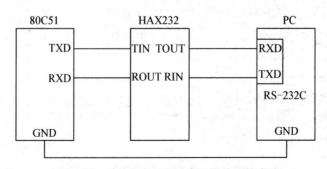

图 7 - 25 单片机与 PC 机串行通信连接电路

2. 软件设计

单片机与 PC 机的通信程序分为 2 部分：① 单片机的数据收发程序；② PC 机的串行接口通信程序和人机接口程序。单片机的数据收发程序如 7.3.1 所述，在此不再赘述。

PC 机的串行接口的通信程序和人机接口程序采用可视化编程语言 Visual Basic 或 Visual C++ 编写。在标准串口通信方面，这两种语言均提供了相应的串行接口通信控件 MSCOMM，通过该控件可以方便地设置串行通信的各项参数，包括串口状态、串口通信的信息格式和协议等。关于 PC 机的串口通信的编程技术的详细内容可参考相关书目，本节不再给出实例。

习题 7

7 - 1. MCS - 51 单片机的串行接口有几种工作方式？有几种帧格式？各种工作方式的波特率如何确定？

7 - 2. 假设串行接口串行发送的字符格式为 1 个起始位、8 个数据位、1 个奇偶校验位、1 个停止位，则该串行接口工作在哪种方式？试画出在该方式下传送字符"A"的帧格式，并计算若该串行接口每分钟传送 1 800 个字符时的波特率。

7 - 3. 为什么定时/计数器 1 用作串行接口波特率发生器时，常采用方式 2？若已知时钟频率、串行通信的波特率，如何计算装入 T1 的初值？

7 - 4. 若晶体振荡器为 11.059 2 MHz，串行接口工作在方式 1，波特率为 4 800 b/s，写出用 T1 作为波特率发生器的方式控制字和计数初值。

7 - 5. 设当单片机晶振频率为 6 MHz 和 12 MHz 时，定时/计数器处于工作方式 2，PCON ＝00H，分别求在这 2 种频率下单片机处于串行方式 1、波特率为 1 200 b/s 时定时/计数器 1 的定时计数初值。

7 - 6. 试简述利用串行接口进行多机通信的原理。

7 - 7. 已知单片机系统晶振频率为 11.059 MHz，(PCON)＝00H，现对其串行接口编制程序如下：

```
MOV      TMOD, ♯20H
MOV      TH1, ♯0E8H
MOV      TL1, ♯0E8H
SETB     TR1
MOV      SCON, ♯40H
MOV      A, ♯0AAH
MOV      SBUF, A
JNB      TI, $
CLR      TI
SJMP     $
```

请分析这段程序，并回答以下问题：

(1) 串行接口设置的波特率是多少位/秒(b/s)？

（2）串行接口采用的是哪种工作方式？

（3）该段程序是发送程序还是接收程序？

（4）该程序段发送或接收的是什么数据？

第8章 MCS-51单片机扩展存储器的设计

尽管 MCS-51 单片机片内有一定数量的存储器(RAM 或 ROM),但对于较复杂的应用场合,随着程序代码或所使用的变量的增加,这些片内有限的存储容量就显得不够用了,因此,应根据需要,在原有片内存储容量的基础上,合理地扩展存储单元。

8.1　存储器分类

存储器是单片机系统的一个重要组成部分,其功能主要是存放程序或数据。按功能不同,存储器又可分为随机存取存储器(Random Access Memory, RAM)、只读存储器(Read Only Memory, ROM)以及可读写 ROM 三大类,如图 8-1 所示。

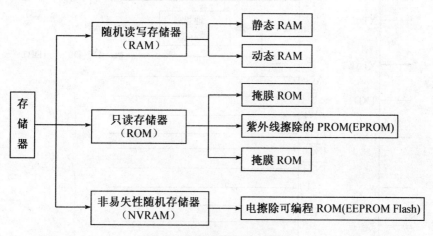

图 8-1　存储器分类示意图

1. 随机存取存储器(RAM)

随机存取存储器(RAM)在单片机系统中主要用于存放数据,用户程序可随时对 RAM 进行读或写操作,断电后,RAM 中的信息将丢失。RAM 可分为静态 RAM(Static RAM, SRAM)和动态 RAM(Dynamic RAM, DRAM)2 种。

2. 只读存储器(ROM)

只读存储器(ROM)在单片机系统中主要用作外部程序存储器,其中的内容只能读取,不能被修改,断电情况下,ROM 中的信息不会丢失。按照制造工艺的不同,ROM 可分为如下几种:

(1) 掩膜 ROM。掩膜 ROM 是在工厂生产时,通过掩膜技术将需存储的程序等信息由厂家固化在芯片内,这种 ROM 制成后便无法改变其中内容。

(2) 紫外线擦除的可编程 ROM,又称 EPROM(Erasable PROM)。这种存储器上有一个小窗口,紫外线通过小窗口照射内部电路可以擦除其内部信息,芯片内的信息被擦除后可重新进行编程。

（3）OTP 型 PROM。OTP(One Time Programmable)型 PROM(Programmable ROM)用户可根据需要写入信息,但只能写入一次,即写入一次后不能再写入。

3. 非易失性随机存储器(NVRAM)

非易失性(Nonvolatile)随机存储器是指可电擦除的存储器,它们既具有 RAM 的可读写特性,又具有 ROM 停电后信息不丢失的优点,在单片机系统中既可作程序存储器,又可作数据存储器。

8.2 存储器扩展的基本方法

1. MCS-51 单片机的三总线

MCS-51 单片机的扩展性能较强,根据需要,在图 8-2 所示的三总线基础上进行扩展。

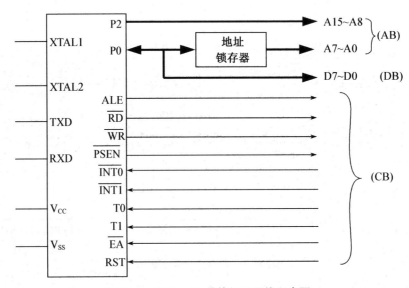

图 8-2 MCS-51 单片机三总线示意图

（1）地址总线(AB)

MCS-51 单片机地址总线宽度为 16 位,寻址范围为 64 KB。

地址信号:P0 作为地址线低 8 位,P2 口作为地址线高 8 位。

（2）数据总线(DB)

MCS-51 单片机的数据总线宽度为 8 位。

数据信号:P0 口作为 8 位数据口,P0 口在系统进行外部扩展时与低 8 位地址总线分时复用。

（3）控制总线(CB)

控制信号主要有 ALE,$\overline{CE}$,$\overline{RD}$,PSFN,$\overline{EA}$等。

在 MCS-51 三总线的基础上,根据需要合理扩展存储器。

2. **系统的扩展方法**

MCS-51 单片机地址总线宽度为 16 位,因此它可扩展的程序存储器和数据存储器的最大容量是 64 KB。

(1) 线选法

线选法就是将多余的地址总线(即除存储容量所占用的地址总线之外)中的某一根地址线作为选择某一片存储或某一个功能部件接口芯片的片选信号线。如图 8-3 所示,用 P2.6 片选 2764(程序存储器)0000H～1FFFH,用 P2.7 片选 6264(数据存储器),其地址范围:0000H～1FFFH。

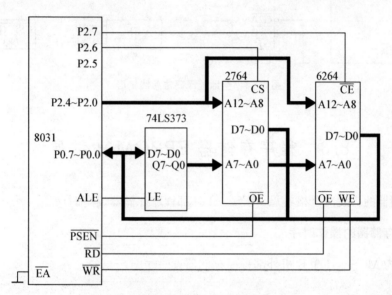

图 8-3　线选法总线扩展

每一块芯片需占用一根地址线,这种方法适用于存储容量较小,外扩芯片较少的小系统,其优点是无需地址译码器,硬件节省,成本低,而缺点是外扩器件的数量有限,地址空间不连续。

(2) 全地址译码法

由于线选法中一根高位地址线只能选通一个部件,每个部件占用很多重复的地址空间,从而限制了外部扩展部件的数量。而全地址译码法是将除低位地址线之外的单片机地址线的高位地址线全部经译码器译码产生片选信号。图 8-4 中的 6264 地址范围:0000H～1FFFH。

(3) 部分译码法

单片机的高位地址线(除低位地址线用于存储其片内寻址外)只有一部分参与译码产生存储器片选信号。图 8-4 中的 8255、8155、8253 及 0832 都是部分译码法总线扩展。

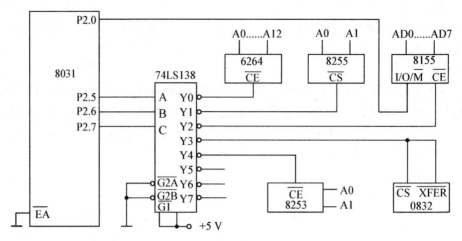

图 8-4 全地址译码法总线扩展

8.3 程序存储器 EPROM 的扩展

程序存储器的扩展应严格遵循 MCS-51 外部程序存储器读写时序。

8.3.1 程序存储器的操作时序

图 8-5 为 MCS-51 单片机外部程序存储器读时序图。

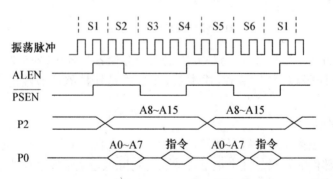

图 8-5 MCS-51 外部程序存储器读时序图

从图 8-5 中可看出,P0 口提供低 8 位地址,P2 口提供高 8 位地址,S2 结束前,P0 口上的低 8 位地址是有效的,之后 P0 口上出现的信号就不再是低 8 位的地址信号,而是指令数据信号,当然地址信号与指令数据信号之间有一段缓冲的过渡时间,这就要求在 S2 期间必须锁存低 8 位的地址信号,这时用 ALE 选通脉冲控制锁存器锁存低 8 位地址,而 P2 口只输出地址信号,而没有指令数据信号,整个机器周期地址信号都是有效的,因而无需锁存这一地址信号。

从外部程序存储器读取指令,必须由两个信号控制,除了上述的 ALE 信号,还有一个 PSEN(外部 ROM 读选通脉冲)。从图 8-5 中显然可看出,PSEN从 S3P1 开始有效,直到将地址信号送出和外部程序存储器的数据读入 CPU 后才失效,而又从 S4P2 开始执行第二个读指令操作。

8.3.2　常用的 EPROM

EPROM 是以往单片机最常选用的程序存储器,使用最多的是 27C 系列的 EPROM,如:27C16(2 KB)、(4 KB)、27C64(8 KB)、27C128(16 KB)、27C256(32 KB)。

1. 27C64 的引脚配置

27C64 为 8 K×8 位的只读存储器电路,其引脚排列如图 8-6 所示。地址线为 A0～A12,数据线为 D0～D7,控制信号为片选端 $\overline{CE}$、数据输出选通端 $\overline{OE}$、编程控制端 $\overline{PGM}$、编程电源端 V_{PP}。

27C64 工作方式选择如表 8-1 所示。读出时,V_{PP} 接 +5 V,$\overline{CE}$ 接低电平,$\overline{PGM}$ 接高电平;编程时,V_{PP} 接编程电源,$\overline{CE}$ 接低电平,$\overline{OE}$ 任意,$\overline{PGM}$ 为 50 ms 的负脉冲。编程电源电压按不同公司和型号有 25 V,21 V 及 12.5 V 等类型。

引脚号	左	右	引脚号
1	V_{DD}	V_{CC}	28
2	A12	PGM	27
3	A7	V_{PP}	26
4	A6	A8	25
5	A5	A9	24
6	A4	A11	23
7	A3	$\overline{OE}$	22
8	A2	A10	21
9	A1	$\overline{CE}$	20
10	A0	D7	19
11	D0	D6	18
12	D1	D5	17
13	D2	D4	16
14	GND	D3	15

图 8-6　27C64 引脚排列

表 8-1　27C64 的工作方式选择表

	$\overline{CE}$	$\overline{OE}$	$\overline{PGM}$	V_{PP}	V_{CC}	数据线
读	L	L	H	V_{CC}	+5 V	输出
保持	H	×	×	V_{CC}	+5 V	高阻
编程	L	×	L	V_{PP}	+5 V	输入
编程校验	L	L	H	V_{PP}	+5 V	输出
编程禁止	L	×	×	V_{PP}	+5 V	高阻

【例 8-1】　结合 MCS-51 外部程序存储器读时序图 8-1、27C64 的引脚排列图 8-6 及 27C64 的工作方式选择表 8-1,8031 单片机扩展一片 EPROM 2764,如图 8-7 所示。

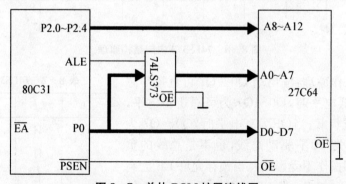

图 8-7　单片 ROM 扩展连线图

① 数据线的连接:存储器的 8 位数据线(D0～D7)与 P0 口(P0.0～P0.7)直接一一相连。

② 地址线的连接:存储器高 5 位地址线(A8～A12)与 P2 口(P2.0～P2.4)直接一一相

连。由于 P2 口输出具有锁存功能,故不必外加地址锁存器;

存储器低 8 位地址线(A0～A7)与地址锁存器所输出的信号(Q0～Q7)一一相连。由于 P0 口是地址和数据分时复用的通道口,所以为了将地址信息分离出来保存,为外接存储器提供低 8 位地址信息,一般须外加地址锁存器,并由 CPU 发出地址允许锁存信息 ALE 的下降沿将地址信息锁存入地址锁存器中。

③ 控制线的连接:ALE(地址锁存允许信号)接至地址锁存器锁存信号端;$\overline{PSEN}$(片外程序存储器取指信号)与$\overline{OE}$(存储器输出信号)相连;存储器片$\overline{CE}$(片选信号)接地(在片外程序存储器只有一片情况下)或用高位地址选通;$\overline{EA}$(片外/片内程序存储器选择信号),$\overline{EA}=0$ 选择片外程序存储器。

27C64 的地址范围(假设未用到的地址 P2.5～P2.7=000):0000H～1FFFH。

8.3.3 外部地址锁存器和地址译码器

1. 地址锁存器

MCS-51 单片机数据总线与地址总线的低 8 位分时复用 P0 口,故 MCS-51 单片机访问外部存储空间时,需将地址总线的低 8 位信息锁存,再进行数据操作。

单片机系统中常用的地址锁存器为 74LS373,它是带三态缓冲输出的 8D 触发器。74LS373 的内部结构原理如图 8-8 所示。

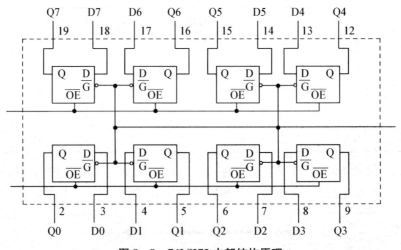

图 8-8 74LS373 内部结构原理

74LS373 的工作原理:输出端 Q0～Q7 可直接与总线相连。当$\overline{OE}$为低电平时,Q0～Q7 为可靠逻辑电平,可用于驱动总线或负载;当$\overline{OE}$为高电平时,Q0～Q7 为高阻态,与总线无关(即不驱动总线,也不是总线的负载),但锁存器内部操作不受影响。当锁存允许 LE 为高电平时,Q_n 数据随 D 变化,当 LE 为低电平时,Q_n 被锁存在已建立的数据电平。

MCS-51 单片机系统中,常采用 74LS373 作为地址

表 8-2 74LS373 功能表

D_n	LE	$\overline{OE}$	Q_n
H	H	L	H
L	H	L	L
×	L	L	Q_n
×	×	H	Z

锁存器,其连接方法如图 8-7 所示。其中输入端 D0～D7 接至单片机的 P0 口,输出端提供的是低 8 位地址,LE 端接至单片机的地址锁存允许信号 ALE。输出允许端 $\overline{\text{OE}}$ 接地,表示输出三态门一直打开。

2. 地址译码器

由于存储器系统(或工作在总线方式的 I/O 设备)可能是由多个器件构成。为了加以区分,必须首先为这些器件编号,即分配给这些器件不同的地址。地址译码器的作用就是接收 CPU 发送的地址信号并对其译码,从而选择与此地址码相对应的器件,以便对该器件进行读/写操作。

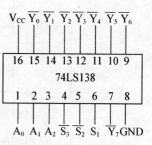

图 8-9　74LS138 引脚排列

74LS138 为 3-8 线译码器,当 1 个选通端(S_1)为高电平,另外 2 个选通端($\overline{S_2}$ 和 $\overline{S_3}$)为低电平时,可将地址端(A_0、A_1、A_2)的二进制编码在对应的输出端以低电平译出。74LS138 的引脚排列如图 8-9 所示,表 8-3 为其译码表。

若将选通端中的一个作为数据输入端时,74LS138 还可作为数据分配器。

表 8-3　74LS138 译码表

输　入					输　出							
S_1	$\overline{S_2}+\overline{S_3}$	A_2	A_1	A_0	$\overline{Y_0}$	$\overline{Y_1}$	$\overline{Y_2}$	$\overline{Y_3}$	$\overline{Y_4}$	$\overline{Y_5}$	$\overline{Y_6}$	$\overline{Y_7}$
0	×	×	×	×	1	1	1	1	1	1	1	1
×	1	×	×	×	1	1	1	1	1	1	1	1
1	0	0	0	0	0	1	1	1	1	1	1	1
1	0	0	0	1	1	0	1	1	1	1	1	1
1	0	0	1	0	1	1	0	1	1	1	1	1
1	0	0	1	0	1	1	1	0	1	1	1	1
1	0	1	0	0	1	1	1	1	0	1	1	1
1	0	1	0	1	1	1	1	1	1	0	1	1
1	0	1	1	0	1	1	1	1	1	1	0	1
1	0	1	1	1	1	1	1	1	1	1	1	0

图 8-10 所示为 6264、MAX262 及 8279 经 74LS138 译码片选。

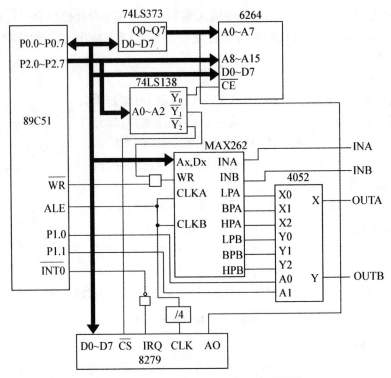

图 8－10　74LS138 译码片选系统配置图

8.3.4　典型 EPROM 扩展电路

【例 8－2】　试用 74LS138、74LS373 及 2764 扩展 16 KB 程序存储器,画出原理框图,并写出每片 2764 的地址范围。图 8－11 为全地址译码扩展程序存储器。

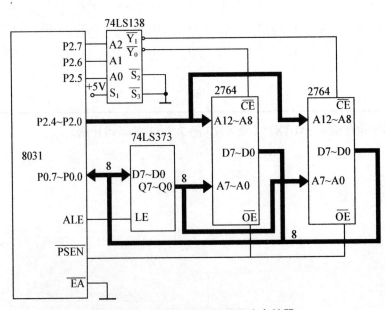

图 8－11　全地址译码扩展程序存储器

（1）地址线的连接：存储器高 5 位地址线（A8～A12）直接与 P2 口（P2.0～P2.4）一一相连。由于 P2 口输出具有锁存功能，故不必外加地址锁存器；存储器低 8 位地址线（A7～A0）与地址锁存器输出的地址信号（Q7～Q0）一一相连。由于 P0 口是地址和数据分时复用的通道口，所以为了把地址信息分离出来保存，为外接存储器提供低 8 位地址信息，一般须外加地址锁存器，并由 CPU 发出地址允许锁存信息 ALE 的下降沿将地址信息锁存入地址锁存器中。

（2）数据线的连接：存储器的 8 位数据线与 P0 口（P0.0～P0.7）直接一一相连。

（3）控制线的连接：$\overline{\text{PSEN}}$（片外程序存储器取指信号）与 $\overline{\text{OE}}$（存储器输出信号）相连；ALE（地址锁存允许信号）接至地址锁存器锁存信号；存储器 $\overline{\text{CE}}$（片选信号）接地或用高位地址选通；$\overline{\text{EA}}$（片外/片内程序存储器选择信号），$\overline{\text{EA}}=0$ 选择片外程序存储器。

两片 2764 的地址范围分别为：0000H～01FFFH 和 02000H～03FFFH。

8.4　静态数据存储器的扩展

数据存储器的扩展，应严格遵循 MCS-51 外部数据存储器读写时序。

8.4.1　外扩数据存储器的操作时序

如图 8-12 所示 8051 从片外 ROM 中读取需执行的指令，而 CPU 对外部数据存储的访问是对 RAM 进行数据的读或写操作，属于指令的执行周期。值得一提的是，读或写操作是两个不同的机器周期，但它们的时序却相似，这里只对 RAM 的读时序进行分析。

上一个机器周期是取指阶段，即从 ROM 中读取指令数据，接着的下个周期才开始读取外部数据存储器 RAM 中的内容。

在 S4 结束后，先把需读取 RAM 中的地址放到总线上，包括 P0 口上的低 8 位地址 A0～A7 和 P2 口上的高 8 位地址 A8～A15。当 RD 选通脉冲有效时，将 RAM 的数据通过 P0 数据总线读入 CPU。第二个机器周期的 ALE 信号仍然出现，进行一次外部 ROM 的读操作，但是这一次的读操作属于无效操作。

对外部 RAM 进行写操作时，CPU 输出的则是 $\overline{\text{WR}}$（写选通信号），数据通过 P0 数据总线写入外部存储器。

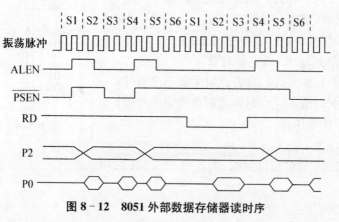

图 8-12　8051 外部数据存储器读时序

8.4.2 常用的静态 RAM(SRAM)

数据存储器的扩展与程序存储器的扩展非常相似,所用的地址总线和数据总线完全相同,但控制总线不同,数据存储器的扩展所用的控制总线是$\overline{WR}$和$\overline{RD}$,而程序存储器所用的控制总线是$\overline{PSEN}$,因此虽然它们的地址空间相同,但是由于控制信号不同,因此不会发生冲突。

常用的 SRAM 有:6116(2 KB)、6264(8 KB)、62256(32 KB)等。

(1) SRAM 6116

6116 的容量为 2 KB,采用 24 引脚双列直插式封装,其引脚功能如下:

D0~Di($i=1\sim8$):数据线;

A0~Ai($i=1\sim10$):地址线;

$\overline{OE}$:输出允许;

$\overline{CE}$:片选端;

$\overline{WE}$:写允许;

V$_{CC}$:电源;

GND:接地线;

图 8-3 为 6116 的引脚排列图,表 8-4 为 6116 的功能表。

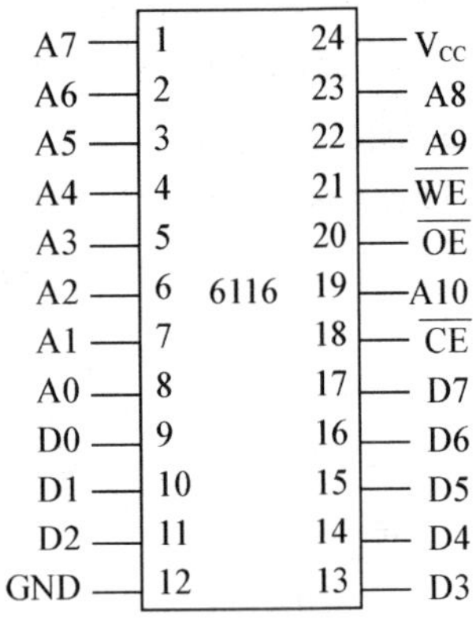

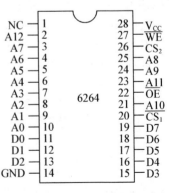

图 8-13 6116 引脚排列图

表 8-4 6116 功能表

$\overline{CE}$	$\overline{OE}$	$\overline{WE}$	$A0\sim A10$	$D0\sim D7$	工作状态
1	$\times$	$\times$	$\times$	高阻态	低功耗维持
0	0	1	稳定	输出	读
0	$\times$	0	稳定	输入	写

2. SRAM 6264

Intel 6264 的容量为 8 KB,采用 28 引脚双列直插式封装,其引脚功能如下:

A12~A0:地址线,可寻址 8 KB 的存储空间;

D7~D0:数据线,双向,三态;

$\overline{OE}$:读出允许信号,输入,低电平有效;

$\overline{WE}$:写允许信号,输入,低电平有效;

$\overline{CS}_1$:片选信号 1,输入,读/写方式时为低电平有效;

CS_2:片选信号 2,输入,读/写方式时为高电平有效;

V$_{CC}$:+5 V 工作电压;

GND:信号地。

图 8-14 为 6264 的引脚排列图,表 8-5 为 6264 的功能表。

图 8-14 6264 引脚排列图

表 8-5　6264 功能表

$\overline{CS_1}$	CS_2	$\overline{OE}$	$\overline{WE}$	$D0\sim D7$	工作方式
1	×	×	×	高阻	未选中（掉电）
×	0	×	×	高阻	未选中（掉电）
0	1	1	1	高阻	输出禁止
0	1	0	1	D	读
0	1	1	0	D	写
0	1	0	1	D	写

8.4.3　典型 SRAM 的扩展

【例 8-3】　采用线选法扩展一片 6116 存储器。

8031 采用线选法扩展一片 6116 的原理框图，如图 8-15 所示。它与 8031 扩展程序存储器的差别仅在于控制总线不同。

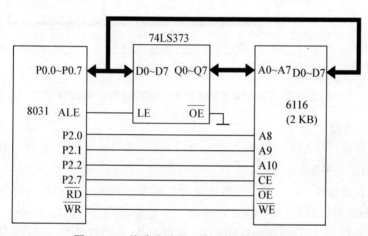

图 8-15　线选法扩展一片 6116 的原理框图

（1）地址线的连接

存储器高 2 位地址线（A8，A9）直接和 P2 口（P2.0，P2.1）一一相连。由于 P2 口输出具有锁存功能，故不必外加地址锁存器。

存储器低 8 位地址线（A7～A0）和地址锁存器输出的地址信号（Q7～Q0）一一相连。由于 P0 口是地址和数据分时复用的通道，所以为了把地址信息分离出来保存，为外接存储器提供低 8 位地址信息，一般需外加地址锁存器，并由 CPU 发出地址允许锁存信息 ALE 的下降沿将地址信息锁存入地址锁存器中。

（2）数据线的连接

存储器的 8 位数据线（D0～D7）和 P0 口（P0.0～P0.7）直接一一相连。

（3）控制线的连接

区别于程序存储器扩展，系统扩展时常用到下列信号：

$\overline{RD}$（片外存储器读信号）和 $\overline{OE}$（存储器输出信号）相连；

ALE(地址锁存允许信号)接至地址锁存器锁存信号；

存储器$\overline{CE}$(片选信号)接地或用高位地址选通(图中为P2.7)；

6116 地址范围:0000H～07FFH。

【例8-4】 采用全译码法扩展一片2764与一片6264。

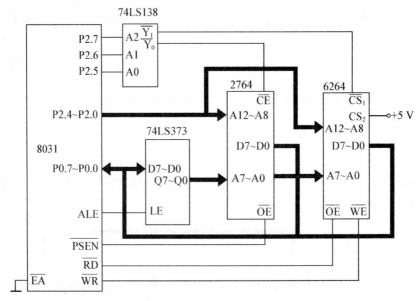

图8-16 采用全译码法扩展一片2764和一片6264

（1）地址线的连接

存储器高4位地址线(A8～A12)直接和P2口(P2.0～P2.4)一一相连。由于P2口输出具有锁存功能,故不必外加地址锁存器。

存储器低8位地址线(A7～A0)和地址锁存器输出的地址信号(Q7～Q0)一一相连。由于P0口是地址和数据分时复用的通道口,所以为了把地址信息分离出来保存,为外接存储器提供低8位地址信息,一般需外加地址锁存器,并由CPU发出地址允许锁存信息ALE的下降沿将地址信息锁存入地址锁存器中。

（2）数据线的连接

存储器的8位数据线(D0～D7)和P0口(P0.0～P0.7)直接一一相连。

（3）控制线的连接

区别于程序存储器扩展,系统扩展时常用到下列信号:

$\overline{RD}$(片外存储器读信号)和6264的$\overline{OE}$(存储器输出信号)相连；

ALE(地址锁存允许信号)接至地址锁存器锁存信号相连；

程序存储器2764片选信号$\overline{CE}$接至74LS138译码器的$\overline{Y_0}$；

数据存储器6264片选信号$\overline{CS_1}$接至74LS138译码器的$\overline{Y_1}$；

数据存储器6264片选信号CS_2接至接+5 V；

程序存储器2764的地址范围:0000H～1FFFH,数据存储器6264的地址范围:0002H～3FFFH。

习 题 8

8-1. MCS-51 单片机访问外部程序存储器与数据存储器有什么区别?

8-2. 以 80C31 为主机,采用两片 27C256 扩展 64 KB EPROM,试画出接口电路,并给出必要的说明。

8-3. 以 80C31 为主机,试选用合适的芯片,扩展 32 KB EPROM 和 8 KB RAM,试画出接口电路,并给出必要的说明。

8-4. 以 80C31 为主机,试用 2764 和 6264 芯片扩展 24 KB EPROM 和 16 KB RAM,试画出接口电路,并给出必要的说明。

第9章 I/O接口的扩展

MCS-51单片机I/O空间与RAM空间统一编址,共用64 KB空间,因此按三总线方式扩展I/O接口时应严格遵循MCS-51单片机访问外部RAM的读写时序。

9.1 简单I/O接口的扩展

当所需扩展的外部I/O口数量不多时,可以使用常规的逻辑电路、锁存器进行扩展。常用的如74LS373、74LS377、74LS245、74LS244。

1. 74LS377及其扩展举例

74LS377是一款8D触发器。$\overline{E}$端是控制端,CLK端是时钟端。当$\overline{E}$端为低电平时,只要在CLK端产生一个正跳变,D1~D7将被锁存到Q0~Q7端输出,其他情况下Q0~Q7端的输出保持不变。图9-1是74LS377的引脚图和功能表。

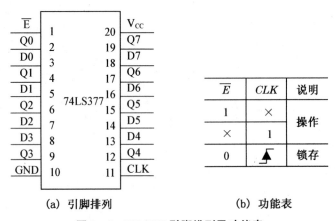

(a) 引脚排列　　　　(b) 功能表

图9-1　74LS377引脚排列及功能表

图9-2所示为使用了一片74LS377扩展输出口,如果将未使用的地址线都置为1,则得到74LS377的地址为7FFFH。

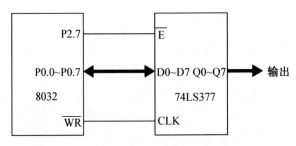

图9-2　MCS-51系列单片机扩展74LS377

数据输入时：

MOV　DPTR,♯7FFFH

MOVX　A,@DPTR

数据输出时：

MOV　DPTR,♯7FFFH

MOVX　@DPTR,A

2. 74LS244 及其扩展举例

74LS244 内部有 2 个 4 位的三态缓冲器，一片 74LS244 可以扩展一个 8 位输入口。$\overline{OC}$作为数据选通信号。图 9-3 为 74LS244 的功能表和引脚排列。

74LS244 的引脚说明如下：

1A1～1A4：三态缓冲器输入 A 口；

2A1～2A4：三态缓冲器输入 B 口；

$1\overline{OC}$,$2\overline{OC}$：三态允许端(低电平有效)；

1Y1～1Y4,2Y1～2Y4：输出端。

输　　入		输　　出
$\overline{OC}$	A	Y
L	L	L
L	H	H
H	×	Z

（a）功能表

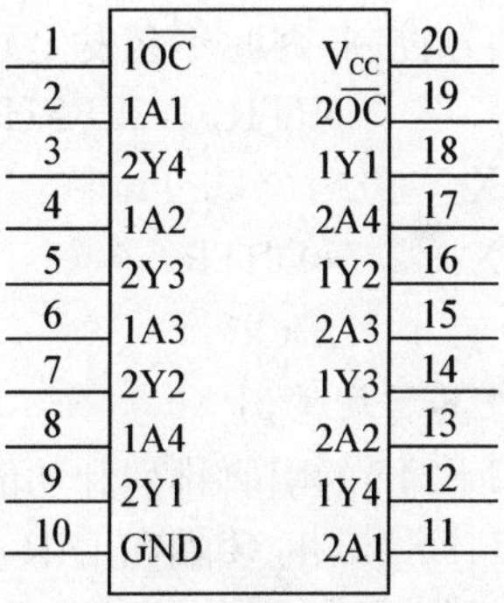

1	$1\overline{OC}$	V_{CC}	20
2	1A1	$2\overline{OC}$	19
3	2Y4	1Y1	18
4	1A2	2A4	17
5	2Y3	1Y2	16
6	1A3	2A3	15
7	2Y2	1Y3	14
8	1A4	2A2	13
9	2Y1	1Y4	12
10	GND	2A1	11

（b）引脚排列

图 9-3　74LS244 功能表及引脚排列

【例 9-1】　采用 74LS244 和 74LS377 扩展键盘显示接口功能，MCS-51 单片机采集按键，并通过发光二极管显示按键状态。

分析：采用 74LS244 和 74LS377 扩展键盘显示接口功能，由于 74LS244 输出无锁存功能，故采用 74LS244 扩展按键功能，采用 74LS377 扩展 LED 显示功能，为简化接口编程，系统采用总线接口方式，电路连接如图 9-4 所示。

图 9-4 中 P0 口为双向数据总线，既能从 74LS244 输入数据，又能将数据送给 74LS277 输出。

输出控制信号是由 P2.7 和$\overline{WR}$相或而形成的，当两者同时为 0 电平时，或门输出为 0，将 P0 口的数据锁存到 74LS277，输出控制发光二极管 LED。当某线输出 0 电平时，该线上的发光二极管点亮。

输入控制信号是由 P2.7 和$\overline{RD}$相或而形成的，当两者同时输出为 0 电平时，或门输出为 0，选通 74LS244，使外部信息进入到总线。无按键按下时，输入为全 1，当有一按键按下，则该按键所在线输入为 0。

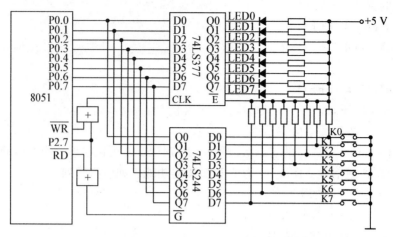

图 9-4　采用 74LS244 和 74LS377 扩展键盘显示接口

输入和输出都是在 P2.7 为低电平时有效,所以 74LS244 和 74LS277 的端口地址均为 7FFFH(实际上只要保证 P2.7=0 即可,与其他地址位无关),即占有相同的地址空间,但由于分别受$\overline{RD}$和$\overline{WR}$信号控制,因此不会发生冲突。相应程序如下:

```
LOOP:MOV      DPTR,♯7FFFH
     MOVX     A,@DPTR
     MOVX     @DPTR,A
     SIMP     LOOP
```

3. 74LS245 及其扩展举例

图 9-5 是 74LS245 的引脚排列和功能表。74LS245 是一种三态输出的 8 总线收发驱动器,无锁存功能。74LS245 的 $\overline{G}$ 端和 DIR 端是控制端。当 $\overline{G}$ 端为低电平时,如果 DIR 为高电平,则 74LS245 将 A 端数据传送至 B 端;如果 DIR 为低电平,则 74LS245 将 B 端数据传送至 A 端。在其他情况下不传送数据,并输出高阻态。

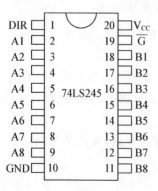

$\overline{G}$(使能)	DIR(方向控制)	操作说明
L	L	B端送至A端
L	H	A端送至B端
H	×	不传送

(a) 引脚排列　　　　　　　　　　(b) 功能表

图 9-5　74LS245 的引脚排列和功能表

图 9-6 所示为使用了一片 74LS245 扩展输入口的电路连接图,如果将未使用到的地址线都置为 1,则得到该片 74LS245 的地址为 7FFFH。如果单片机要从该片 74LS245 输入数据,执行如下指令:

```
MOV    DPTR,#7FFFH
MOVX   A, @DPTR
```

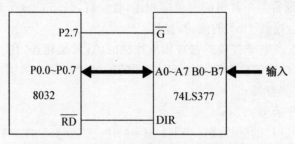

图 9-6　MCS-51 系列单片机扩展 74LS245

9.2　8155 可编程接口的扩展

8155 不仅具有 2 个 8 位的 I/O 端口(A 口、B 口)和 1 个 6 位的 I/O 端口(C 口),而且还可以提供 256 B 的静态 RAM 存储器和 14 位的定时/计数器。

1. 8155 的引脚及内部结构

8155 采用 40 引脚双列直插封装形式,具有单一的+5 V 电源,其引脚及内部结构如图 9-7所示。

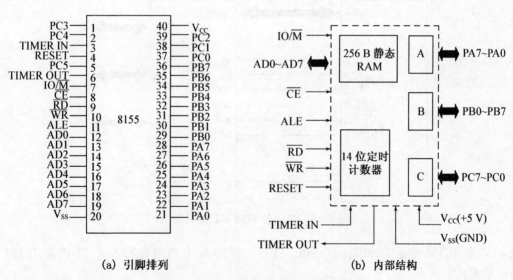

(a) 引脚排列　　　　　　　(b) 内部结构

图 9-7　8155 的引脚排列及内部结构

(1) 地址/数据线 AD0～AD7(8 条)

低 8 位地址线和数据线的共用输入总线,常与 C51 单片机的 P0 口相连,用于分时传送地址数据信息,当 ALE=1 时,传送的是地址。

(2) I/O 口总线(22 条)

PA0～PA7、PB0～PB7 分别为 A、B 口线,用于和外设之间传递数据;PC0～PC5 为 C 口线,既可与外设传送数据,又可作为 A、B 口的控制连接线。

(3) 控制总线(8 条)

RESET:复位线,通常与单片机的复位端相连,复位后,8155 的 3 个端口都为输入方式;

$\overline{RD}$,$\overline{WR}$:读/写线,控制 8155 的读、写操作;

ALE:地址锁存线,高电平有效。它常和单片机的 ALE 端相连,在 ALE 的下降沿将单片机 P0 口输出的低 8 位地址信息锁存到 8155 内部的地址锁存器中。因此,单片机的 P0 口和 8155 连接时,无需外接锁存器;

$\overline{CE}$:片选线,低电平有效;

IO/$\overline{M}$:RAM 或 I/O 口的选择线。当 IO/$\overline{M}$=0 时,选中 8155 的 256 B RAM;当 IO/$\overline{M}$=1 时,选中 8155 片内 3 个 I/O 端口以及命令/状态寄存器和定时/计数器;

TIMER IN,TIMER OUT:定时/计数器的脉冲输入、输出线。TIMER IN 是脉冲输入线,其输入脉冲对 8155 内部的 14 位定时/计数器减 1;TIMER OUT 为输出线,当计数器计满回 0 时,8155 从该线输出脉冲或方波,波形由计数器的工作方式决定。

2. 8155 作片外 RAM 使用

当 $\overline{CE}$=0,IO/$\overline{M}$=0 时,8155 只能作为片外 RAM 使用,共 256 B。其寻址范围由 ALE 以及 AD0~AD7 的接法决定,这和前面讲到的片外 RAM 扩展时讨论的完全相同。当系统同时扩展片外 RAM 时,要注意两者的统一编址。对 256 B RAM 的操作使用片外 RAM 的读/写指令"MOVX"。图 9 - 8 为 8031 与 8155 的接口连线图。

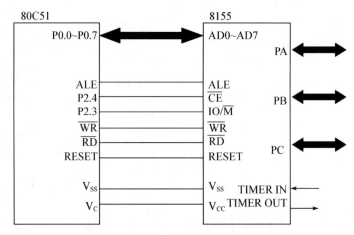

图 9 - 8 8031 与 8155 接口连线图

8155 的 RAM 地址为 0E700H~0E7FFH。如将 A 中的内容写入 8155 内部 RAM 的 0E0H 单元:

  MOV R0,#0E0

  ANL P2,#0E7

  MOVX @R0,A

或:

  MOV DPTR,#0E7E0

  MOV @DPTR,A

3. 8155 作扩展 I/O 口使用

当 $\overline{\text{CE}}=0$，IO/$\overline{\text{M}}=1$ 时，此时可以对 8155 片内 3 个 I/O 端口以及命令/状态寄存器和定时/计数器进行操作。与 I/O 端口和计数器使用有关的内部寄存器共有 6 个，需要 3 位地址来区分。表 9-1 为 8155 的 I/O 口地址表。

表 9-1 8155 的 I/O 口地址表

地址/数据线								选择 I/O 口
A7	A6	A5	A4	A3	A2	A1	A0	
×	×	×	×	×	0	0	0	命令/状态寄存器
×	×	×	×	×	0	0	1	A 口
×	×	×	×	×	0	1	0	B 口
×	×	×	×	×	0	1	1	C 口
×	×	×	×	×	1	0	0	定时器低 8 位
×	×	×	×	×	1	0	1	定时器高 6 位及方式

（1）命令/状态寄存器

确定 8155 的 I/O 口工作方式也是通过对 8155 的命令寄存器写入控制字来实现的。8155 控制字的格式如图 9-9 所示。

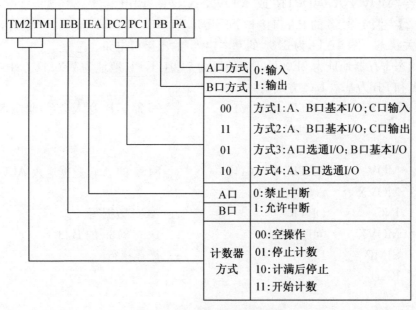

图 9-9 命令寄存器各位定义

图 9-9 中，基本 I/O 是指连接线由程序任意指定，对数据输入/输出不起控制作用，无中断能力，输出连接线完全由软件控制；选通 I/O 是指连接线由硬件固定确定，输入连接线可能起选通数据锁存作用，中断允许时输入连接线变化产生中断请求，输出连接线受外设共同作用，不能随意输出。

命令寄存器只能写入不能读出，也就是说，控制字只能通过指令"MOVX @DPTR,A"或

"MOVX @Ri,A"写入命令寄存器。状态寄存器中存放反映8155的工作情况的状态字,状态寄存器的各位定义如图9-10所示。

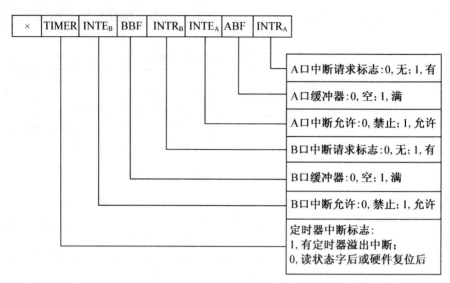

图 9-10 状态寄存器各位定义

状态寄存器和命令寄存器是同一地址,状态寄存器只能读出不能写入,也就是说,状态字只能通过指令"MOVX A,@DPTR"或"MOVX A,@Ri"读出。

【例9-2】 假定8155的PA口接8个乒乓开关,8155的PB口接8个指示灯,要求PB显示PA口开关状态。图9-11为8155的基本输入/输出接口电路。

命令/状态寄存器地址为7E00H,PA地址为7E01H,PB地址为7E02H。8155的命令字为:02H(PA和PB为基本I/O方式)。

```
        MOV     DPTR,#7E00H      ; 写命令字,送入命令/状态寄存器
        MOV     A,#02H
        MOVX    @DPTR ,A
LOOP:   MOV     DPTR,#7F01H      ; 8155 的 A 口数据送入 ACC
        MOVX    A,@DPTR
        INC     DPTR             ; ACC 数据写
        MOVX    @DPTR,A          ; 送入 8155 的 B 口
        SJMP    LOOP             ; 循环执行
        END
```

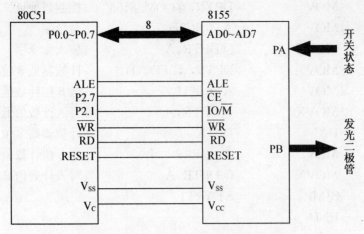

图 9 - 11　8155 的基本输入/输出接口电路

4. 定时/计数器使用

8155 的可编程定时/计数器是一个 14 位的减法计数器,在 TIMER IN 端输入计数脉冲,计满时由 TIMER OUT 输出脉冲或方波,输出方式由定时器高 8 位寄存器中的 M2,M1 两位确定。当 TIMER IN 接外脉冲时为计数方式,接系统时钟时为定时方式,实际使用时一定要注意 8155 允许的最高计数频率。

定时/计数器的初始值和输出方式由高、低 8 位寄存器的内容决定,初始值 14 位,M2,M1 两位定义输出方式,如图 9 - 12 所示。

图 9 - 12　8155 定时/计数器输出方式

【例 9 - 3】　使用 8155 内部的 14 位定时器,试编程由 TIMER OUT 引脚输出连续方波。

分析:设定 PA 口为输入方式,PB 口为输出方式,PC 口为输入方式,禁止中断,则命令字为 0C2H(11000010)。由于要输出连续方波,2 个高位(M2M1)为 01,其他 14 位装入初值。计数初值设为十进制数 1000,十六进制数为 03E8H。8155 的定时器/计数器不论定时或者计数都由外部提供计数脉冲,其信号引脚为 TIMRE IN。

其程序代码为:

```
COM_8155    XDATA       0F100H              ;控制/状态寄存器
PA_8155     XDATA       0F101H              ;PA 口地址
PB_8155     XDATA       0F102H              ;PB 口地址
RAM_8155    XDATA       0F000H              ;8155 内部 RAM 单元地址
            ORG         0000H
            LJMP        START
            ORG         0100H
START:      MOV         SP,#60H             ;堆栈
```

	MOV	DPTR,♯COM_8155	;控制口地址
	MOV	A,♯0C2H	;命令字
	MOVX	@DPTR,A	;装入命令字
START1:	MOV	DPTR,♯0FD04H	;计数器低8位地址
	MOV	A,♯99H	;低8位计数值
	MOVX	@DPTR,A	;写入计数值低8位
	INC	DPTR	;计数器高8位地址
	MOV	A,♯40H	;高8位计数值
	MOVX	@DPTR,A	;写入计数值高8位
	SJMP	START1	
	END		

习题 9

9-1. 在一个8031应用系统中扩展一片74LS245,通过光耦外接8路TTL开关量输入信号,试画出有关的硬件电路。

9-2. 8031系统扩展了1片27128程序存储器、2片74LS377、1片74LS245,试画出8031和这些器件的接口逻辑图,并说明各器件的地址范围。

9-3. 8031应用系统扩展了1片8155,其中8155的PA口、PB口为输入口,PC口为输出口。试画出该系统的框图,并编写初始化程序。

9-4. 采用8155扩展32个按键,并利用8155内部定时器定时扫描按键,每隔2s扫描一次,并将扫描键值送8155内部RAM 40H。试画出该系统的框图,并编写程序。

第10章 模拟输入/输出通道接口技术

采用单片机构成的数据采集系统或过程控制系统时,所涉及的外部信号或被控对象的参数往往是模拟信号,但是,计算机只能接收和处理数字信号,因此,必须把这些外部模拟信号转换为数字信号,以便于计算机接收处理,同时,大多数被控对象的执行机构不能直接接收数字量信号,所以还必须将计算机加工处理后输出的数字信号再转换为模拟信号,才能达到控制的目的。

10.1 模拟输出通道接口技术

数字/模拟(D/A)转换器的性能指标是决定设计产品最终性能的一个重要因素,D/A 转换器的参数指标是说明其性能的重要依据。

10.1.1 D/A 转换的参数

(1) 分辨率 分辨率是指最小输出电压(对应于输入数字量最低位增 1 所引起的输出电压增量)和最大输出电压(对应于输入数字量所有有效位全为 1 时的输出电压)之比,显然,位数越多,分辨率越高。

(2) 转换精度 如果不考虑 D/A 转换的误差,D/A 转换器的转换精度就是其分辨率,因此,要获得高精度的转换结果,要选择有足够高的分辨率的 D/A 转换器。

D/A 转换器的转换精度分为绝对和相对转换精度。其中,绝对转换精度是指满刻度数字量输入时,模拟量输出接近理论值的程度,它与标准电源的精度、权电阻的精度有关;而相对转换精度是指在满刻度已经校准的前提下,整个刻度范围内对应任意模拟量的输出与其理论值之差。它反映了 D/A 转换器的线性度。通常,相对转换精度比绝对转换精度更有实用性。相对转换精度一般用绝对转换精度相对于满量程输出的百分数表示,有时也用最低位(LSB)的比例表示。

(3) 非线性误差 D/A 转换器的非线性误差定义为实际转换特性曲线与理想特性曲线之间的最大偏差,并以该偏差相对于满量程的百分数度量。转换器电路设计一般要求非线性误差不大于 $\pm\frac{1}{2}$ LSB。

(4) 转换速率/建立时间 转换速率实际是由建立时间来反映的,而建立时间是指数字量为满刻度值(各位全为 1)时,D/A 转换器的模拟输出电压达到某个规定值(比如,90% 满量程或 $\pm\frac{1}{2}$ LSB 满量程)时所需时间。建立时间是表示 D/A 转换速率快慢的一个重要参数。很显然,建立时间越大,转换速率越低。不同型号的 D/A 转换器的建立时间一般从几个毫秒到几个微秒不等。若输出形式是电流,D/A 转换器的建立时间是很短的;若输出形式是电压,D/A

转换器的建立时间主要是输出运算放大器所需的响应时间。

10.1.2 D/A 转换器原理

D/A 转换器(DAC)品种繁多,分有:权电阻 DAC、T 型电阻 DAC 及权电流 DAC 等。为了掌握数/模转换原理,必须先了解电阻译码网络的工作原理和特点。

1. 由电阻网络和运算放大器构成的 D/A 转换器

利用运算放大器各输入电流相加的原理,由电阻网络和运算放大器组成的最简单的 4 位 D/A 转换器,如图 10 - 1 所示。图中,V_0 是一个具有足够精度的标准电源。运算放大器输入端的各支路对应待转换资料的 D0,D1,…,Dn−1 位。各输入支路中的开关由对应的数字元值控制,如果数字元为 1,则对应的开关闭合;如果数字为 0,则对应的开关断开。各输入支路中的电阻分别为 R,$2R$,$4R$,…,这些电阻称为权电阻。

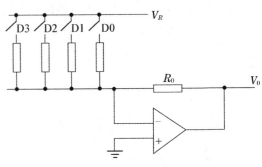

图 10 - 1　由电阻网络和运算放大器
构成的 D/A 转换器

假设,输入端有 4 条支路。4 条支路的开关由全部断开到全部闭合,运算放大器可以得到 16 种不同的电流输入。这就是说,通过电阻网络,可以把 0000B～1111B 转换成大小不等的电流,从而在运算放大器的输出端得到相应大小不同的电压。如果数字 0000B 每次增 1,一直变化到 1111B,那么,在输出端就可得到一个 0～V_0 的电压幅度的阶梯波形。

2. 采用 T 型电阻网络的 D/A 转换器

由图 10 - 1 看出,在 D/A 转换中采用独立的权电阻网络,对于一个 8 位二进制数的 D/A 转换器,就需要 R,$2R$,$4R$,…,$128R$ 共 8 个阻值不等的电阻,最大电阻阻值是最小电阻阻值的 128 倍,而且对这些电阻的精度要求较高。如果这样的话,从工艺上实现是很困难的。所以 n 个独立的输入支路的设计方案是不实用的。

在 DAC 电路结构中,最简单实用的是采用 T 型电阻网络代替单一的权电阻网络,整个电阻网络只需 R 和 $2R$ 两种电阻。在集成电路中,由于所有的组件都集成在同一芯片上,电阻特性很相近,而且也解决了精度与误差等问题。

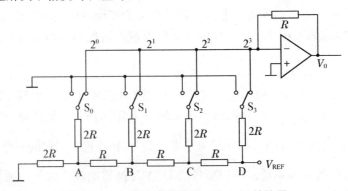

图 10 - 2　T 型电阻网络的 4 位 D/A 转换器

图 10-2 是采用 T 型电阻网络的 4 位 D/A 转换器。4 位元待转换资料分别控制 4 条支路中开关的倒向。每一条支路中,如果开关倒向左边(4 位元待转换资料相应的位控制信息为 0),支路中的电阻就接地;如果开关倒向右边(4 位元待转换资料相应的位控制信息为 1),电阻就接虚地。所以,不管开关倒向哪一边,都可以认为是接"地"。不过,只有开关倒向右边时,才能给运算放大器输入端提供电流。

T 型电阻网络中,节点 A 的左边为 2 个 $2R$ 的电阻并联,它们的等效电阻为 R,节点 B 的左边也是 2 个 $2R$ 的电阻并联,它们的等效电阻也是 R,…,依次类推,最后在 D 点等效于一个数值为 R 的电阻接在参考电压 V_{REF} 上。这样,就很容易计算出 C,B,A 点的电位分别为 $-V_{REF}/2, -V_{REF}/4, -V_{REF}/8$。

在清楚了解电阻网络的特点和各节点的电压后,再来分析一下各支路的电流值。开关 S_3, S_2, S_1, S_0 分别代表对应的 1 位二进制数。任意资料位 $Di=1$,表示开关 Si 倒向右边;$Di=0$,表示开关 Si 倒向左边,接地,无电流。当右边第一条支路的开关 S_3 倒向右边时,运算放大器得到的输入电流为 $-V_{REF}/(2R)$。同理,开关 S_2, S_1, S_0 倒向右边时,输入电流分别为 $-V_{REF}/(4R), -V_{REF}/(8R), -V_{REF}/(16R)$。

如果一个二进制数为 1111,则运算放大器的输入电流为:
$$I = -V_{REF}/(2R) - V_{REF}/(4R) - V_{REF}/(8R) - V_{REF}/(16R)$$
$$= -V_{REF}/(2^4 R)(2^3 + 2^2 + 2^1 + 2^0)$$

相应的输出电压为:
$$V_0 = IR_0 = -V_{REF}R_0/(2^4 R)(2^3 + 2^2 + 2^1 + 2^0)$$

上式表明,输出电压 V_0 除了与待转换的二进制数成比例外,还与网络电阻 R、运算放大器反馈电阻 R_0、标准参考电压 V_{REF} 有关。

10.1.3 集成电路 DAC0832

DAC0832 是一款 8 位 D/A 转换器,单电源供电,从 $+5 \sim +15$ V 均可正常工作;基准电压范围为 10 V;电流建立时间为 1 μs;CMOS 工艺,低功耗 20 mW。

DAC0832 内部结构框图如图 10-3 所示。该转换器由输入寄存器和 DAC 寄存器构成两级数据输入锁存。使用时,数据输入采用两级锁存(双锁存)方式、单级锁存(一级锁存、一级直通)方式或直接输入(两级直通)方式。

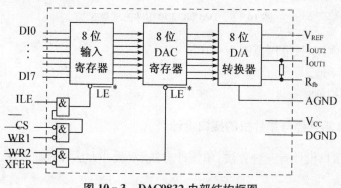

图 10-3 DAC0832 内部结构框图

此外,由 3 个与门电路组成寄存器输出控制逻辑电路,该逻辑电路的功能是进行数据锁存控制。当 ILE＝1 时,输入数据被锁存;当 ILE＝0 时,锁存器的输出跟随输入数据。

D/A 转换电路是一个 R-$2R$ T 型电阻网络,实现 8 位数据的转换。DAC0832 的各引脚功能描述如下:

① DI7～DI0:转换数据输入。

② $\overline{CS}$:片选信号(输入),低电平有效。

③ ILE:数据锁存允许信号(输入),高电平有效。

④ $\overline{WR1}$:第 1 写信号(输入),低电平有效。

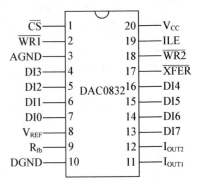

图 10-4　DAC0832 引脚图

ILE 和 $\overline{WR1}$ 用于控制输入寄存器是数据直通方式还是数据锁存方式。当 ILE＝1 和 $\overline{WR1}$＝0 时,输入寄存器为直通方式;当 ILE＝1 和 $\overline{WR1}$＝1 时,输入寄存器为锁存方式。

⑤ $\overline{WR2}$＝1:第 2 写信号(输入),低电平有效。

⑥ $\overline{XFER}$:数据传送控制信号(输入),低电平有效。

$\overline{WR2}$ 和 $\overline{XFER}$ 用于控制 DAC 寄存器是数据直通方式还是数据锁存方式。当 $\overline{WR2}$＝0 和 $\overline{XFER}$＝0 时,DAC 寄存器为直通方式;当 $\overline{WR2}$＝1 和 $\overline{XFER}$＝0 时,DAC 为寄存器锁存方式。

⑦ I_{OUT1}:电流输出 1。

⑧ I_{OUT2}:电流输出 2。

I_{OUT1}＋I_{OUT2}＝常数。

⑨ R_{fb}:反馈电阻端。

DAC0832 是电流输出,为了获得电压输出,需在电压输出端接运算放大器,R_{fb} 即为运算放大器的反馈电阻端。运算放大器的接法如图 10-5 所示。

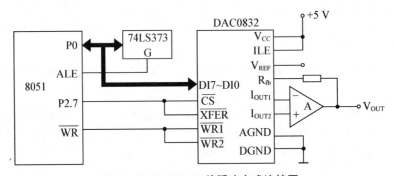

图 10-5　DAC0832 单缓冲方式连接图

⑩ V_{REF}:基准电压,该电压范围为－10～＋10 V。

⑪ DGND:数字地。

⑫ AGND:模拟地。

10.1.4　DAC0832 转换器与单片机的接口设计

DAC0832 的接口设计有三种方法:单缓冲方法、双缓冲方法和直通方法。

1. 单缓冲方法

所谓单缓冲方法就是使 DAC0832 的两个输入寄存器中的一个处于直通方式,另一个处于受控的锁存方式,或者两个输入寄存器同时处于受控方式。实际应用中,如果只有一路模拟量输出,或虽有几路模拟量但并不要求同步输出时,就可采用单缓冲方法的接口设计。

假定输入寄存器地址为 7FFFH,产生锯齿波的源程序代码如下:

```
            ORG         0200H
DASAW：MOV         DPTR,#7FFFH      ;输入寄存器地址
            MOV         A,#00H           ;转换初值
    WW：MOVX        @DPTR,A          ;D/A 转换
            INC         A
            NOP                          ;延时
            NOP
            NOP
            AJMP        WW
```

2. 双缓冲方法

双缓冲方法用于多路 D/A 转换系统,以实现多路模拟信号同步输出。例如,使用单片机控制 X - Y 绘图仪。X - Y 绘图仪由 X,Y 两个方向的步进电机驱动,其中一个电机控制绘图笔沿 X 方向运动,另一个电机控制绘图笔沿 Y 方向运动。因此,控制 X - Y 绘图仪有两点基本要求:一是需要 2 路 D/A 转换器分别给 X 通道和 Y 通道提供模拟信号,二是 2 路模拟量要同步输出。图 10 - 6 为 DAC0832 的双缓冲方法的连接图。

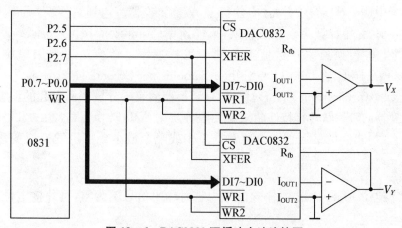

图 10 - 6　DAC0832 双缓冲方法连接图

DAC0832 采用双缓冲方法,数字量的输入锁存和 D/A 转换输出分两步完成。P2.5,P2.6 分别控制 2 路 D/A 转换器的输入锁存,这样 CPU 的数据总线可以分时向各路 D/A 转换器输入要转换的数字量并锁存在各自的输入寄存器中。P2.7 同时连接到两路 D/A 转换器的 $\overline{\text{XFER}}$ 端以控制同步转换输出。$\overline{\text{WR}}$ 与两路 D/A 转换器的 $\overline{\text{WR1}}$ 和 $\overline{\text{WR2}}$ 端相连,因此,在执行 "MOVX" 指令时,各转换器的 $\overline{\text{WR1}}$,$\overline{\text{WR2}}$ 同时有效。

双路 D/A 转换器同步转换输出程序段如下:

```
MOV         DPTR,#0DFFFH     ;指向 DAC0832(1)
MOV         A,#data1
MOVX        @DPTR,A          ;#data1 送至 DAC08321(1)中锁存
MOV         DPTR,#0BFFFH     ;指向 DAC0832(2)
```

```
MOV        A , ＃data2
MOV        @DPTR , A          ; ＃data2 送至 DAC0832(2)中锁存
MOV        DPTR , ＃7FFFH     ; DAC0832(1)、DAC0832(2)提供$\overline{XFER}$、$\overline{WR}$信号
MOVX       @DPTR , A          ; 同时完成 D/A 转换输出
```

3. 直通方法

直通方法是数据不经两级锁存器锁存，即 DAC0832 的$\overline{CS}$，$\overline{XFER}$，$\overline{WR1}$，$\overline{WR2}$端均接地，ILE 端接高电平。此方式适用于连续反馈控制线路和不带微机的控制系统。

10.2 模拟输入通道接口技术

10.2.1 A/D 转换器的参数

(1) 分辨率(Resolution)是指数字量变化最小量时模拟信号的变化量，定义为满刻度与 $2n$ 的比值。分辨率又称精度，通常以数字信号的位数表示。

(2) 转换速率(Conversion Rate)是指完成一次从模拟信号转换到数字信号所需时间的倒数。积分型 A/D 转换器的转换时间是毫秒级，属于低速 A/D 转换；逐次比较型 A/D 转换器是微秒级，属于中速 A/D 转换；并行/串并行型 A/D 转换器可达到纳秒级。而采样时间是指两次转换的间隔。为了保证正确完成转换，采样速率(Sample Rate)必须小于或等于转换速率。因此习惯上将转换速率在数值上等同于采样速率。转换速率常用单位是 kSPS 和 MSPS，表示每秒采样千/百万次(kilo/Million Samples per Second)。

(3) 量化误差(Quantizing Error)，因 A/D 转换器的有限分辨率而引起的误差，即有限分辨率 A/D 转换器的阶梯状转移特性曲线与无限分辨率 A/D 转换器(理想 A/D 转换器)的转移特性曲线(直线)之间的最大偏差。通常是 1 个或半个最小数字量的模拟变化量，表示为 1LSB，$\frac{1}{2}$LSB。

(4) 偏移误差(Offset Error)，输入信号为零时输出信号不为零，可外接电位器将输出信号调至最小。

(5) 满刻度误差(Full Scale Error)，满刻度输出时对应的输入信号与理想输入信号值的差值。

(6) 线性度(Linearity)是指实际转换器的转移函数与理想直线的最大偏移，不包括以上三种误差。

其他指标还有：绝对精度(Absolute Accuracy)、相对精度(Relative Accuracy)、微分非线性、单调性和无错码、总谐波失真(Total Harmonic Distortion，缩写 THD)和积分非线性。但在实际设计中，首要考虑的是分辨率和转换时间这两个参数指标。

10.2.2 A/D 转换原理

1. 积分型 ADC(如 TLC7135)

积分型 ADC 工作原理是将输入电压转换成时间(脉冲宽度信号)或频率(脉冲频率)，然

后由定时器/计数器获得数字值。其优点是用简单电路就能获得高分辨率,但缺点是由于转换精度依赖于积分时间,因此转换速率极低。初期的单片 ADC 大多采用积分型 ADC,现在逐次比较型 ADC 已逐步成为主流。

2. 逐次比较型 ADC(如 AD0809)

逐次比较型 ADC 是由一个比较器和 DAC 通过逐次比较逻辑而构成的,从 MSB 开始,顺序地对每一位置 1,并将输入电压与内置 DAC 输出进行比较,经 n 次比较而输出数字值。其电路规模属于中等。逐次逼近式 ADC 工作原理的基本特点是:二分搜索、反馈比较、逐次逼近。其优点是速度较高、功耗低。低分辨率(小于 12 位)的 ADC 价格便宜,但高精度(大于 12 位)的 ADC 价格却很高。

3. 并行比较型/串并行比较型 ADC(如 TLC5510)

并行比较型 ADC 采用多个比较器,仅作一次比较而实行转换,又称 FLash(快速)型 ADC。由于转换速率极高,n 位的转换需要 $(2n-1)$ 个比较器,因此电路规模大,价格高,只适用于视频 ADC 等速度特别高的领域。串并行比较型 ADC 结构介于并行型和逐次比较型之间,最典型的是由 2 个 $n/2$ 位的并行型 ADC 配合 DAC 组成,用两次比较实行转换,所以称为 Half Flash(半快速)型。还有分成三步或多步实现 ADC 的叫做分级(Multistep/Subrangling)型 ADC,从转换时序角度则称为流水线(Pipelined)型 ADC,分级型 ADC 中还加入了对多次转换结果作数字运算和修正特性等功能。这类 ADC 的转换速率要比逐次比较型 ADC 高,电路规模比并行型 ADC 小。

4. $\sum$ - Δ(Sigma - Delta)调制型 ADC(如 AD7705)

$\sum$ - Δ 型 ADC 由积分器、比较器、1 位 DAC 和数字滤波器等组成,其原理近似于积分型 ADC,将输入电压转换成时间信号(脉冲宽度),由数字滤波器处理后得到数字值,$\sum$ - Δ 型 ADC 电路的数字部分易于集成,因此便于实现高分辨率。该类型 ADC 主要用于音频和测量领域。

5. 电容阵列逐次比较型 ADC

电容阵列逐次比较型 ADC 在内置 DAC 中采用电容矩阵方式,又称为电荷再分配型。一般的电阻阵列 DAC 中多数电阻阻值必须一致,但在单芯片上产生高精度的电阻并不容易。如果用电容阵列取代电阻阵列,可以用低成本制成高精度单片 ADC,因此逐次比较型 ADC 大多为电容阵列式的。

6. 压频变换型 ADC(如 AD650)

压频变换型(Voltage-Frequency Converter)ADC 是通过间接转换方式实现模数转换的。其原理是首先将输入的模拟信号转换成频率,然后用计数器将频率转换成数字量。理论上,这种 ADC 的分辨率几乎可以无限增加,只要采样时间能够满足输出频率分辨率要求的累积脉冲个数的宽度。其优点是分辨率高、功耗低、价格低,但需要外部计数电路共同实现 A/D 转换。

10.2.3　集成电路 ADC0809 型 A/D 转换器

1. ADC0809 转换器主要特性

(1) 8 路 8 位 ADC,即分辨率为 8 位;

(2) 具有转换启停控制端;

（3）转换时间为 $100~\mu s$；

（4）单个+5 V 电源供电；

（5）模拟输入电压范围为 0～+5 V,无需零点和满刻度校准；

（6）工作温度范围为−40～+85 ℃；

（7）低功耗,约 15 mW。

2. ADC0809 内部逻辑结构

图 10 - 7 为 ADC0809 内部逻辑结构及引脚排列。

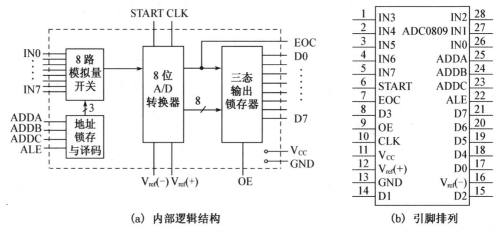

（a）内部逻辑结构   （b）引脚排列

图 10 - 7   ADC0809 内部逻辑结构及引脚排列

ADC0809 的引脚功能描述如下：

① IN7～IN0:模拟量输入通道。ADC0809 对输入模拟量的要求:信号单极性,电压范围 0～5 V,若信号过小还需放大。另外,在 A/D 转换过程中,模拟量输入值不应变化太快。因此,对变化速度快的模拟量,应在输入前增加采样保持电路。

② ADDA、ADDB 和 ADDC:地址线。ADDA 为低位地址,ADDC 为高位地址,地址锁存与译码电路完成对 ADDA,ADDB,ADDC 地址位进行锁存和译码,其译码输出用于通道选择,如表 10 - 1 所示。

表 10 - 1   ADC0809 的译码选通(ADDC,ADDB,ADDA)

ADDC	ADDB	ADDA	所选通道
0	0	0	IN0
0	0	1	IN1
0	1	0	IN2
0	1	1	IN3
1	0	0	IN4
1	0	1	IN5
1	1	0	IN6
1	1	1	IN7

③ ALE:地址锁存允许信号。在 ALE 的上跳沿,A,B,C 地址状态送入地址锁存器中。

④ START:转换启动信号。START 上跳沿时,所有内部寄存器清零;START 下跳沿时,开始进行 A/D 转换;在 A/D 转换期间,START 保持低电平。

⑤ D7~D0:数据输出线。D7~D0 为三态缓冲输出形式,可与单片机的数据线直接相连。

⑥ OE:输出允许信号。OE 用于控制三态输出锁存器向单片机输出转换得到的数据。OE=0,输出数据线呈高电阻;OE=1,输出转换得到的数据。

⑦ CLK:时钟信号。ADC0809 的内部没有时钟电路,所需时钟信号由外界提供,因此有时钟信号引脚,通常使用频率为 500 kHz 的时钟信号。

⑧ EOC:转换结束状态信号。EOC=0,正在进行转换;EOC=1,转换结束。该状态信号既可作为查询的状态标志,又可作为中断请求信号使用。

⑨ V_{CC}:+5 V 电源。

⑩ V_{ref}:参考电源。参考电压用来与输入的模拟信号进行比较,作为逐次逼近的基准。其典型值为 +5 V($V_{ref(+)}$=+5 V,$V_{ref(-)}$=0 V)。

图 10-8 为 ADC0809 的引脚时序图。

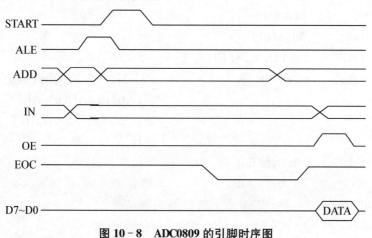

图 10-8 ADC0809 的引脚时序图

10.2.4 ADC0809 转换器与单片机的接口设计

图 10-9 为 ADC0809 转换器与单片机的接口连接图。ADC0809 的 ADDA,ADDB,AD-

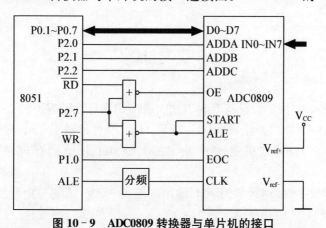

图 10-9 ADC0809 转换器与单片机的接口

DC 三端分别与 8051 的 P2.0～P2.2 相接。地址锁存信号(ALE)和启动转换信号(START)由 P2.7 和$\overline{WR}$或非得到。输出允许(OE)由 P2.7 和$\overline{RD}$或非得到。时钟信号(CLK)由 8051 的 ALE 分频输出得到,当采用 6 MHz 晶振时,应先分频以满足 ADC0809 的时钟信号必须小于 640 kHz 的要求。

由图 10-9 可知:ADC0809 的地址是 70FFH;ADC0809 的 8 个模拟通道所对应的口地址是 78FFH～7FFFH;采样开始时,只要向模拟通道对应的地址写入一个数,即可启动转换。由 P1.0 查询 ADC0809 的 EOC 信号,即可确定转换是否完成;8 个通道的转换结果依次放入 20H～27H 存储单元中。

```
         ORG     0000H
         MOV     R1,♯20H
         MOV     R2,♯8h           ;共 8 个模拟通道
         MOV     DPTR,♯78FFH
LOOP1：MOV     A,R2
         DEC     A
         JNZ     LOOP2
         MOV     R1,♯0H
         MOV     DPTR,♯78FFH
LOOP2：MOVX    @DPTR,A          ;START 上跳沿时,所有内部寄存器清
                                 零,ADDA,ADDB,ADDC 地址状态送入
                                 地址锁存器中。START 下跳沿时,开始
                                 进行 A/D 转换
LOOP3：JB      P1.0,LOOP3
LOOP4：JNB     P1.0,LOOP4       ;查忙
         MOVX    A,@DPTR          ;读结果
         MOV     @R1,A            ;存结果
         INC     DPH              ;改变通道号
         INC     R1
         LJMP    LOOP1
         END
```

习题 10

10-1. DAC0832 的接口设计有几种方法? 各应用在什么情况下?

10-2. 已知 ADC0809 地址:7FF8H～7FFFH,试编写每隔 100 ms 采集一次 8 个通道数据的程序,共采样 8 次,其结果送至片外 RAM 2000H 开始的存储单元中(假设 f_{osc} = 12 MHz)。

10-3. 已知 DAC0832 地址:7FFFH,输出电压:0～5 V,试编写矩形波发生程序,其中占空比为 2:3,高电平 4 V,低电平 1 V。

10-4. 图 10-9 中 ADC0809 引脚 EOC 接单片机 $\overline{INT0}$ 端,试采用中断方式编写程序。

10-5. 已知 DAC0832 地址为 7FFFH,输出电压为 0~5 V,试编写 PWM 波形发生程序,占空比为 0%~100%。

10-6. 图 10-6 中,试编写程序实现:一路 DAC0832 输出锯齿波,一路 DAC0832 输出占空比为 2:3 的方波。

第11章 键盘/显示接口电路

11.1 键盘接口设计

键盘是微机系统中最基本的输入设备,是人机对话不可缺少的纽带。

键盘监控程序主要完成以下三个任务:

(1) 监测有无按键动作

(2) 按键去抖

按键按下或释放后并不能立即达到稳定状态,往往在触点闭合或断开的瞬间会出现电压抖动,如图 11-1 所示。这种抖动的时间虽然很短,但也会给按键的识别产生误判。常采用硬件和软件两种方法消除抖动。其中,硬件方法是在开关的输入端增加一个 RC 滤波电路,或增加一个 R-S 开关电路(图11-2);而软件方法是当发现按键按下时用软件产生 5~20 ms 的延时,等按键稳定后,再识别按键。

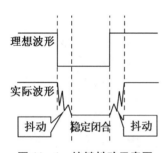

图 11-1 按键抖动示意图

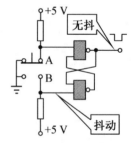

图 11-2 R-S 开关电路硬件按键去抖原理

(3) 键值确定及散转功能

根据键盘功能的不同,通常把键盘分成两种基本类型:编码键盘和非编码键盘。

① 编码键盘 这种键盘内部能自动检测被按下的按键,并提供与被按键功能对应的键码(如 ASCII 码、EBCDIC 码等),以并行或串行方式送给 CPU,使用方便,接口简单,但价格较贵。

② 非编码键盘 这种键盘只能简单提供键盘的行列矩阵,而按键的识别和键值的确定、输入等工作全靠计算机软件完成,是目前最便宜的微机输入设备。

11.1.1 非编码键盘的接口及处理程序

1. 独立式键盘

每一个按键都是一个独立开关,各自都有一条引线接到 I/O 接口,按键没有按下时,这条线接高电平;当按键按下时,这条线接低电平,这样通过读 I/O 接口就可以知道每一个按键的状态。但这种键盘的缺点是当按键较多时,需要的 I/O 接口也多,因此,这种键盘一般用于仅有几个按键的小键盘中。

【例 11 - 1】　由 P1 口扩展的独立式按键如图 11 - 3 所示,试编写程序实现循环扫描按键,并执行相应按键功能的程序。

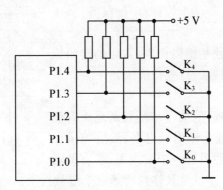

图 11 - 3　独立式按键

相应的程序段如下:

```
            ORG         0000H
            LJMP        START
START:      MOV         P1,#0FFH
            MOV         A,P1              ;键字送入 A
            MOV         DPTR,#ADRSS       ;散转表首地址
            MOV         R1,#00H           ;初始键号
    LP1:    RRC         A                 ;开始查找键字
            JNC         LP2               ;有键按下则转至 LP2
            INC         R1
            CJNE        R1 #04H LP1
            LJMP        START
    LP2:    MOV         A,R1              ;修正变址值,实现程序散转
            ADD         A,A
            JMP         @A+DPTR
  ADRSS:    AJMP        KEY0              ;地址数据表
            AJMP        KEY1
            ——————————
            AJMP        KEY4
   KEY0:    ——————————                    ;散转入口地址
            LJMP        START
            ——————————
   KEY4:    ——————————
            LJMP        START
```

END

2. 行列式键盘

按键较多时一般采用矩阵键盘,图 11－4 所示为一个矩阵键盘,共有 16 个按键,需要 8 条 I/O 线,以此类推,一个矩阵有 i 行 j 列,可以形成 $i \times j$ 个按键,而仅仅需要 $i+j$ 条 I/O 线。

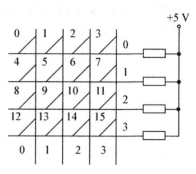

图 11－4 矩阵式键盘示意图

矩阵式键盘最关键的问题是键码识别,常用的键码识别方法有:行扫描法、行列反转法、行列扫描法。

(1) 行扫描法

如图 11－4 所示,行扫描法的第 1 步是判断是否有键按下,其方法是将所有的行线都输出低电平,然后扫描所有的列线,若全是高电平,说明没有一个键按下;若有低电平出现,说明有键按下。第 2 步就是具体判别哪一个键被按下:先将第 1 行输出低电平,其余行全部输出高电平,然后扫描列线,如果某条列线为低电平,则说明第一行与此列线相交位置上的按键按下,如果所有列线全是高电平,则说明这一行没有键按下,接着扫描第 2 行,以此类推,直至找到按下的键。

以图 11－4 中识别 8 号键为例来说明扫描法识别按键的过程。8 号键按下时,第 2 行一定为低电平,然而第 2 行为低电平时,能否肯定是 8 号键按下呢? 回答是否定的,因为 9,10,11 号键按下,同样会使第 2 行为低电平。为进一步确定具体键,不能使所有列线在同一时刻都处在低电平,可在某一时刻只让一条列线处于低电平,其余列线均处于高电平,另一时刻让下一列处于低电平,依此循环。这种依次轮流每次选通一列的工作方式称为键盘扫描。采用键盘扫描后,再来观察 8 号键按下时的工作过程,当第 0 列处于低电平时,第 2 行处于低电平,而第 1,2,3 列处于低电平时,第 2 行却处于高电平,由此可判定按下的键应是第 2 行与第 0 列的交叉点,即 8 号键。

【例 11－2】 P1.0～P1.3 为行线,P1.0～P1.7 为列线,试采用行扫描法编程实现按键判断及散转功能。图 11－5 为 P1 口键盘扩展,图 11－6 为【例 11－2】的流程图。

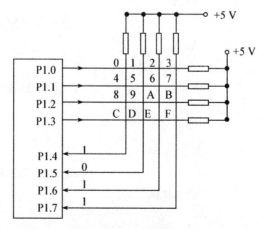

图 11－5 P1 口键盘扩展

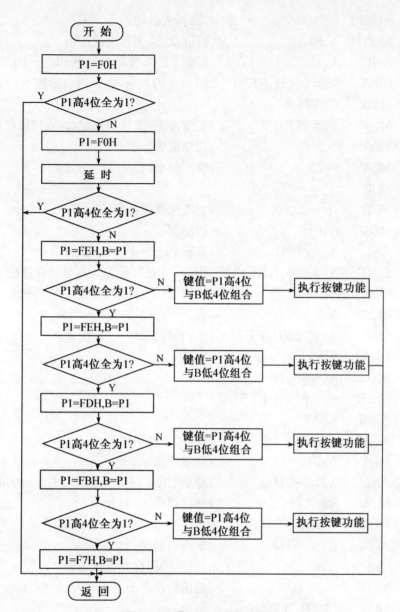

图 11-6　【例 11-2】的流程图

相应程序段如下：

```
KEY1:  MOV    P1,＃0F0H        ;P1.0~P1.3 输出 0,P1.4~P1.7 输出 1,作为输
                                入位
       MOV    A,P1            ;读键盘,检测有无键按下
       ANL    A,＃0F0H        ;屏蔽 P1.0~P1.3,检测 P1.4~P1.7 是否全为 1
       CJNE   A,＃0F0H,KEY11  ;P1.4~P1.7 不全为 1,有键按下
       RET                    ;P1.4~P1.7 全为 1,无键按下,退出
KEY11: MOV    P1,＃0F0H        ;P1.0~P1.3 输出 0,P1.4~P1.7 输出 1,作为输
                                入位
```

	ACALL	DS20MS	;延时,去抖动
	MOV	A,P1	;读键盘,检测有无键按下
	ANL	A,♯0F0H	;屏蔽 P1.0～P1.3,检测 P1.4～P1.7 是否全为 1
	CJNE	A,♯0F0H,KEY12	;P1.4～P1.7 不全为 1,有键按下
	SJMP	KEY1	
KEY12:	MOV	A,♯0FEH	;有键按下,逐行扫描键盘,置扫描初值
KEY13:	MOV	B,A	;扫描值暂存于 B
	MOV	P1,A	;输出扫描码
	NOP		
	NOP		;空操作使键盘稳定
KEY14:	MOV	A,P1	;读键盘
	ANL	A,♯0F0H	;屏蔽 P1.0～P1.3,检测 P1.4～P1.7 是否全为 1
	CJNE	A,♯0F0H,KEY15	;P1.4～P1.7 不全为 1,该行有键按下
	MOV	A,B	;被扫描行无键按下,准备查下一行
	RL	A	;置下一行扫描码
	CJNE	A,♯0EFH,KEY13	;未扫描到最后一行,则循环
	MOV	A,P1	
	ANL	A,♯0F0H	
	CJNE	A,♯0F0H,KEY15	
	AJMP	KEY1	
KEY15:	ACALL	DS20MS	;延时,去抖动
KEY16:	MOV	A,P1	;再读键盘
	ANL	A,♯0F0H	;屏蔽 P1.0～P1.3,保留 P1.4～P1.7(列码)
	MOV	R2,A	;暂存列码
	MOV	A,B	
	ANL	A,♯0FH	;取行扫描码
	ORL	A,R2	;行码,列码合并为键编码
KEY17:	MOV	B,A	;键编码存于 B
KEY2:	MOV	DPTR,♯TAB	
	MOV	A,♯00H	
KEY21:	PUSH	ACC	
	MOVC	A,@A+DPTR	;A=键码表的编码
	CJNE	A,B,KEY22	;将 B 中的值和键码表的值比较
	POP	ACC	
	RL	A	;如果相等,序号乘 2,得到分支表内偏移量 2n
	MOV	DPTR,♯KEY23	;置分支表首址
	JMP	@A+DPTR	;执行表 KEY22+2n 中的 AJMP K1 指令
KEY22:	POP	ACC	;不相等,则比较下一个
	INC	A	;序号加 1

```
            CJNE    A,♯017H,KEY21
            SJMP    KEY1                ;键码查完还没有 B 中按键编码,程序结束
    KEY23：AJMP   K11                 ;分支转移表
            AJMP    K12
...
            AJMP    K43
            AJMP    K44
    TAB：DB      0EEH,0DEH,0BEH,7EH
            DB      0EDH,0DDH,0BDH,7DH
            DB      0EBH,0DBH,0BBH,7BH
            DB      0E7H,0D7H,0B7H,77H
    K11：AJMP   KEY1                ;跳到各个按键的处理子程序
    K12：AJMP   KEY2
...
    K43：AJMP   KEY15
    K44：AJMP   KEY16
DS20MS：MOV    R7,♯28H
    DS1：MOV    R6,♯0F9H
            NOP
    DS2：DJNZ   R6,DS2
            DJNZ   R7,DS1
            RET
```

（2）行列反转法

如图 11-7 所示,键盘的行线和列线分别接在并行接口芯片 8155A 的 PA 口和 PB 口上,通过编程,先设置 PA 口为输出,PB 口为输入,通过 PA 口使行线全部输出为 0,然后通过 PB 口读列线的值,如果列线中有 0 出现,说明有按键按下;然后再编程设置 PA 口为输入,PB 口

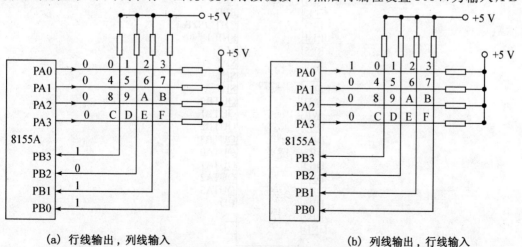

(a) 行线输出,列线输入   (b) 列线输出,行线输入

图 11-7 行列反转法键码识别示意图

为输出,将上次由 PB 口读入的数据再由 PB 口输出,这时再读取 PA 口,那么闭合键对应的行线必为 0。这样,当一个按键被按下时,可以读到唯一的列值和行值,这就是闭合键的扫描码。

例如:当按下"5"键时,第一次给行线全部输出 0,列线读取的值为 1011,然后再把 1011 通过列线输出,行线读取的值为 1101,于是将行值和列值组合起来得到 11011011B,即 DBH,这样就是"5"键的扫描码,它一定是唯一的。因此,根据读得的行值和列值为 DBH 便可以确定按下的键为"5"键。

11.1.2 编码键盘的接口及处理程序

8279 是一种通用可编程键盘显示接口芯片,它能完成键盘输入和显示控制两种功能。键盘部分提供一种扫描方式,可与 64 个按键的矩阵键盘连接,能对键盘不断扫描,自动消抖,自动识别按下的键并给出编码,能对同时按下双键或 n 键实施保护。

1. 8279 的引脚定义

(1) DB7~DB0 为双向外部数据总线;

(2) CS 为片选信号线,低电平有效;

(3) $\overline{RD}$ 和 $\overline{WR}$ 为读和定选通信号线;

(4) IRQ 为中断请求输出线;

(5) RL7~RL0 为键盘回送线;

(6) SL3~SL0 为扫描输出线;

(7) OUTB3~OUTB0,OUTA3~OUTA0 为显示寄存器数据输出线;

(8) RESET 为复位输入线;

(9) SHIFT 为换挡键输入线;

(10) CNTL/STB 为控制/选通输入线;

(11) CLK 为外部时钟输入线;

(12) BD 为显示器消隐控制线。

图 11-8 为 8279 的引脚排列。

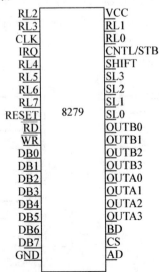

图 11-8 8279 引脚排列

2. 8279 的操作命令表(表 11 - 1)

表 11 - 1　操作命令表

命令特征位			功能特征位				
D7	D6	D5	D4	D3	D2	D1	D0
0　　0　　0 (键盘显示方式)			0:左输入; 1:右输入	0:8 字符; 1:16 字符	00:双键互锁 01:N 键轮回 10:传感器矩阵 11:选通输入		0:编码 1:译码
0　　0　　1 (分频系数设置)			2~31				
0　　1　　0 (读 FIFO/传感器 RAM)			0:仅读 1 个单元;	×	3 位传感器 RAM 起始地址		
0　　1　　1 (读显示 RAM)			1:每次读 后地址加 1	4 位显示 RAM 起始地址			
1　　0　　0 (写显示 RAM)							
1　　0　　1 (显示器写禁止/消隐)			×	1:A 组不变; 0:A 组可变	1:B 组不变; 0:B 组可变	1:A 组消隐; 0:恢复	1:B 组消隐; 0:恢复
1　　1　　0 (清显示及 FIFO RAM)			0:不 清 除 (CA=0); 1:允许清除	00:全清为 0; 01:全清为 0; 10:清为 20H; 11:清为全 1	CF:清FIFO 使之为空, 且 IRO = 0,读 出 地 址 0	CA:全清, 清显示, 清 FIFO	
1　　1　　1 (结束中断/特定错误方式)			E	×	×	×	×

3. 8279 的键盘及显示接口(图 11 - 9)

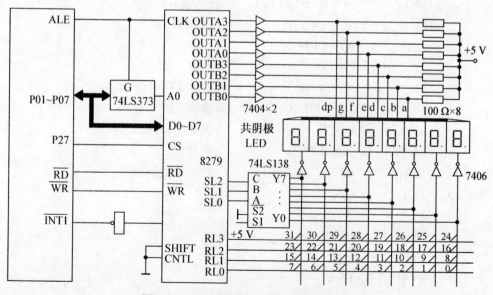

图 11 - 9　8279 的键盘及显示接口连接图

其相应程序如下：

```
            ORG      0000H
            AJMP     START
            ORG      0013H
            AJMP     KEY
            ORG      30H
START：     …
    INIT：  MOV      DPTR，#7FFFH        ;置 8279 命令/状态口地址
            MOV      A，#0D1H            ;置清显示命令
            MOVX     @DPTR，A            ;送清显命令
    WEIT：  MOVX     A，@DPTR            ;读状态
            JB       ACC.7，WEIT         ;等待清显示 RAM 完成
            MOV      A，#34H             ;置分频系数
            MOVX     @DPTR，A            ;送分频系数
            MOV      A，#40H             ;置键盘/显示命令
            MOVX     @DPTR，A            ;送命令
            MOV      IE，#84H            ;允许 8279 中断
            RET
```

键盘中断子程序如下：

```
    KEY：   PUSH     PSW
            PUSH     DPL
            PUSH     DPH
            PUSH     ACC
            PUSH     B
            MOV      DPTR，#7FFFH        ;置状态口地址
            MOVX     A，@DPTR            ;读 FIFO 状态
            ANL      A，#0FH
            JZ       PKYR
            MOV      A，#40H             ;置读 FIFO 命令
            MOVX     @DPTR，A            ;送读 FIFO 命令
            MOV      DPTR，#7FFEH        ;置数据口地址
            MOVX     A，@DPTR            ;读数据
            LJMP     KEY1               ;转键值处理程序
    PKYR：  POP      B
            POP      ACC
            POP      DPH
            POP      DPL
            POP      PSW
            RET1
```

KEY1：　　　　　　　　　　　　　　　　;键值处理程序

11.2　LED 接口设计

在单片机系统中,通常用 LED 数码显示器显示各种数字或符号。由于 LED 数码显示器具有显示清晰、亮度高、使用电压低、寿命长的特点,因此使用广泛。

11.2.1　LED 数码管

1. LED 数码管的结构

数码管由 8 个发光二极管(以下简称字段)构成,通过不同的组合可用来显示数字 0~9、字符 A~F,P,U,Γ,y,符号"-"及小数点".。数码管的外形结构如图 11-10 所示。

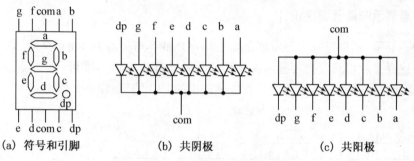

|(a) 符号和引脚|(b) 共阴极|(c) 共阳极|

图 11-10　LED 数码管的外形结构

2. LED 数码显示器连接方法

(1) 共阴极接法

把发光二极管的阴极连在一起构成公共阴极,使用时公共阴极接地。每个发光二极管的阳极通过电阻与输入端相连。

(2) 共阳极接法

把发光二极管的阳极连在一起构成公共阳极,使用时公共阳极接+5 V,每个发光二极管的阴极通过电阻与输入端相连。

3. LED 数码显示器的显示段选码

段码位	D7	D6	D5	D4	D3	D2	D1	D0
显示段	dp	g	f	e	d	c	b	a

将一个 8 位并行段选码送至 LED 显示器对应的引脚,送入的段选码不同,显示的数字或字符也不同。共阳极与共阴极的段选码互为反码,如表 11-2 所示。

表 11-2　共阴极与共阳极的段选码

显示字符	共阴极段选码	共阳极段选码	显示字符	共阴极段选码	共阳极段选码
0	3FH	C0H	C	39H	C6H
1	06H	F9H	D	5EH	A1H

(续表)

显示字符	共阴极段选码	共阳极段选码	显示字符	共阴极段选码	共阳极段选码
2	5BH	A4H	E	79H	86H
3	4FH	B0H	F	71H	8EH
4	66H	99H	P	73H	8CH
5	6DH	92H	U	3EH	C1H
6	7DH	82H	Γ	31H	CEH
7	07H	F8H	y	6EH	91H
8	7FH	80H	8.	FFH	00H
9	6FH	90H	"灭"	00H	FFH
A	77H	88H			
B	7CH	83H			

11.2.2　静态显示电路及程序设计

　　所谓静态显示,就是每一个显示器都要占用单独的具有锁存功能的 I/O 接口用于笔划段字形代码。这样单片机只要把要显示的字形代码发送到接口电路即可,直到要显示新的数据时,再发送新的字形码,因此,使用这种方法单片机的 CPU 开销较小。图 11 - 11 为 LED 静态显示原理图。

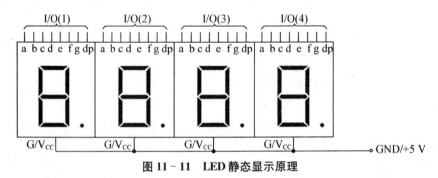

图 11 - 11　LED 静态显示原理

　　可以提供单独锁存的 I/O 接口电路有很多,这里以常用的串并转换电路 74LS164 为例,介绍一种常用的静态显示电路。

　　【例 11 - 3】　把显示缓冲区 60H~65H 共 6 个单元中的十进制数字分别显示在对应的 6 个数码管 LED0~LED5。图 11 - 12 为 74LS164 驱动 LED 静态显示接口图。

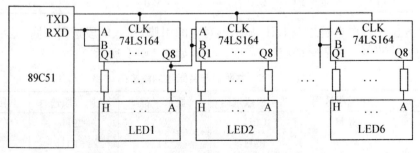

图 11 - 12　74LS164 驱动 LED 静态显示接口图

MCS-51 单片机串行接口方式 0 是移位寄存器方式,外接 6 片 74LS164 作为 6 位 LED 显示器的静态显示接口,把 8031 的 RXD 作为数据输出线,TXD 作为移位时钟脉冲。74LS164 为 TTL 单向 8 位移位寄存器,可实现串行输入,并行输出,其中 A、B(第 1、2 引脚)为串行数据输入端,这两个引脚按逻辑与运算规律输入信号,共用一个输入信号时可并接。CLK(第 8 引脚)为时钟输入端,可连接到串行接口的 TXD 端。每一个时钟信号的上升沿加到 CLK 端时,移位寄存器移 1 位,在 8 个时钟脉冲过后,8 位二进制数全部移入 74LS164 中。R(第 9 引脚)为复位端,当 R=0 时,移位寄存器各位清零,只有当 R=1 时,时钟脉冲才起作用。Q1~Q8 并行输出端分别连接至 LED 显示器的 h,g~a 各段对应的引脚。

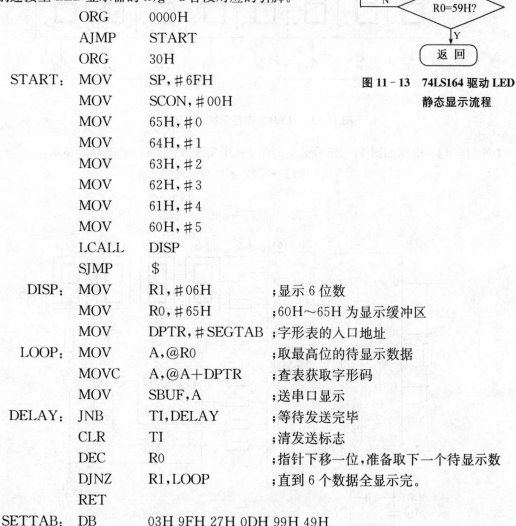

图 11-13　74LS164 驱动 LED 静态显示流程

```
              ORG      0000H
              AJMP     START
              ORG      30H
START：       MOV      SP,#6FH
              MOV      SCON,#00H
              MOV      65H,#0
              MOV      64H,#1
              MOV      63H,#2
              MOV      62H,#3
              MOV      61H,#4
              MOV      60H,#5
              LCALL    DISP
              SJMP     $
DISP：        MOV      R1,#06H          ;显示 6 位数
              MOV      R0,#65H          ;60H~65H 为显示缓冲区
              MOV      DPTR,#SEGTAB     ;字形表的入口地址
LOOP：        MOV      A,@R0            ;取最高位的待显示数据
              MOVC     A,@A+DPTR        ;查表获取字形码
              MOV      SBUF,A           ;送串口显示
DELAY：       JNB      TI,DELAY         ;等待发送完毕
              CLR      TI               ;清发送标志
              DEC      R0               ;指针下移一位,准备取下一个待显示数
              DJNZ     R1,LOOP          ;直到 6 个数据全显示完。
              RET
SETTAB：      DB       03H 9FH 27H 0DH 99H 49H
                       41H 1FH 01H 09H 0FFH    ;字形表
```

11.2.3 动态显示电路及程序设计

动态扫描采用分时的方法轮流控制每位显示器的公共端,使各个显示器轮流显示,在轮流扫描的过程中,每位显示器的显示时间极短,但由于人的视觉暂留效应及发光二极管的余辉效应,在人的视觉印象中得到的是一组稳定的字型显示。动态显示需要 CPU 时刻对显示器件进行刷新,显示的字型有闪烁感,占用 CPU 时间多,但使用的硬件少,能节省线路板空间。

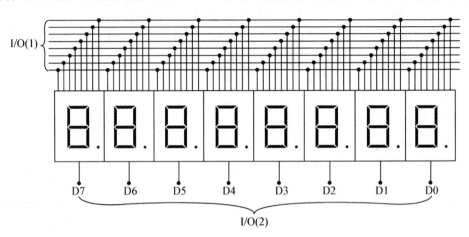

图 11-14 LED 动态显示接口原理图

【例 11-4】 电路如图 11-15 所示,试编写程序实现 4 位 LED 动态循环显示:

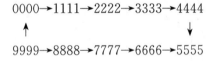

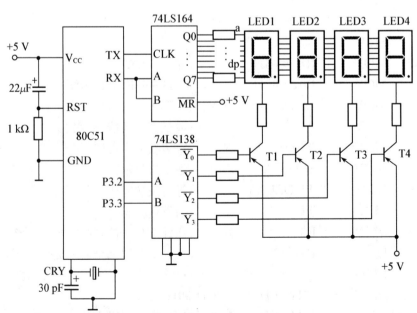

图 11-15 串行动态 LED 显示电路图

采用 8 位串入并出的移位寄存器 74LS164,将 80C51 串行通信端口输出的串行数据译码并在其并行通信端口线上输出,从而驱动 LED 数码管。74LS138 是一个 3 - 8 译码器,它将单片机输出的地址信号译码后动态驱动相应的 LED。但 74LS138 电流驱动能力较小,为此使用三极管 2SA1015 作为地址驱动。将 4 只 LED 的段位连在一起,它们的公共端则由 74LS138 分时选通,这样任何时刻都只有一个 LED 点亮。使用串行接口进行 LED 通信,程序编写相当简单,用户只需将所需显示的数据直接送串行接口发送缓冲器,等待串行中断标志即可。图 11 - 16 为串行动态 LED 显示软件流程图。

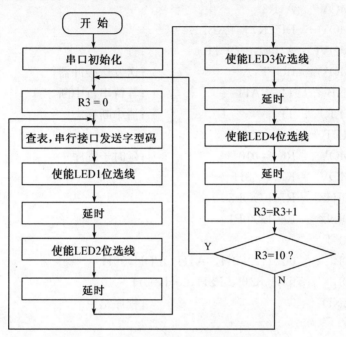

图 11 - 16　串行动态 LED 显示软件流程图

其相应程序段如下:

```
            ORG     0100H
            MOV     SCON,＃00H        ;串行接口工作方式 0
MAIN:       MOV     R3,＃00H          ;字型码初始地址
LOOP:       ACALL   DISP             ;显示
            ACALL   DISPLAY
            INC     R3               ;显示下一个字符
            CJNE    R3,＃0AH,LOOP     ;未显示到"9"继续
            AJMP    MAIN             ;返回主程序
DISPLAY:    CLR     P3.2
            CLR     P3.3             ;选中第 1 位
            ACALL   DELAY1           ;延时 10 ms
            SETB    P3.3             ;选中第 2 位
            ACALL   DELAY1
```

```
            SETB    P3.3              ;选中第3位
            CLR     P3.2
            ACALL   DELAY1
            SETB    P3.2
            SETB    P3.3
            ACALL   DELAY1
            RET
    DISP：  MOV     A,R3
            MOV     DPTR,#TABLE
            MOVC    A,@A+DPTR          ;查表
            MOV     BUFF,A             ;送发送缓冲器
    WAIT：  JNB     TI,WAIT            ;等待串行中断
            CLR     TI                 ;清中断标志
            RET
  DELAY1：  MOV     R6,#010H           ;延时子程序
   LOOP1：  MOV     R7,#38H
   IOOP2：  DJNZ    R7,LOOP2
            DJNZ    R6,LOOP1
            RET
   TABLE：  DB      0C0H,0F9H,0A4H,0BDH,99H
            DB      92H,82H,0F8H,80H,90H
            END                        ;程序结束
```

习题 11

11-1. 编码键盘与非编码键盘有哪些区别?

11-2. 静态显示与动态显示有哪些区别?

11-3. 消除键盘抖动的软硬件方法有哪些?

11-4. 采用 74LS164,设计 3 位 LED 数码管静态显示电路,并编写显示循环显示下列字符程序:012→123→234→345→456→…→890→901。

11-5. 采用行列反转法,设计图 11-4 的矩阵式键盘扫描程序。

11-6. 在图 11-2 中,采用定时扫描法编写键盘监控程序,定时周期 100 ms。

第12章 C51 程序设计语言

单片机应用系统日趋复杂化,要求所写的程序代码规范化、模块化,从而便于多人以软件工程的形式协同开发。汇编语言难以满足这样的实际工程需要。而 C 语言以其结构化和代码的高效性,已成为电子工程师进行单片机系统开发的首选编程语言。

C51 语言是一种专为 MCS-51 单片机设计的高级语言 C 编译器,它支持符合 ANSI 标准的 C 语言程序设计,同时针对 MCS-51 单片机的自身特点进行特殊扩展。与汇编语言相比,C51 语言在功能、结构、可读性和可维护性上有着明显优势。C51 语言提供了大量的库函数,使用 C51 语言编程大大缩短了开发周期,降低了开发成本,其可靠性和可移植性好,而且 C51 语言支持与汇编语言混合编程,可提高对硬件的直接操作能力。

本章内容从 C51 语言基础知识入手,主要介绍 C51 与标准 C 语言的不同之处,使读者尽快掌握和应用 C51 程序设计。

12.1 C51 语言基础

12.1.1 C51 的标识符

标识符是用来标识源程序中某个对象的名称。这些对象可以是常量、变量、数组、函数、数据类型、存储方式、语句等。

C51 对标识符的命名规则与 C 语言类型,必须满足以下规则:

(1) 由字母(a~z,A~Z)、数字(0~9)、及下划线(_)组成,且必须以字母或下划线开头;

(2) 区别字母大小写,即字母大小写代表不同的标识符;

(3) C51 的关键字不能使用标识符;

(4) 标识符最大长度一般默认 32 个字符。

例如:smart,_decision,key_board,FLOAT 均是正确标识符,而 3smart,ok?,key. board,float 均是非法标识符。

在命名标识符时应当简洁明了,含义清晰,这样有助于程序的阅读理解。例如用标识符 max 表示最大值,用 TIMER0 表示定时/计数器 0 等。

12.1.2 C51 的关键字

关键字是一类具有固定名称和特定含义的特殊标识符,有时又称为保留字,即被 C51 编译器已定义的专用标识符,一般不能另作他用。在 C51 中,除了包含 ANSI C 标准所规定的 32 个关键字外,根据 C51 本身特点也扩展了相应的关键字。其实在 C51 广本编辑器中,系统一般将关键字以不同颜色进行区分。

表 12-1 列出 ANSI C 标准关键字,表 12-2 为 C51 常用扩展关键字。

表 12 - 1 ANSI C 标准关键字

序　号	关键字	用　途	说　明
1	auto	存储种类说明	用于声明局部变量,为缺省值
2	break	程序语句	退出最内层循环体
3	case	程序语句	switch 语句中的选择项
4	char	数据类型声明	单字节整型或字符型数据
5	const	存储类型声明	在程序执行过程中不可修改的变量值
6	continue	程序语句	转向下一次循环
7	default	程序语句	switch 语句中的失败选择项
8	do	程序语句	构成 do ... while 循环结构
9	double	数据类型声明	双精度浮点数
10	else	程序语句	构成 if ... else 选择结构
11	enum	数据类型声明	枚举
12	extern	存储类型声明	在其他程序模块中声明的全局变量
13	float	数据类型声明	单精度浮点数
14	for	程序语句	构成 for 循环结构
15	goto	程序语句	构成 goto 转移结构
16	if	程序语句	构成 if ... else 选择结构
17	int	数据类型声明	基本整型数
18	long	数据类型声明	长整型数
19	register	存储类型声明	使用 CPU 内部寄存器变量
20	return	程序语句	函数返回
21	short	数据类型声明	短整型数
22	signed	数据类型声明	有符号数,二进制数据的最高位为符号位
23	sizeof	运算符	计算表达式或数据类型的字节数
24	static	存储类型声明	静态变量
25	struct	数据类型声明	结构类型数据
26	switch	程序语句	构成 switch 选择结构
27	typedef	数据类型声明	重新进行数据类型定义
28	union	数据类型声明	联合类型数据
29	unsigned	数据类型声明	无符号数据
30	void	数据类型声明	无类型数据
31	volatile	数据类型声明	声明该变量在程序执行中可被隐含地改变
32	while	程序语句	构成 while 和 do ... while 循环结构

表 12 - 2　C51 编译器的扩展关键字

序　号	关键字	用　途	说　明
1	_at_	地址定位	为变量进行存储器绝对空间地址定位
2	alien	函数特性声明	用于声明与 PL/M51 兼容的函数
3	bdata	存储类型声明	可位寻址的 8051 内部数据存储器
4	bit	位变量声明	专用声明一个位变量或位类型的函数
5	code	存储类型声明	8051 程序存储器空间
6	compact	存储模式	指定使用 8051 外部分页寻址数据存储空间
7	data	存储类型声明	直接寻址的 8051 内部数据存储器
8	idata	存储类型声明	间接寻址的 8051 内部数据存储器
9	interrupt	中断函数声明	定义一个中断服务函数
10	large	存储模式	指定使用 8051 外部数据存储器空间
11	pdata	存储类型声明	分页寻址的 8051 外部数据存储器空间
12	_priority_	多任务优先声明	规定 RTX51 或 RTX51 Tiny 的任务优先级
13	reentrant	再入函数声明	定义一个再入函数
14	sbit	位变量声明	定义一个可位寻址变量
15	sfr	特殊功能寄存器声明	声明一个 8 位特殊功能寄存器
16	sfr16	特殊功能寄存器声明	声明一个 16 位特殊功能寄存器
17	small	存储模式	指定使用 8051 内部数据存储器空间
18	_task_	任务声明	定义实时多任务函数
19	using	寄存器组定义	定义 8051 的当前工作寄存器组
20	xdata	存储类型声明	声明使用 8051 外部数据存储器

12.1.3　常量与变量

数据是程序处理的主要对象,C51 的数据有常量和变量之分。

1. 常量

在程序运行中其值保持不变的量,可以为字符(如'a'、'hello')、八进制数(如'0106')、十进制数(如'123')或十六进制数(如'0X10')。

常量分为数值型常量和符号型常量。符号型常量需用宏定义指令♯define 进行定义,如:

♯define PI　3.14

程序中只要出现"PI"的地方,编译器都用"3.14"代替。

另外,const 修饰符也可以实现上述功能,而且更安全可靠。和上面宏定义等效用 const 实现的语句如下:

const float PI=3.14;

被 const 修饰的变量的值在程序中不能被改变,所以在声明符号常量时,必须对其进行初始化,除非这个变量是用 extern 修饰的外部变量。

例如:

const int i=8; // 正确

const int d; // 错误,必须初始化

extern const int d; // 正确

2. 变量

变量是在程序运行中其值是可以改变的量。一个变量具有三个要素:数据类型、变量名和存储地址。C51 中所有的变量在使用之前必须事先声明,如:

int step;

char c,name[16];

12.1.4 数据类型

C51 具有 ANSI C 的所有标准数据类型,其基本类型包括:char,int,short,long,float 和 double。对 C51 编译器来说,short 类型和 int 类型相同,double 类型和 float 类型相同。整型和长整型的符号位字节在最低的地址单元中。此外,为了充分发挥 8051 单片机的结构功能,C51 还扩展了一些特殊的数据类型,包括 bit,sfr,sfr16,sbit。表 12-3 为 C51 的数据类型。

表 12-3 C51 的数据类型

数据类型	数据类型说明符	长度	值域范围
位型	bit	1bit	0 或 1
字符型	signed char	1Byte	−128~+127
	unsigned char	1Byte	0~255
整型	signed int	2Byte	−32 768~+32 767
	unsigned int	2Byte	0~65 536
长整型	signed long	4Byte	−2 147 483 648~+2 147 483 647
	unsigned long	4Byte	0~4 294 967 295
浮点型	float	4Byte	±1.175 494E−38~±1.175 494E+38
指针型	*	1~3Byte	对象的地址
访问 SFR	sbit	1bit	0 或 1
	sfr	1Byte	0~255
	sfr16	2Byte	0~65 535
空类型	void	0	函数无返回值或产生一个同一类型指针

1. bit 位型

bit 位型是 C51 编译器的一种扩充数据类型,利用它可以定义一个位变量,但不能定义位指针,也不能定义位数组。它的值是一个二进制位,不是 0 就是 1,类似一些高级语言中的 Boolean 类型的 True 和 False。

2. char 字符型

char 字符型的长度是 1Byte,通常用于定义一个单字节的数据,分为无符号字符型(unsigned char)和有符号字符型(signed char),缺省值为 signed char。unsigned char 类型用字节中的所有位表示数值,可以表示的数值范围为 0～255,常用于处理 ASCII 字符或小于等于 255 的整型数。signed char 类型用字节中最高位表示数据的符号,0 表示正数,1 表示负数,负数用补码表示,可以表示的数值范围为 -128～+127。

3. int 整型

int 整型长度为 2Byte,用于存放一个双字节数据。该数据类型包括符号整型(signed int)和无符号整型(unsigned int),缺省值为 signed int。signed int 表示的数值范围是 -32 768～ +32 767,字节中最高位表示数据的符号;而 unsigned int 表示的数值范围是 0～65 535。

4. long 长整型

long 长整型长度为 4Byte,用于存放一个 4 字节数据。该数据类型包括符号长整型(signed long)和无符号长整型(unsigned long),缺省值为 signed long,其值域范围如表 12 - 3 所示。

5. float 浮点型

float 浮点型在十进制中具有 7 位有效数字,是符合 IEEE - 754 标准的单精度浮点型数据,占用 4Byte。单精度浮点型数据在内存中存放格式如下:

地址偏移	D7	D6	D5	D4	D3	D2	D1	D0
+0	S	E	E	E	E	E	E	E
+1	E	M			......			M
+2	M			......				M
+3	M			......				M

其中,第 31 位 S 为符号位,0 表示正数,1 表示负数;E 为阶码,占用 8 位二进制数,存放在 2 个字节中;M 为尾数的小数部分,用 23 位二进制数表示,尾数的整数部分隐含为 1,因此不予保存。一个浮点数的十进制数值表示为: $(-1)S \times 2E - 127 \times (1.M)$。

6. * 指针型

* 指针型数据本身是一个变量,但该变量存放的不是普通的数据,而是指向另一个数据的地址。指针变量也要占用一定的内存单元,在 C51 中,指针变量也具有类型,其表示方法是在指针符号 "*" 前冠以数据类型关键字,如 char * point 表示 point 是一个指向字符型的指针变量。C51 中指针型数据的长度一般为 1～3Byte。有关指针型知识将在后续章节作进一步探讨。

7. sbit 可寻址位

sbit 可寻址位同样是 C51 中的一种扩充数据类型,利用它可以访问单片机内部 RAM 中的可寻址位或特殊功能寄存器中的可寻址位。

sbit 的用途主要有如下两种:

(1) 定义特殊功能寄存器的可寻址位

例如:

```
#include <reg51.h>          /*包含头文件 reg51.h */
sbit P1_1=P1∧1;            /*用 P1_1 表示 P1 口的第 1 位 P1.1 */
sbit ac=ACC∧7              /*ac 定义为累加器 A 的第 7 位 */
sbit ov=0xD0∧2             /*定义 ov 为 PSW 的溢出标志位 OV */
```

（2）采用字节寻址变量位

例如：

```
int bdata bi_var1;                /* 在位寻址区定义一个整型变量 bi_var1 */
char bdata bc_array[3]            /* 在位寻址区定义一个字符型数组 bc_array */
sbit bi_var1_0=bi_var1∧15        /* 使用 bi_var1_0 访问 bi_var1 的 D15 位 */
sbit bc_array05=bc_array[0]∧5    /* 使用 bc_array05 访问 bc_array[0]的 D5 位 */
```

8. sfr 特殊功能寄存器

sfr 也是 C51 的扩充数据类型，占用一个内存单元，值域为 0～255。利用该数据类型可以访问 C51 单片机内部的所有特殊功能寄存器。

例如：

```
sfr P1=0x90          /* 定义 P1 为特殊功能寄存器 P1，即 I/O 端口 P1 */
P1=255               /* 对 P1 端口所有引脚置 1 */
```

C51 单片机中的特殊功能寄存器和特殊功能寄存器的可寻址位，已被 sfr 和 sbit 定义在头文件 reg51.h 和 reg52.h 中，在程序的开头只需加上包含文件命令#include<reg51.h>或 #include <reg52.h>即可使用。

9. sfr16 16 位特殊功能寄存器

sfr16 用于定义 C51 单片机内部 RAM 的 16 位特殊功能寄存器，它占用 2 个内存单元，其值域范围为 0～65 535。

需要注意的是，使用 sfr16 定义 16 位特殊寄存器，该 16 位 SFR 必须是低字节在低地址单元，高字节在紧随其后连续的高地址单元。

例如：

```
sfr16 timer2 = 0xCC;     /* timer2 表示 52 子系列的定时/计数器 T2。其中，T2L 的地
                            址为 CCH，T2H 的地址为 CDH */
sfr16 point16=0x82;      /* point16 表示 16 位数据指针 DPTR，其中，DPL 地址为 82H，
                            DPH 地址为 83H */
sfr16 timer0=0x8A        /* timer0 不表示定时/计数器 T0，因为 TL0、TH0 地址不连
                            续 */
```

需要注意的是：sbit，sfr 以及 sfr16 有别于其他的数据类型，其作用有点类似于宏定义命令#define，这种定义 sfr 语句通常置于程序的开头。

10. void 空类型

空类型长度为 0，它主要有两个用途：一是明确表示一个函数不返回任何值；二是产生一个同一类型指针（可根据需要动态分配其内存空间）。

例如：

```
void * buffer;          /* buffer 被定义为无值型指针 */
```

12.1.5　存储类型和存储模式

定义变量时,除了指定其数据类型外,还必须指定该变量以何种方式定位在单片机的某一存储区中,否则便没有意义。在 C51 中对变量进行定义的一般格式如下:

〔存储种类〕数据类型〔存储类型〕变量名表;

其中,"存储种类"和"存储类型"均是可选项。

变量存储类型与 MCS-51 单片机实际存储空间的对应关系如表 12-4 所示。

表 12-4　C51 编译器可识别的存储类型

存储类型	说　　明
data	直接寻址片内数据存储区(地址 00H~FFH,128 B),访问速度快
bdata	可位寻址片内数据存储区(地址 20H~2FH,16 B),允许位和字节混合访问
idata	间接寻址片内数据存储区(地址 00H~FFH,256 B),由 MOV @Ri 访问
pdata	分页寻址片外数据存储区(256 B),由 MOVX　@Ri 访问
xdata	寻址片外数据存储区(64 KB),由 MOVX　@DPTR 访问
code	寻址程序存储区(64 KB),由 MOVC　@A+DPTR 访问

当使用存储类型 data、bdata 定义变量时,C51 编译器会将它们定位在片内数据存储器中。片内 RAM 是存放临时性传递变量和使用频率较高变量的理想场所。访问片内数据存储器(存储类型为 data,bdata,idata)比访问片外数据存储器(存储类型为 xdata,pdata)相对要快,因此可将经常使用的变量置于片内数据存储器,而将不经常使用或规模较大的数据置于片外数据存储器中。

例如:

```
char data var1;           /* 字符变量 var1 定位在片内 RAM */
bit bdata flags;          /* 位变量 flags 定位在片内 RAM 中的位寻址区 */
float idata x,y,z;        /* 浮点变量 x,y,z 定位在片内 RAM,且只能间接寻址访问 */
unsigned int pdata a;     /* 无符号整型变量 a 定位在片外 RAM,由 MOVX @Ri 访
                             问 */
char code id[5];          /* 字符型一维数组 id[5]定位在 ROM,由 MOVC @A+DPTR
                             访问 */
```

如果在定义变量时省略存储类型,编译器则自动默认存储类型。默认存储类型由 SMALL、COMPACT 和 LARGE 存储模式指令限制,如表 12-5 所示。

表 12-5　C51 存储模式及说明

存储类型	说　　明
SMALL	参数及局部变量放入可直接寻址的片内数据存储器(最大 128 B,默认存储类型为 data)
COMPACT	参数及局部变量放入片外数据存储器的分页寻址区(最大 256 B,默认存储类型为 pdata)
LARGE	参数及局部变量直接放入片外数据存储器(最大 64 KB,默认存储类型为 xdata)

例如:

char var;

在 SMALL 存储模式下，var 被定位在 data 存储区；在 COMPACT 存储模式下，var 被定位在 pdata 存储区；而在 LARGE 模式下，var 被定位在 xdata 存储区中。

为提高程序执行效率和系统运行速度，建议在编写源程序时，把存储模式设定为 SMALL，而一些需放在其他存储区的变量在定义时专门用 xdata，pdata，idata 等存储类型特殊声明。存储模式可在 C51 编译器选项中设置或在源程序开头加入预处理命令 ♯ pragma SMALL。

12.1.6　变量的作用域

上节已经讲过，在 C51 中定义变量的一般格式为"［存储种类］数据类型［存储类型］变量名表；"，其中"存储种类"是指变量在程序执行过程中的作用范围。变量的存储种类有四种，分别为：自动（auto）、外部（extern）、静态（static）和寄存器（register）。

与 C 语言类似，C51 中所有变量都有自己的作用域，声明变量的类型不同，其作用域也不同。C51 语言中的变量，按照作用域的范围可分为两种，即局部变量和全局变量。

1. 局部变量

在一个函数内部定义的变量称为局部变量，也称为内部变量。这种变量的作用域是在定义其函数或复合语句范围内。也就是，局部变量只能在定义其函数或复合语句内部使用，而不能在其他函数内使用。局部变量有如下特点：

（1）在一个函数内部定义的变量是局部变量，只能在该函数内部使用；

（2）在主函数内部定义的变量也是局部变量，其他函数也不能使用主函数中的变量；

（3）形式参数是局部变量；

（4）在复合语句中定义的变量是局部于复合语句的变量，只能在复合语句块中使用；

（5）局部变量在函数被调用的过程中占有存储单元；

（6）不同函数中可以使用同名变量，在不同的作用域内，可以对变量重新定义。

2. 全局变量

全局变量也称为外部变量，它是在函数外部定义的变量。全局变量不属于哪一个函数，而是属于一个源程序文件。其作用域是整个源程序。

全局变量定义必须在所有函数之外，且只能定义一次。其一般形式为：

［extern］数据类型 变量名表；

其中，［extern］可以省略不写。

例如：

int a,b;

等效于：extern int a,b;

而全局变量说明出现在要使用该外部变量的各个函数内，在整个程序内可能出现多次。全局变量说明的一般形式为：

extern 数据类型 变量名表；

全局变量在定义时就已分配了内存单元，全局变量定义可作初始赋值，而全局变量说明不能再赋初始值，只是告诉 C51 编译器在本函数内要使用某外部变量。

全局变量特点如下：

（1）在函数外部定义的变量是全局变量，其作用域是从变量定义位置到整个程序文件结束。

（2）使用全局变量，可增加函数间数据联系的渠道。全局变量可以将数据带入到作用域范围内的函数，也可以将数据带回到作用域范围内的其他函数。全局变量在程序中任何地方都可以更新，使用全局变量会降低程序的安全性。

（3）提前引用全局变量，需对全局变量进行说明，或称为申明。

（4）使用程序中非本程序文件的外部变量，也要对使用的外部变量进行上述申明，或用文件包含处理。

（5）若局部变量与外部变量同名，则在局部变量的作用域内，外部变量存在，但不可见，外部变量的作用被屏蔽。

（6）全局变量在程序运行过程中均占用存储单元。

（7）编程时，原则上应尽量少用全局变量，能用局部变量，不用全局变量，要避免局部变量全局化。

从变量的作用域原则出发，可以将变量分为全局变量和局部变量。而从变量的生存期来看，又可将变量分为动态存储变量及静态存储变量。

（1）动态存储变量

动态存储变量可以是函数的形式参数、局部变量、函数调用时的现场保护和返回地址。

这些动态存储变量在函数调用时分配存储空间，函数结束时释放存储空间，所以也称自动变量。由于自动变量的作用域和生存期都局限于定义其个体内（函数或复合语句），因此不同的个体中允许使用同名的变量而不会混淆。即使在函数内定义的自动变量，也可与该函数内部的复合语句中定义的自动变量同名。

动态存储变量的定义形式为在变量定义的前面加上关键字"auto"，例如：

auto int a,b,c；

"auto"也可以省略不写。事实上，所使用的变量均省略了关键字"auto"的动态存储变量。有时甚至为了提高速度，将局部的动态存储变量定义为寄存器型变量，定义的形式为在变量的前面加关键字"register"，例如：

register int x,y,z；

这样就可将变量的值不用存入内存，而只需保存在 CPU 内的寄存器中，速度大大提高。寄存器型变量只适用于局部变量，而不适用于全局变量，也不能用"&"运算符取变量地址。

（2）静态存储变量

凡是用关键字"static"定义的变量称为静态存储变量。静态存储变量通常是在变量定义时就划分存储单元并一直保持不变，直至整个程序结束。按静态变量定义位置的不同，又分为全局静态变量和局部静态变量。

局部静态变量在局部变量的说明前再加上"static"说明符就构成局部静态变量。例如：

static int a,b；

static float array[5]={1,2,3,4,5}；

局部静态变量属于静态存储方式，它具有以下特点：

① 局部静态变量在函数内定义，但不像自动变量那样，当调用时就存在，退出函数时就消失。静态局部变量始终存在，也就是说它的生存期为整个源程序。

② 局部静态变量的生存期虽然为整个源程序,但是其作用域仍与自动变量相同,即只能在定义该变量的函数内使用。退出该函数后,尽管该变量还继续存在,但不能使用。

③ 允许对构造类局部静态量赋初值。例如,若未给数组赋以初值,则由系统自动赋以 0 值。

④ 对基本类型的局部静态变量,若在说明时未赋以初值,则系统自动赋以 0 值。而对自动变量不赋初值,则其值是不定的。

根据局部静态变量的特点,可以看出它是一种生存期为整个源程序的量。虽然离开定义它的函数后,局部静态变量就不能使用,但如再次调用定义它的函数时,该局部静态变量又可继续使用,而且保存了前次被调用后留下的数值。因此,当多次调用一个函数且要求在调用之间保留某些变量的值时,可考虑采用静态局部变量。虽然用全局变量也可以达到上述目的,但全局变量有时会造成意外的副作用,因此仍以采用局部静态变量为宜。

而对于全局静态变量,在全局变量(外部变量)说明之前再冠以"static"就构成了全局静态变量。全局变量本身就是静态存储方式,全局静态变量当然也是静态存储方式。这两者在存储方式上并无不同,其区别仅在于非全局静态变量的作用域是整个源程序。当一个源程序由多个源文件组成时,非静态的全局变量在各个源文件中都是有效的,而全局静态变量则限制其作用域,即只在定义该变量的源文件内有效。由于全局静态变量的作用域局限于一个源文件内,只能为该源文件内的函数公用,因此可以避免在其他源文件中引起错误。

从以上分析可以看出,把局部变量改变为静态变量,是改变其存储方式,即改变生存期。把全局变量改变为静态变量,是改变其作用域,限制使用范围。因此"static"说明符在不同的地方所起的作用是不同的,应予以注意。

为帮助理解变量的作用域,可参见下面一段程序:

```
#include <stdio. h>
void a (void);          /* 函数原型 */
void b (void);          /* 函数原型 */
void c (void);          /* 函数原型 */
int x = 1;              /* 全局变量 */
main()
{
    int x = 5;          /* main 函数的局部变量 */
    printf("local x in outer scope of main is %d \n", x);
    {
        int x = 7;      /* 变量 x 的新作用域 */
        printf("local x in inner scope of main is %d \n", x);
    }                   /* 结束变量 x 的新作用域 */
    printf("local x in outer scope of main is %d \n", x);
    a();                /* 函数 a 拥有自动局部变量 x */
    b();                /* 函数 b 拥有静态局部变量 x */
    c();                /* 函数 c 使用全局变量 */
    a();                /* 函数 a 对自动局部变量 x 重新初始化 */
```

```
    b();            /* 静态局部变量 x 保持其以前的值 */
    c();            /* 全局变量 x 也保持其值 */
    printf("local x in main is %d \n\n", x);
    return 0;
}
void a(void)
{
    int x = 25;      /* 每次调用函数 a 时都会对变量 x 初始化 */
    printf("\nlocal x in a is %d after entering a \n",x);
    ++x;
    printf("local x in a is %d before exiting a \n", x);
}
void b(void)
{
    static int x = 50;      /* 只在首次调用函数 b 时对静态变量 x 初始化 */
    printf("\nlocal static x is %d on entering b \n", x);
    ++x;
    printf("local static x is %d on exiting b \n", x);
}
void c(void)
{
    printf("\nglobal x is %d on entering c \n", x);
    x *= 10;
    printf("global x is %d on exiting c \n", x);
}
```

程序输出结果如下：

local x in outer scope of main is 5
local x in inner scope of main is 7
local x in outer scope of main is 5
local x in a is 25 after entering a
local x in a is 26 before exiting a
local static x is 50 on entering b
local static x is 51 on exiting b
global x is 1 on entering c
global x is 10 on exiting c
local x in a is 25 after entering a
local x in a is 26 before exiting a
local static x is 51 on entering b
local static x is 52 on exiting b

global x is 10 on entering c

global x is 100 on exiting c

local x in main is 5

12.2 C51 运算符

运算符就是完成某种特定运算的符号,表达式则是由运算符及运算对象所组成的具有特定含义的式子。C 语言是一种表达式语言,在任意一个表达式后面加一个分号";"就构成了一个表达式语句。由运算符和表达式可以组成 C 语言程序的各种语句。

12.2.1 运算符

运算符按其在表达式中与运算对象的关系,可分为单目运算符、双目运算符和三目运算符。单目运算符只需要一个运算对象;双目运算符要求有两个运算对象;三目运算符则要求有三个运算对象。

运算符按其在表达式中所起的作用,可分为:赋值运算符、算术运算符、关系运算符、逻辑运算符、位运算符、复合运算符、条件运算符、逗号运算符等。

1. 赋值运算符

在 C 语言中,运算符"="的功能是给变量赋值,称之为赋值运算符。赋值语句的一般格式如下:

变量名=表达式;

例如:

a=0xa6;   /＊将十六进制常数 0xa6 赋给变量 a＊/

b=c=33;   /＊将十进制常数 33 同时赋值给变量 b,c＊/

f=a+b;   /＊将表达式 a+b 的值赋给变量 f＊/

由此可知,赋值语句是先计算出"="右边的表达式(亦可称为赋值表达式)的值,然后将得到的值赋给左边的变量。

在赋值运算中,当"="两边的数据类型不一致时,系统自动将右边表达式的值转换成左侧变量的类型,再赋给该变量,转换规则如下:

(1) 实型数据赋给整型变量时,舍弃小数部分;

(2) 整型数据赋给实型变量时,数值不变,但以浮点数形式存储在变量中;

(3) 长字节整型数据赋给短字节整型变量时,进行截断处理;

(4) 短字节整型数据赋给长字节整型变量时,进行符号扩展。

2. 算术运算符

算术运算符包括基本算术运算符和增量运算符,其中取正、取负和增量运算符是单目运算符。

(1) 基本算术运算符

① ＋:加法或取正运算符

② －:减法或取负运算符

③ ＊:乘法运算符

④ /:除法运算符

⑤ ％:取余(模)运算符

对于除法运算符,若两个整数相除,结果为整数,如 15/2 的值为 7。

对于取余运算符,要求％两侧的运算对象均为整型数据,所得结果的符号与左侧运算对象的符号相同,如—15％2 的值为—1。

(2) 增量运算符

① ++:自增运算符

② ——:自减运算符

增量运算符只能用于变量,不能用于常量和表达式,例如:

x=m++;　　　　/＊将 m 的值赋给 x 后,m 加 1＊/

x=++m;　　　　/＊m 先加 1,再将新值赋给 x＊/

基本算术运算符的结合性为自左至右(左结合性),增量运算符为自右至左(右结合性)。优先级顺序为:先乘除模,后加减,括号最优先。

如果一个算术运算符两侧的数据类型不同,则必须进行数据类型转换:一是强制类型转换,格式为:(数据类型名)(表达式),如:(int)(x+y)将 x+y 强制转换成 int 型;二是自动类型转换,转换规则如下:

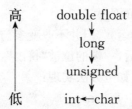

3. 关系运算符

关系运算即比较运算,关系运算符是比较两个表达式的大小关系。C51 提供六种关系运算符:

① < 小于

② ≤ 小于等于

③ > 大于

④ ≥ 大于等于

⑤ == 等于

⑥ ! = 不等于

关系表达式的值为逻辑值:真和假。C51 中用"1"表示真,"0"表示假。若关系表达式的值为真则返回"1",为假则返回"0"。

关系运算符的优先级关系是:"<、≤、>、≥"优先级相同,为高优先级;"==、! ="优先级相同,为低优先级。关系运算符的优先级低于算术运算符高于赋值运算符的优先级。

4. 逻辑运算符

逻辑运算符用于求条件式的逻辑值,用逻辑运算符将关系表达式或逻辑量连接起来就构成逻辑表达式,逻辑表达式的值为逻辑量,即真或假。C51 提供三种逻辑运算符:

① && 逻辑与;

② ‖ 逻辑或;

③ ! 逻辑非。

它们的优先级关系是:! 优先级最高,且高于算术运算符;‖ 优先级最低,低于关系运算符高于赋值运算符。

如:a=7,b=6,c=0 时,则:! a 为假,! c 为真。a&&b 为真,! a&&b 为假,b‖c 为真。(a>0)&&(b>3)为真,(a>8)&&(b>0)为假。

5. 位运算符

C51 支持按位运算,这与汇编语言的位操作指令相类似。位运算的操作对象只能是整型和字符型数据,不能是浮点型数据。C51 提供以下六种位运算符:

① & 按位与,相当于汇编 ANL 指令;

② ∣ 按位或,相当于汇编 ORL 指令;

③ ∧按位异或,相当于汇编 XRL 指令;

④ ~ 按位取反,相当于 CPL 指令;

⑤ << 按位左移,相当于 RL 指令;

⑥ >> 按位右移,相当于 RR 指令。

要注意区别位运算符与逻辑运算符的不同,例如:x=7,y=5,则 x&y 的值为 5;x=0x9f,y=0xad,x∣y 的值为 0xbd;x=0x10,y=0x35,x∧y 的值为 0x25;x=0x33,~x 的值为 0xcc;x=0xea,x<<2 的值为 0xa8,x<<2 的值为 0x3a。

位运算的作用是按位对变量进行运算,但并不改变参与运算的变量的值,如果要改变变量的值,则要利用赋值运算。移位运算后,一端的位被"挤出",而另一端空出的位以 0 补之,不是循环移位。如要实现循环移位可通过如下方法实现:

循环右移:a=(a>>n)∣(a<<(16-n));

循环左移:a=(a<<n)∣(a>>(16-n))。

6. 指针和地址运算符

指针是 C 语言中十分重要的概念,也是学习 C 语言的难点之一。C51 语言同样提供两个专门用于指针和地址的运算符:

① * 取内容;

② & 取地址。

取内容和取地址运算的一般形式分别为:

变量名= * 指针变量

指针变量=& 目标变量

取内容运算是将指针变量所指向的目标变量的值赋给左边的变量,取地址运算是将目标变量的地址赋给左边的指针变量。要特别注意的是,指针变量中只能存放地址(也就是指针型数据),一般情况下不要将非指针类型的数据赋值给一个指针变量。

7. 条件运算符

条件运算符"?"是一个三目运算符,即要求有三个运算对象。它可以把三个表达式连接构成一个条件表达式。条件表达式的一般形式如下:

逻辑表达式? 表达式 1 : 表达式 2

其执行过程是:先求逻辑表达式(包括关系表达式)的值,如果为真,则求表达式 1 的值并把它作为整个表达式的值;如果逻辑表达式的值为假,则求表达式 2 的值并把它作为整个表达式的值。

例如求 a、b 两者中的最小值,可以这样实现:

〔if(a<b)

　　min=a;

else

　　min=b;〕

而用条件表达式实现则非常简单明了:

min=(a<b)? a:b;

8. 逗号运算符

逗号运算符",",用于将多个表达式串连在一起,形成逗号表达式。逗号表达式的一般形式为:

表达式 1,表达式 2,表达式 3,……,表达式 n

程序运行时,从左到右依次计算出各个表达式的值,而整个表达式的值等于最右边"表达式 n"的值。在实际的应用中,大部分情况下使用逗号表达式的目的只是为了分别得到各个表达式的值,而并不一定要得到和使用整个逗号表达式的值。需要注意的是,并不是在程序的任何位置出现的逗号都可以认为是逗号运算符。如函数中的参数,同类型变量的定义中的逗号只是用于间隔而不是逗号运算符。

9. sizeof 运算符

sizeof 是用于求数据类型、变量或是表达式的字节数的一个运算符,但它并不像"="之类的运算符那样,在程序执行后才能计算出结果,它是直接在编译时产生结果的。其语法如下:

sizeof（数据类型）

sizeof（表达式）

例如:

sizeof(int)的值为 2。

〔float f;

int i;

i=sizeof(f);〕

i 的值为 4。

10. 复合赋值运算符

复合赋值运算符就是在赋值运算符"="的前面加上其他运算符。复合运算的一般形式为:

变量　复合赋值运算符　表达式

其含义就是变量与表达式先进行运算符所要求的运算,再把运算结果赋值给参与运算的变量。其实这是 C 语言中简化程序代码的一种方法,凡是二目运算都可以用复合赋值运算符去简化表达。例如:

a+=56 等价于 a=a+56;

y/=x+9 等价于 y=y/(x+9);

a<<=4 等价于 a=a<<4。

很明显采用复合赋值运算符会降低程序的可读性,但这样却可以使程序代码简单化,并能提高编译效率。对于初学 C 语言的读者,在编程时最好还是根据自己的理解力和习惯使用程序表达方式,不要一味追求程序代码的短小。

12.2.2 运算符的优先级与结合性

当一个表达式中有多个运算符时,C51 编译器将按照一定的优先级及结合性求解。如果在一个表达式中,各个运算符的优先级相同,则计算时按规定的结合方向进行。计算时,按"从左至右"方向计算的称为"左结合性",按"从右至左"方向计算的称为"右结合性"。表 12 - 6 列出了 C51 运算符的优先级及结合性,表中优先级从上往下逐级降低,同一行的优先级相同。

表 12 - 6   C51 运算符的优先级及结合性

优先级	运算符	结合性
1(最高)	( )(括号)、[ ](数组下标)、→、.(两种结构成员)	左结合性
2	!(逻辑非)、~(按位取反)、++(自增)、--(自减)、+(正号)、-(负号)、*(指针)、&(取地址)、(类型)(类型转换)、sizeof(字节长度)	右结合性
3	*(乘)、/(除)、%(取余)	左结合性
4	+(加)、-(减)	左结合性
5	<<(左移)、>>(右移)	左结合性
6	<(小于)、<=(小于等于)、>(大于) 、>=(大于等于)	左结合性
7	==(等于)、!=(不等于)	左结合性
8	&(按位与)	左结合性
9	∧(按位异或)	左结合性
10	|(按位或)	左结合性
11	&&(逻辑与)	左结合性
12	||(逻辑或)	左结合性
13	?:(条件运算)	右结合性
14	=(赋值)、+=、-=、*=、/=、&=、∧=、|=、<<=、>>=、…(复合赋值)	右结合性
15(最低)	,(逗号运算)	左结合性

12.3   C51 语句

语句就是向 CPU 发出的操作指令。一条 C51 语句经编译器编译后可以生成若干条机器指令。C51 程序由数据定义和执行语句两大部分组成,一条完整的语句必须以分号";"结束。

12.3.1　说明语句

说明语句是用来说明变量的数据类型和赋初值的。

例如：

```
int sum=0;                /*定义一个整型变量 sum,并赋初值 0*/
char forth[6]="hello";    /*定义一个字符数组,并赋初值 hello*/
float f;                  /*定义一个浮点型变量 f*/
sfr P1=0x90;              /*定义 P1 为特殊功能寄存器,地址为 90H*/
sbit CY=0xD7;            /*定义 CY 为可寻址位,位地址为 D7H*/
bit flag;                 /*定义位变量 flag*/
```

12.3.2　表达式语句

表达式语句由表达式加上分号";"组成。其一般形式为：

　　表达式；

执行表达式语句就是计算表达式的值。

例如：

```
x=y+z;              /*将 y+z 的值赋给 x*/
y+z;                /*y 加 z,但计算结果不能保留*/
i++;                /*i 值增 1*/
k=com_getchar();    /*将函数 com_getchar 返回值赋给 k*/
```

表达式语句也可以仅由一个分号";"构成,这种语句称为空语句,它是表达式语句的一种特例。例如,在用 while 语句构成的循环语句后面加一个分号,就形成一个不执行其他操作的空循环体。这种空语句在等待某个事件发生时特别有用。

12.3.3　复合语句

复合语句是由若干条语句组合而成的一种语句,用一对括号"{ }"将若干条语句组合在一起而形成的功能块。复合语句不需要以分号";"结束,但它内部的各条单语句仍需以分号";"结束。例如：

```
{ x=y+z;
  a=b+c;
  printf("%d%d",x,a);
}
```

12.3.4　条件语句

条件语句又称为分支语句,是由关键字 if 构成的语句。条件语句的一般形式为：

```
if(表达式)
  语句 1;
else
  语句 2;
```

上述结构表示：如果表达式的值为真(非0)，则执行语句1，执行完语句1后跳过语句2继续向下执行；如果表达式的值为假(0)，则跳过语句1直接执行语句2。

例如：

#include <reg51.h>

void main(){

unsigned char a,b;

a=3;

b=5;

if(a>b) P1=0xff;

else P1=0x00;}

运行结果：P1口输出00H。由于这里没有构成循环，所以程序只会执行一次。

条件语句中的"else 语句2"可以缺省，此时条件语句变成"if（表达式）语句1；"表示表达式的值为真则执行语句1，否则跳过语句1继续往下执行。

如果语句1或语句2有多于一条的语句要执行，必须使用"{}"将这些语句包括在其中，构成复合语句。

条件语句可以嵌套，此时 else 语句一般与最近的一个 if 语句相匹配，如果要改变匹配情况，必须使用"{}"来改变。

【例12-1】 单片机 P1 口的 P1.0 和 P1.1 各接一个开关 S1,S2；P1.4,P1.5,P1.6 和 P1.7各接一只发光二极管。由 S1 和 S2 的4种不同状态对应4只发光二极管的点亮状态。

C51 参考源程序如下：

```
#include "reg51.h"
void main(){
    unsigned char a;
    a=P1;                    /*读入 P1 口状态*/
    a=a&0x03;                /*屏蔽高6位*/
    if(a==0)P1=0x13;         /*S1、S2 被按下,点亮 LED1*/
    else if(a==2)P1=0x23;    /*S1 被按下,点亮 LED3*/
    else if(a==1)P1=0x43;    /*S2 被按下,点亮 LED2*/
    else P1=0x83;            /*S1、S2 均未被按下,点亮 LED4*/
}
```

12.3.5 开关语句

开关语句主要是用来实现多方向分支的语句。虽然条件语句也可以实现，但当分支较多时，条件语句的嵌套层次太多，程序冗长，可读性太低。开关语句直接处理多分支选择，可使程序结构清晰，使用方便。

开关语句是用关键字"switch"构成的，一般形式如下：

```
switch (表达式)
{
    case 常量表达式 1;语句 1;break;
```

case 常量表达式 2；语句 2；break；

......

case 常量表达式 n；语句 n；break；

default：语句 n+1；

　　}

其执行过程是：将 switch 后面的表达式的值与 case 后面各个常量表达式的值逐个进行比较，若与其中一个相等，则执行相应 case 后面的语句，然后执行 break 语句跳出 switch 语句，若不与任何一个常量表达式相等，则执行 default 后面的语句。

【例 12-2】　将【例 12-1】改用 switch/case 语句实现。

C51 参考源程序如下：

```
#include "reg51.h"
void main(){
unsigned char a；
a=P1；             /* 读入 P1 口状态 */
a=a&0x03；
switch(a)
{
case 0：P1=0x13；break；
case 1：P1=0x43；break；
case 2：P1=0x23；break；
default：P1=0x83；
}
}
```

12.3.6　循环语句

C51 循环种类有当型循环和直到型循环两种，有 if-goto，for，while，do-while 四种实现方法。goto 语句在循环结构中不常用，因为它容易使程序结构层次紊乱，可读性降低，而在多层嵌套退出时使用 goto 语句则相对比较合理。

goto 语句是一种无条件转移语句，其一般形式为：

goto 语句标号；

对于 goto 语句不作详细讲述，在此重点关注 for，while 和 do-while 语句。

1. for 循环语句

for 语句通常用来实现直到型循环，其一般形式为：

　　　for（表达式 1；表达式 2；表达式 3）语句；

本语句执行过程为：① 求解表达式 1；② 求解表达式 2，若其真为非 0，则执行内嵌语句；若其值为 0，则退出循环；③ 求解表达式 3，重新回到②。

for 语句最简单的应用形式是：

　　　for(循环变量初始化；循环条件；循环变量修改) 语句；

【例 12-3】　求 1~100 的累加和。

```
main()
{
  int sum=0;        /*定义累加和变量 sum,并初始化为 0*/
  int n;            /*定义循环变量 n*/
  for(n=1;n<=100;n++)
  {
   sum=sum+n;
  }
}
```

for 语句中的 3 个表达式可缺省,若 3 个表达式全部缺省,则相当于一个死循环。

【例 12-4】 将【例 12-1】改用 for 循环来实现。

```
#include <reg51.h>
void main(){
unsigned char a;
  for(;;){
  a=P1;
  a=a&0x03;
  switch(a){
    case 0:P1=0x13;break;
    case 1:P1=0x43;break;
    case 2:P1=0x23;break;
    case 3:P1=0x83;break;}
  }
}
```

2. while 循环语句

while 语句用来实现当型循环,其一般形式为:

　　while (表达式) 语句;

当表达式的值为真,则执行语句,直到表达式值为假,才退出 while 循环。

【例 12-5】 将【例 12-1】改用 while 语句实现。

```
#include <reg51.h>
void main(){
  unsigned char a;
  while(1){          /*条件表达式为(1),即永远为真,构成死循环*/
  a=P1;
  a=a&0x03;
  switch(a){
    case 0:P1=0x13;break;
    case 1:P1=0x43;break;
    case 2:P1=0x23;break;
```

```
        case 3:P1=0x83;break;}
    }
}
```

3. do-while 循环语句

do-while 语句用来实现直到型循环,其一般格式为:

do 语句;while(表达式)

do-while 语句与 while 语句的不同之处在于,它是先执行循环体的语句,然后再判断表达式的值,如果为真,则继续循环,直到表达式的值为假,才退出循环。

【例 12-6】 将【例 12-1】用 do-while 语句实现。

```
#include <reg51.h>
void main(){
    unsigned char a;
    do{
        a=P1;
        a=a&0x03;
        switch(a){
            case 0:P1=0x13;break;
            case 1:P1=0x43;break;
            case 2:P1=0x23;break;
            case 3:P1=0x83;break;}
    }while(1);
}
```

4. break 和 continue 语句

上节介绍的 switch 开关语句中已用到 break 语句,采用 break 语句可以跳出 switch 开关语句而执行 switch 后续语句。此外,break 语句还可用于跳出循环语句(通常与 if 语句一起使用,实现满足一般条件时便跳出循环),但是,对于多重循环,break 语句只能跳出它所处的那一层循环。break 语句只能用于开关语句和循环语句中,是一种具有特殊功能的无条件转移语句。

在循环结构中还可使用一种中断语句 continue,其功能是跳过循环体中下面尚未执行的语句而强制执行下一次循环。

12.4　C51 函数

12.4.1　函数的分类与定义

1. C51 函数分类

函数是 C 源程序的基本模块,通过对函数模块的调用实现特定的功能。C 语言中的函数相当于汇编语言的子程序。

从不同角度,对 C 语言函数进行分类。

（1）从函数定义的角度看，函数可分为库函数和自定义函数。

库函数由 C51 编译系统为用户提供的一系列标准函数，用户无需定义即可直接调用，但一般需要在程序开始处通过♯include 命令包含相应的头文件。

自定义函数是由用户根据需要，遵循 C51 语言的语法规则编写的函数。

（2）从函数参数的形式看，函数可分为无参函数和有参函数。

无参函数指函数定义、函数说明及函数调用中均不带参数，主调函数和被调函数之间不进行参数传送。一般用来完成一个指定的功能。

有参函数指在函数定义及函数说明时带有参数，该参数称为形式参数（或称形参）。在函数调用时给出的参数，称为实际参数（或称实参）。调用函数时，主调函数将把实际参数的值传送给形式参数，供被调函数使用。

2. C51 函数定义

C51 函数定义格式如下：

［函数类型］函数名（［形式参数列表］）［模式］［再入］［中断 n］［using m］

｛

函数体；

｝

其中，［ ］为可选项。

（1）函数类型　是指函数返回值的类型。函数返回值的类型可以是 C 语言的任何数据类型，当不指明函数类型时，系统默认为 int 型。如函数不需要返回值，函数类型能写作"void"，表示该函数没有返回值。需要注意的是，函数体返回值的类型一定要与函数类型一致，否则可能会造成错误。

（2）函数名　函数名是一个标识符，是 C 语言函数定义中唯一不可省略的部分，用于标识函数，并用该标识符调用函数。另外，函数名本身也有值，它代表了该函数的入口地址，使用指针调用该函数时，将用到此功能。

函数名的定义在遵循 C 语言变量命名规则的同时，不能在同一程序中定义同名的函数，否则将会造成编译错误（同一程序中是允许有同名变量的，因为变量有全局和局部变量之分）。

（3）形式参数列表　指调用函数时要传入到函数体内参与运算的变量，是用逗号分隔的一组变量说明，指出每一个形式参数的类型和名称，当函数被调用时，接收来自主调函数的数据，确定各参数的值。形式参数可以为一个、几个或没有，当不需要形式参数也就是无参函数，括号内为空或写入"void"表示，但括号不能少。

（4）模式　决定函数的参数和局部变量的存储模式，可为 small，compact 或 large。如没有指出存储模式则使用当前的编译模式。

（5）再入　关键字"reentrant"可将函数定义为再入函数（或称重入函数）。再入函数可以递归调用，也可以同时被多个函数调用，它经常用于实时应用或中断代码和非中断代码必须共用一个函数的情况。

（6）中断 n　用于定义该函数是一个中断服务函数。

（7）using m　指定函数使用哪组工作寄存器，m 的取值为 0～3。

（8）函数体　函数体是放在一组花括号"｛｝"中的语句。函数体一般包括声明部分和执行部分，声明部分主要用于定义函数中所使用的局部变量，而执行部分则主要使用程序的三种基本结构进行设计。函数内定义的变量不可以与形参同名。

当函数体中不包含任何内容时称为空函数。在程序中调用空函数时,实际上什么操作也没有做,即空函数不起任何作用,但是空函数在程序设计过程中是很有用的。程序设计往往是在建立一个程序框架,程序的功能由各函数分别实现。但在开始时,一般不可能将所有的函数都设计好,只能将一些最重要、最基本的函数设计出来,而对一些次要的函数在程序设计的后期再补充。因此,在程序设计的开始阶段,为了程序的完整性,可用一些空函数先放在那里。由此可以看出,在程序设计初期,利用空函数可使程序结构清楚,可读性好,也便于后续扩充功能。

12.4.2　函数的调用和返回

1. 函数的调用

函数调用的形式为:

函数名(实际参数列表);

这里的实参和函数定义的形参应一一对应,即数目相等、类型一致。无参函数的调用是没有实参列表的。

函数调用一般有如下三种情况:

(1) 函数调用语句:把函数调用作为一个语句。

例如:

fun1();

(2) 被调函数作为表达式的一个运算对象:将函数调用与其他运算对象一起参与运算。此被调函数一定有返回值,而且参与运算的是被调函数的返回值。

例如:

mid=(max(a,b)+min(a,b))/2;

(3) 被调函数作为另一个被调函数的实际参数。

例如:

m=max(a,get(a,b));

2. 函数的返回

被调函数执行完毕后返回主调函数。无参函数一般只完成一个特定的操作,如延时函数、应答信号函数等,调用无参函数不会带回任何返回值。而很多情况调用一个函数可能是为了实现一定的数据运算或处理的功能,这时运算或处理的结果必须返回给主调函数,这就涉及有参函数的返回值。

return 是用于返回函数值的语句,其语法格式为:

return 表达式;

或者

return (表达式);

该语句的功能是计算表达式的值,并返回给主调函数。在函数中允许有多个 return 语句,但每次调用只能有一个 return 语句被执行,因此只能返回一个函数值。

若要返回多个值,则 return 语句不能满足要求,这时可以采用数组或指针作为函数参数的传递。

3. 被调函数的声明

在主调函数中调用某函数之前应对该被调函数进行说明(声明),这与使用变量之前要先对变量说明是一样的。在主调函数中对被调函数进行说明的目的是使编译系统知道被调函数返回值的类型,以便在主调函数中按此种类型对返回值作出相应处理。

如果被调函数出现在主调函数之后,在主调函数前应进行被调函数声明。被调函数声明的一般形式为:

返回值类型 被调函数名(形参列表);

例如:

int max(int a,int b);

如果被调函数是库函数,不需要再进行说明,但必须把该函数的头文件使用"include"命令包含在源文件前部。

12.4.3 中断服务函数

中断系统是 51 单片机实时处理能力的一个重要手段。C51 编译器允许通过"interrupt"关键字定义中断服务函数。

定义中断服务函数的一般格式如下:

void 函数名(void) interrupt n [using m]

{

函数体语句

}

interrupt 指明这是一个中断服务函数。其中,"n"(0~4)为中断号,分别对应不同的中断源和中断入口地址,其对应关系如表 12 - 7 所示。

表 12 - 7 中断号、中断源与中断入口地址的关系

中断号	中断源	中断入口地址
0	外部中断 0	0003H
1	定时/计数器 0	000BH
2	外部中断 1	0013H
3	定时/计数器 1	001BH
4	串行接口	0023H

using m 是一个可选项,它指明该中断服务函数使用的工作寄存器组。"m"(0~3)分别对应工作寄存器 0 组~3 组。当一个中断服务函数指定工作寄存器组时,所有被中断调用的函数都必须使用同一组工作寄存器,否则参数传递将发生错误,所以一般不设定 using m,除非保证中断服务函数中未调用其他函数。

12.4.4 库函数

C51 的强大功能和高效率的重要体现之一在于其提供了丰富的可直接调用的库函数。库函数可使程序代码简单,结构清晰,易于调试和维护。

1. 本征库函数

C51 提供的本征库函数在编译时可直接将固定的代码插入当前行,而不是用 ACALL 或 LCALL 指令调用,这样就大大提高了程序执行的效率。而非本征库函数则必须由 ACALL 或 LCALL 调用。

C51 的本征库函数只有 6 个,数量虽少,但编程在时十分有用。

① _crol_,_cror_:将 char 型变量循环左(右)移指定位数后返回。

② _irol_,_iror_:将 int 型变量循环左(右)移指定位数后返回。

③ _lrol_,_lror_:将 long 型变量循环左(右)移指定位数后返回。

④ _nop_:相当于插入汇编空操作指令 NOP。

⑤ _testbit_:相当于汇编 JBC 位条件转移指令,测试该位变量并跳转同时清除。

⑥ _chkfloat_:测试并返回源点数状态。

使用上述函数时,源程序开关必须使用"include"命令包含 intrins. h 头文件。

例如:

```
#include <intrins. h>
main()
{
    unsigned int y;
    y=0x00ff;
    y=_irol_(y,4); /* y=0x0ff0 */
}
```

2. 几类重要的库函数

① 专用寄存器文件 reg51. h,reg52. h

例如:8031、8051 均为 reg51. h,包括了所有 8051 的 SFR 及其位定义,reg52. h 中包括所有 8052 的 SFR 及其位定义。一般 C51 源程序都必须包括 reg51. h 或 reg52. h。

② 绝对地址文件 absacc. h

该文件中实际只定义了几个宏,以确定各存储空间的绝对地址。

③ 动态内存分配函数,位于 stdlib. h 中

④ 缓冲区处理函数,位于 string. h 中

包括拷贝、比较、移动等函数如:memcpy(拷贝),memcmp(比较),memmove(移动),memset(设置)。这样便于对缓冲区进行处理。

⑤ 输入/输出流函数,位于"stdio. h"中

输入/输出流函数通过 8051 的串口或用户定义的 I/O 口读写数据,缺省为 8051 串口,若要修改,如改为 LCD 显示,可修改 lib 目录中的 getkey. c 和 putchar. c 源文件,然后在库中替换它们。

12.5　C51 指针

指针是 C 语言的一个重要概念,也是 C 语言的重要特色之一。C51 支持一般指针和基于

存储器的指针。

12.5.1　一般指针

一般指针的定义形式为：

数据类型 ＊［存储类型］指针变量名；

一般指针占用 3 个字节。第一个字节为存储类型编码,它标识指针指向变量的存储类型,第二和第三个字节分别存放该指针的高位和低位地址偏移量。

表 12.8　存储类型与编码值

存储类型	idata	xdata	pdata	data	code
编码值	1	2	3	4	5

例如：

int ＊ pz;　　　　　　　//定义一个指向整型变量的一般指针 pz

unsigned char ＊ pt;　　　//定义一个指向无符号字符型变量的一般指针 pt

在定义一般指针时,还可以通过 data,idata,pdata,xdata 等关键字指定指针变量本身的存储器空间。

例如：

char ＊ data str;　　　　//定义指向字符型变量的指针 str,指针本身在 data 区

int ＊ xdata ptr;　　　　//定义指向整型变量的指针 ptr,指针本身在 xdata 区

12.5.2　基于存储器的指针

基于存储器的指针是在定义一个指针变量时,指定它所指向的变量的存储类型。一般定义形式为：

数据类型［存储类型 1］＊［存储类型 2］指针变量名；

基于存储器的指针不需要用来存放它所指向的变量的存储类型编码(在指针定义时已明确指定),长度为 1 字节(当所指向的变量存储类型为 data,idata,bdata,pdata 时)或 2 字节(当所指向的变量存储类型为 xdata,code 时)。与一般指针相比,其长度更短,因此程序执行效率更高。

例如：

char data ＊ str;　　　　//定义指向 data 区 char 型变量的指针 str

int xdata ＊ num;　　　　//定义指向 xdata 区 int 型变量的指针 num

与一般指针类型,也可为基于存储器的指针指定本身的存储空间,例如：

char data ＊ xdata str;　　//定义指向 data 区 char 型变量指针 str,本身在 xdata 区

int xdata ＊ data num;　　//定义指向 xdata 区 int 型变量指针 num,本身在 data 区

long code ＊ idata pow;　　//定义指向 code 区 long 型变量指针 pow,本身在 idata 区

12.6　C51 访问绝对地址

C51 单片机经常要对存储器地址或 I/O 口直接操作,C51 提供了多种访问绝对地址的方

法,需要根据具体情况灵活应用。

12.6.1　使用指针访问绝对地址

利用指针,尤其是基于存储器的指针实现在 C51 程序中对任意指定的绝对地址的操作。例如:

```
void test_memory(void)
{
    unsigned char idata ivar1;        //在 idata 区定义一个无符号字符型变量 ivar1
    unsigned char xdata * xdp;         //定义一个指向 xdata 区无符号字符型变量指针 xdp
    char data * dp;                    //定义一个指向 data 区字符型变量指针 dp
    unsigned char idata * idp;         //定义一个指向 idata 区无符号字符型变量指针 idp
    xdp=0x1000;                        //xdp 指针指向 xdata 区绝对地址 1000H
    * xdp=0x5a;                        //数据 5AH 送 xdata 区 1000H 单元
    dp=0x61;                           //dp 指针指向 data 区绝对地址 61H
    * dp=0x23;                         //数据 23H 送 data 区 61H 单元
    idp=&ivar1;                        //idp 指针指向 idata 区变量 ivar1
    * idp=0x16;                        //等价于 ivar1=0x16;
}
```

12.6.2　使用预定义宏访问绝对地址

C51 编译器提供了一组宏定义用于访问 C51 单片机的绝对空间地址,这些预定义宏包含在 absacc.h 文件中。

预定义宏主要有:CBYTE、DBYTE、PBYTE、XBYTE、CWORD、DWORD、PWORD、XWORD。其中,CBYTE 以字节形式对 code 区寻址,DBYTE 以字节形式对 data 区寻址,PBYTE 以字节形式对 pdata 区寻址,XBYTE 以字节形式对 xdata 区寻址,CWORD 以字形式对 code 区寻址,DWORD 以字形式对 data 区寻址,PWORD 以字形式对 pdata 区寻址,XWORD 以字形式对 xdata 区寻址。

例如:

```
#include <absacc.h>
#include <reg51.h>
#define uchar unsigned char
#define uint unsigned int
void main (void)
{
    uint ui_var1;
    uchar uc_var1;
    ui_var1=XWORD[0x0002];  //访问外部 RAM 0002H、0003H 地址内容
    uc_var1=XBYTE[0x0002];  //访问外部 RAM 0002H 地址内容
    ……
```

```
    while (1);
}
```

12.6.3 使用扩展关键字_at_访问绝对地址

使用 C51 扩展关键字"_at_"对指定的存储器空间的绝对地址进行定位,一般格式为:

[存储类型] 数据类型 标识符 _at_ 地址常数

其中,存储类型为 idata,data,xdata 等 C51 能识别的存储类型关键字,如果省略该项,则按 SMALL,COMPACT,LARGE 编译模式规定的默认存储器类型确定变量的存储空间。数据类型除了可用 char,int,long,float 等(bit 型变量除外)基本数据类型外,还可采用数组、结构等构造数据类型。地址常数规定变量的绝对地址,必须位于有效的存储器空间之内。使用"_at_"定义的变量只能为全局变量,且不能被初始化。

例如:

xdata unsigned int addr1 _at_ 0x8300;

无符号整型变量 addr1 定位在 xdata 区 8300H 单元。

【例 12-7】 分别使用 3 种访问绝对地址方法编写下面 3 个函数。

(1) 将起始地址为 3000H 的片外 RAM 的 16B 内容送入起始地址为 10000H 的片外 RAM 中。

(2) 将起始地址为 3000H 的片外 RAM 的 16B 内容送入起始地址为 30H 的片内 RAM 中。

(3) 将起始地址为 3000H 的 ROM 的 16B 内容送入起始地址为 30H 的片内 RAM 中。

C51 源程序如下:

```
#include <reg51.h>
#include <absacc.h>
#define uchar unsigned char
#define uint unsigned int
code uchar codedata[16] _at_ 0x3000;
idata uchar idatadata[16] _at_ 0x30;
/*使用指针*/
void movxx (uchar *s_addr,uchar *d_addr,uchar lenth)
{
uchar i;
    for(i=0;i<lenth;i++){
        d_addr[i]=s_addr[i];}
}
/*使用预定义宏*/
void movxd (uint s_addr,uchar d_addr,uchar lenth)
{
    uchar i;
    for(i=0;i<lenth;i++){
```

```
        DBYTE[d_addr+i]=XBYTE[s_addr+i];
    }
}
/ * 使用扩展关键字_at_ * /
void movcd(uchar lenth)
{
    uchar i;
    for(i=0;i<lenth;i++){
        idatadata[i]=codedata[i];}
}
/ * 主函数完成三种功能 * /
void main()
{
  uchar xdata * xram1;
  uchar xdata * xram2;
  xram1=0x3000;
  xram2=0x1000;
  movxx(xram1,xram2,16);        / * 使用指针,完成(1) * /
  movxd(0x3000,0x30,16);        / * 使用预定义宏,完成(2) * /
  movcd(16);                    / * 使用扩展关键字_at_,完成(3) * /
  while(1);
}
```

习题 12

12-1. 在单片机应用开发系统中,与汇编语言相比,C51 语言具有哪些优势?

12-2. C51 有几种关键运算符? 请列举说明。

12-3. C51 编程为何要尽量采用无符号的字节变量或位变量?

12-4. 为了加快程序的运行速度,C51 中频繁操作的变量应定义在哪个存储区?

12-5. 如何定义 C51 的中断函数?

12-6. C51 语言中,使用哪些语句可以实现无限循环?

12-7. 判断下列关系表达式或逻辑表达式的运算结果为 1 或 0。

(1) 10==9+1　　(2) 0&&0　　　　(3) 10&&8　　　　(4) 8‖0

(5) !(3+2)　　　(6) 10>=8&&9<=10

12-8. 设 x=4,y=8,说明下列各题运算后,x,y 和 z 的值分别是多少?

(1) z=(x++) * (−−y)　　　　　(2) z=(++x)−(y−−)

(3) z=(++x) * (−−y)　　　　　(4) z=(x++)+(y−−)

12-9. 分析下列表达式的运算顺序。

(1) c=a‖(b)   (2) x+=y−z   (3) −b>>2   (4) c=++a%b−

(5) ! m&n   (6) a<b‖c&d

12−10. 判断下列 C51 标识符是否合法。

(1) sum   (2) Sum   (3) M. D. John   (4) Day

(5) Date   (6) 3days   (7) student_name   (8) ♯33

(9) lotus_1_2_3   (10) char   (11) a>b   (12) ＄123

12−11. 编写把字符串 s 逆转的函数 reverse(s)。

12−12. 用指针实现对两个整型变量 x 和 y 的值交换的程序。

第13章　AT89C51单片机内部资源应用

AT89C51单片机内部资源主要包括输入/输出端口、中断系统、定时/计数器、串行通信接口等。设计单片机应用系统通常都要使用这些内部资源来控制外围设备器件的工作,从而发挥系统的强大功能。

本章内容将从这些内部资源的典型应用入手,学习如何编程使用这些内部资源。

13.1　I/O端口简单应用

AT89C51单片机有P0~P3等四个I/O端口,它们都具有基本输入/输出功能,其中P0,P2,P3还具有第二功能。当用作基本I/O功能时,P0口用作输出功能时应外接上拉电阻,P0~P3用作输入功能时应先写"1"。

以下通过几个简单实例介绍I/O端口的基本输入/输出功能的应用。

13.1.1　P1口控制闪烁灯

【例13-1】　AT89C51单片机的P1.0引脚接有一只发光二极管,部分电路如图13-1所示,编程控制发光二极管闪烁。

分析:由图13-1可知,P1.0输出低电平,发光二极管因有正偏电流而被点亮;P1.0输出高电平时,发光二极管因无压降而被熄灭。发光二极管的闪烁是由重复的点亮和熄灭两种状态交替变化而形成的,但由于人眼的视觉迟滞,点亮和熄灭需有一定时间才能被察觉到,所以程序只要能循环控制每隔一定时间对P1.0输出取反即可实现。

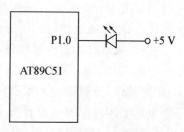

图13-1　AT89C51控制单个LED

汇编源程序如下:

```
        ORG     0000H
        SETB    P1.0        ;熄灭LED
FLED:   ACALL   DELY        ;调延时子程序
        CPL     P1.0        ;P1.0取反
        SJMP    FLED        ;循环
DELY:   MOV     R7,#200     ;延时子程序
DEL1:   MOV     R6,#250
        DJNZ    R6,$
        DJNZ    R7,DEL1
        RET
        END
```

C51 源程序如下：

```
#include "reg51.h"
sbit P10=P1^0;
void dely(void){
unsigned int i;
for(i=0;i<20000;i++);
}
void main(){
while(1){
  dely();
  P10=~P10;}
}
```

上述汇编与 C51 源程序功能相同，运行之后可以看到发光二极管 LED 闪烁。

对上例进行改进，假若 P1 口接 8 个 LED，控制 8 个 LED 同时亮灭闪烁显示，实现方法与【例 13-1】类似，AT89C51 单片机只需每间隔一定的延时时间对 P1 口输出的 8 位数据全部取反即可。

13.1.2 P1 口控制流水灯

日常生活中，经常见到商店、商场门前花样翻新的各式流水灯广告牌，吸引顾客眼球。这里通过一个典型实例来学习单片机控制流水灯的工作原理。

【例 13-2】 AT89C51 单片机 P1 口连接 8 个 LED，电路图如图 13-2 所示。编程控制 8 个 LED 从上至下依次单个点亮，形成流水灯。

分析：流水灯的工作过程是，首先第 1 个 LED 点亮，其他 7 个熄灭；间隔一段时间后，第 2 个 LED 点亮，其他熄灭；依此类推，直到第 8 个 LED 点亮，完成一次流水过程，不断重复上述过程即可看到流水灯效果。LED 的点亮、熄灭与【例 13-1】相同，P1 引脚输出高电平"1"，相应 LED 熄灭，输出低电平"0"，则相应 LED 点亮。根据上述工作过程，AT89C51 P1 口的 8 个引脚（P1.0～P1.7）只需从低位至高位依次输出一位"0"，程序可采用循环结构实现。

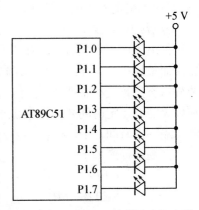

图 13-2 AT89C51 控制流水灯电路

汇编源程序如下：

```
        ORG    0000H
STAT:   MOV    A,#0FEH        ;点亮第 1 个 LED
        MOV    R1,#08H        ;8 个 LED,循环 8 次
NEXT:   MOV    P1,A           ;控制 LED 亮灭
        RL     A              ;下一位 LED 将点亮
        ACALL  DELY           ;延时
        DJNZ   R1,NEXT        ;8 个 LED 轮流点亮一次?
```

```
          SJMP    STAT              ;重复过程
DELY：MOV    R7,♯200              ;延时子程序
 DEL1：MOV    R6,♯250
          DJNZ    R6,$
          DJNZ    R7,DEL1
          RET
          END
```

C51 源程序如下：
```
♯include "reg51.h"
♯include "intrins.h"
void dely(void){
unsigned int i;
for(i=0;i<20000;i++);
}
void main(){
unsigned char i,s;
while(1){
  s=0xfe;
  for(i=0;i<8;i++){
  P1=s;
  dely();
  s=_crol_(s,1);}
  }
}
```

若要使流水灯从下至上依次点亮,则只需把【例 13-2】中的左移操作改为右移操作即可。如果要实现其他不同的灯光效果,还可以通过查表将 LED 的每一种状态下 P1 口所对应数据依次输出。

13.1.3　键控 LED

【例 13-1】和【例 13-2】是 AT89C51 的 I/O 口作为基本输出口的实例。当 I/O 口用作基本输入口时应注意:在读取输入数据前,需先向该口写"1",否则可能无法读到正确数据,这往往是初学者最容易忽略的问题。

【例 13-3】　电路如图 13-3 所示,P1.0~P1.3 接 4 个开关,P1.4~P1.7 接 4 只 LED,编程利用开关控制 LED 的亮灭。

分析:实现的功能是 4 个按键 S1~S4 分别对应 4 只 LED L1~L4,某个按键被按下,则相对应

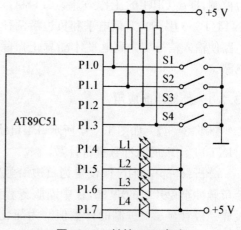

图 13-3　键控 LED 电路

的 LED 点亮,若 S1 被按下,则 L1 点亮,若 S2 被按下,则 L2 点亮。通过分析电路可知,当某个按键被按下时,相应的 I/O 被拉为低电平,单片机读取的这一位数据为"0",将该位"0"送到 LED,则 LED 点亮。为简化程序,此处忽略开关的电平抖动问题。

汇编源程序如下:

```
        ORG     0000H
        MOV     P1,#0FFH      ;P1 口输出 FFH
STAT:   MOV     A,P1          ;读开关状态
        SWAP    A             ;低 4 位开关状态换到高 4 位
        ANL     A,#0F0H       ;保留高 4 位
        MOV     P1,A          ;从 P1 口输出
        ORL     P1,#0FH       ;P1 口高 4 位不变,低 4 位送"1"
        SJMP    STAT          ;循环
        END
```

C51 源程序如下:

```
#include "reg51.h"
void main(){
  P1=0xff;              //P1 口置"1"
  while(1){
    P1=P1<<4;           //读 P1 低 4 位开关状态,左移 4 位至高 4 位
    P1=P1|0x0f;         //P1 低 4 位置"1"
  }
}
```

13.2 外部中断源的应用与扩展

中断系统是单片机的重要资源,主要用于解决高速 CPU 和慢速外设之间的矛盾,进行实时控制,提高 CPU 的工作效率。AT89C51 单片机有两个外部中断源$\overline{INT0}$(P3.2 引脚)和$\overline{INT1}$(P3.3 引脚),有低电平和负边沿两种触发方式。当设置为低电平触发方式时,需要外部电路使输入信号变为高电平才能真正撤除中断请求。所以一般使用负边沿触发方式可简化电路。

13.2.1 外部中断应用

【例 13-4】 如图 13-4 所示,P1 口输出控制 8 只发光二极管,实现 8 位二进制计数器,对$\overline{INT0}$上出现的脉冲数进行计数。

分析:外部中断$\overline{INT0}$设置为负边沿触发方式,开放$\overline{INT0}$中断。开关每按下一次就输入一个负脉冲至单片机的$\overline{INT0}$,在中断服务程序计数值加 1,并把计数结果从 P1 口输出,则 8 只发光二极管显示二进制的计数值。为简化电路,本例没有考虑 LED 的驱动及开关的去抖动问题。

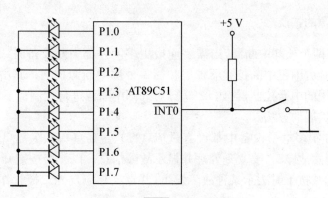

图 13 - 4　$\overline{INT0}$ 外部中断应用

汇编源程序如下：

```
            ORG     0000H           ;复位入口地址
START：    AJMP    MAIN            ;复位后转 MAIN 主程序
            ORG     0003H           ;INT0中断入口地址
            AJMP    EINT0           ;转INT0中断服务程序
 MAIN：    SETB    IT0             ;INT0设置为边沿触发方式
            SETB    EA              ;开INT0中断,总控位置 1
            SETB    EX0             ;INT0分控位置 1
            CLR     A               ;计数值清零
 LOOP：    MOV     P1,A            ;显示计数值
            SJMP    LOOP            ;转 LOOP,等待中断
 EINT0：   INC     A               ;计数值加 1
            RETI    ;中断返回
            END
```

C51 源程序如下：
```
＃include "reg51.h"
unsigned int count＝0;          //定义外部变量计数值 count
void main()                     //主函数
{
  IT0＝1;                       //INT0边沿触发方式
  EA＝1;                        //开放INT0中断
  EX0＝1;
  while(1){P1＝count;}          //输出计数值,并等待中断
}
void exint0(void)interrupt 0    //INT0中断服务函数
{
  count＋＋;                     //计数值 count 加 1
}
```

13.2.2 外部中断源的扩展

AT89C51 只有两个外部中断源,当需要连接更多的外部中断设备时,则需扩展外部中断源。常用扩展方法有可编程中断控制器扩展和简单外部中断源扩展。其中,可编程中断控制器扩展是指通过专用的中断控制器(如 8259A)对外部中断源进行控制。下面通过一个实例学习简单外部中断源扩展的方法。

【例 13-5】 在很多电子设备中都设有过流(OC)、过压(OV)、欠压(UV)、过热(OH)等故障保护,当发生任意故障时,要立刻处理并显示故障信息。以 4 个按键开关分别表示上述 4 种故障,当任意按键被按下时表示某种故障发生,并点亮相应发光二极管作为故障信息显示。电路如图 13-5 所示。

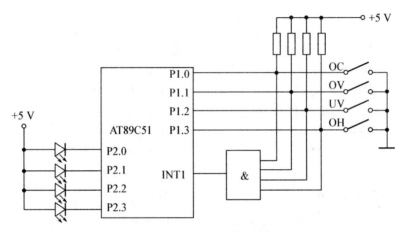

图 13-5 外部中断源扩展

分析:设系统正常工作时,故障检测电路输出高电平,四与门输出为高电平"1"。一旦过流、过压、欠压或过热故障发生,则相应检测电路输出变为低电平,从而四与门输出低电平"0",向单片机发出中断请求。在中断服务程序中,通过检测 P2 口低 4 位的状态,哪个引脚为低电平就表示发生的是哪类故障。

汇编源程序如下:

```
              ORG    0000H          ;复位入口地址
START：AJMP   MAIN           ;复位后转 MAIN 主程序
              ORG    0013H          ;INT1 中断入口地址
              AJMP   EINT1          ;转 INT1 中断服务程序
              ORG    0030H          ;主程序从 0030H 开始
MAIN：  SETB   IT1            ;INT1 设置为边沿触发方式
              SETB   EA             ;开 INT1 中断,总控位置 1
              SETB   EX1            ;INT1 分控位置 1
LOOP：  MOV    P1,＃0FFH       ;熄灭 LED
              SJMP   $              ;等待,此时单片机可处理其他事情
EINT1：MOV    P2,＃0FFH       ;INT1 中断服务程序
```

```
                MOV       A,P2              ;读入 P2 口状态
        EOC：   JB        ACC.0,EOV         ;P2.0＝0? 否则转 EOV
                MOV       P1,#0FEH          ;显示故障信息
                LCALL     ERROR             ;调故障处理子程序
                SJMP      NER               ;转移
        EOV：   JB        ACC.1,EUV         ;P2.1＝0? 否则转 EUV
                MOV       P1,#0FDH          ;显示故障信息
                LCALL     ERROR             ;调故障处理子程序
                SJMP      NER               ;转移
        EUV：   JB        ACC.2,EOH         ;P2.2＝0? 否则转 EOH
                MOV       P1,#0FBH          ;显示故障信息
                LCALL     ERROR             ;调故障处理子程序
                SJMP      NER               ;转移
        EOH：   JB        ACC.3,NER         ;P2.3＝0? 否则转 NER
                MOV       P1,#0F7H          ;显示故障信息
                LCALL     ERROR             ;调故障处理子程序
        NER：   RETI                        ;中断返回
      ERROR：   NOP                         ;故障处理子程序,略
                RET
                END
```

C51 源程序如下：

```c
#include "reg51.h"
void error(){
}

void main()                      //主函数
{
  IT1=1;                         //INT1 边沿触发方式
  EA=1;                          //开放 INT1 中断
  EX1=1;
  P1=0xff;                       //熄灭 LED
  while(1);                      //等待,也可完成其他功能
}

void exint1(void)interrupt 2     //INT1 中断服务函数
{
  unsigned char status;          //在 bdata 区定义无符号字符变量 status
  P2=0xff;                       //P1 输出 FFH
  status=P2&0x0f;                //读入 P1 状态,屏蔽高 4 位
  switch(status)
  {
```

```
        case 0x0e:P1=0xfe;error();break;
        case 0x0d:P1=0xfd;error();break;
        case 0x0b:P1=0xfb;error();break;
        case 0x07:P1=0xf7;error();break;
    }
}
```

13.3　定时/计数器应用

　　AT89C51 单片机内部有 2 个定时/计数器(T0、T1),可工作于定时、计数模式,该工作模式下有 4 种工作方式。利用这 2 个定时/计数器可实现定时、计数、PWM 脉宽调制、测频等功能。

13.3.1　计数器应用

　　【例 13-6】　利用定时/计数器 T0 计数模式工作方式 2,扩展外部中断源。扩展外部中断源 T0(P3.1)接一开关,当开关按下将 P1.0 所接发光二极管亮灭取反,如图 13-6 所示。

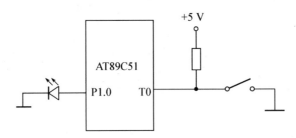

图 13-6　利用计数器扩展外部中断源

　　分析:定时/计数器 T0 工作于计数模式,工作方式 2(自动重装初值并自动重启动),TMOD=06H。初始计数值为 FFH,开关每按一次向 T0 输入一个计数脉冲,从而计数值加 1 产生溢出,引起中断,因而可当做外部中断使用。

　　汇编源程序如下:

```
            ORG     0000H           ;复位入口
            SJMP    MAIN            ;转主程序
            ORG     000BH           ;T0 中断入口
            CPL     P1.0            ;LED 亮灭取反
            RETI                    ;中断返回
    MAIN:   MOV     TMOD,#06H       ;T0 计数方式 2
            MOV     TL0,#0FFH       ;设置计数初值
            MOV     TH0,#0FFH
            SETB    EA
            SETB    ET0
```

```
        CLR     P1.0                ;熄灭 LED
        SETB    TR0                 ;启动 T0 计数
HERE：  SJMP    HERE                ;等待中断
        END
```

C51 源程序如下：

```
#include "reg51.h"
sbit P10=P1∧0;                 //定义 P1.0 引脚
void main()                    //主函数
{
  TMOD=0x06;                   //T0 计数方式 2
  TH0=TL0=0xff;                //计数初值 FFH
  EA=1;                        //开放 T0 中断
  ET0=1;
  P10=0;                       //熄灭 LED
  TR0=1;                       //启动 T0
  while(1);                    //等待
}
void ext0(void)interrupt 1     //T0 中断服务函数
{
  P10=~P10;                    //LED 亮灭取反
}
```

13.3.2　定时器应用

【例 13-7】　单片机晶振 $f_{osc}=6\,MHz$，利用定时器 T1 查询方法产生周期为 4 ms 的方波，并由 P1.0 端输出。

分析：$f_{osc}=6\,MHz$，机器周期为 $2\,\mu s$。根据要求，在 P1.0 端产生周期为 4 ms 的方波信号，只需使其输出端每隔 2 ms 取反一次即可。选 T1 工作在定时模式，工作方式 0，TMOD 控制字为 00H。$f_{osc}=6\,MHz$，定时时间为 2 ms，定时初值为

$$X=M-T/T_{机}=2^{13}-2\times10^{-3}/(2\times10^{-6})=7\,192=1C18H=1\,1100\,0001\,1000B$$

定时/计数器 T1 的工作方式 0 为 13 位定时/计数器工作方式，13 位计数值由 TH1 和 TL1 的低 5 位构成，TL1 高 3 位不用，一般补 0。因此实际写入初值寄存器的值应为 1110 0000 0001 1000B=E018H，其中带下划线的 3 位"0"是填充的，这是定时/计数器 T0 和 T1 工作方式 0 的特殊之处。

汇编源程序如下：

```
        ORG     0000H
        MOV     TMOD,#00H           ;T1 定时方式 0
        MOV     TL1,#18H            ;定时初值为 E018H
        MOV     TH1,#0E0H
        SETB    TR1                 ;启动 T1
```

```
    LOOP： JNB    TF1, $              ;查询中断标志,2 ms 未到继续查询
           CLR    TF1                ;清除中断标志
           MOV    TL1,＃18H          ;重装定时初值
           MOV    TH1,＃0E0H
           SETB   TR1                ;重新启动
           CPL    P1.0               ;P1.0 取反
           SJMP   LOOP               ;转 LOOP
           END
```

C51 源程序如下：

```
＃include "reg51. h"
sbit P10＝P1 ∧0;
void main(){
    TMOD＝0x00;              //T1 计数方式 0
    TL1＝0x18;               //定时 2 ms
    TH1＝0xe0;
    TR1＝1;                  //启动 T1
    while(1){
      while(TF1){
        TF1＝0;              //清中断标志
        TL1＝0x18;           //重装定时初值
        TH1＝0xe0;
        TR1＝1;              //重新启动
        P10＝～P10;}         //输出取反
    }
}
```

　　该实例的定时时间较短,小于定时/计数器的最大定时时间。当定时时间超过最大定时时间时,则须通过另外方法实现。此时可采用 2 个定时/计数器 T0、T1 轮流定时,也可用 1 个定时/计数器多次定时方式实现。

　　【例 13-8】 单片机晶振 f_{osc}＝12 MHz,利用定时器 T0 产生周期为 400 ms 的方波信号由 P1.0 端输出。

　　分析:与【例 13-7】相似,利用 T0 定时 200 ms,定时中断中对 P1.0 输出取反。f_{osc}＝12 MHz,机器周期为 1 μs,定时器工作方式 1,定时时间最大为 65.536 ms,小于要求的定时 200 ms,利用 T0 定时 50 ms,定时初值为 3CB0H,定时 4 次即为 200 ms。采用中断方法可实现。

　　汇编源程序如下:

```
          ORG    0000H
          LJMP   MAIN               ;复位转 MAIN
          ORG    000BH
          LJMP   ST0                ;转中断服务程序 ST0
    MAIN： MOV    TMOD,＃01H         ;T0 定时工作方式 1
```

```
        MOV     TL0,#0B0H        ;定时 50 ms
        MOV     TH0,#3CH
        MOV     R7,#04H          ;定时次数为 4 次
        SETB    EA               ;开 T0 中断
        SETB    ET0
        SETB    TR0              ;启动 T0
        SJMP    $                ;等待中断
ST0：   DJNZ    R7,ST1           ;200 ms 未到,转 ST1
        MOV     R7,#04H          ;下一次仍定时 4 次
        CPL     P1.0             ;P1.0 输出取反
ST1：   MOV     TL0,#0B0H        ;重装初值
        MOV     TH0,#3CH
        SETB    TR0              ;重启动
        RETI
        END
```

C51 源程序如下：

```c
#include "reg51.h"
sbit P10=P1^0;
unsigned char times;           //定时次数变量
void main(){
    TMOD=0x01;                 //T0 定时方式 1
    TL0=0xb0;                  //定时 50 ms
    TH0=0x3c;
    times=0x04;                //T0 定时 4 次
    EA=1;                      //开 T0 中断
    ET0=1;
    TR0=1;                     //启动 T0
    while(1);                  //等待中断
}
void sevt0()interrupt 1        //T0 中断服务函数
{
    times--;                   //定时次数减 1
    while(! times){
        times=0x4;             //下一次仍定时 4 次
        P10=~P10;}             //输出取反
    TL0=0xb0;                  //重装初值
    TH0=0x3c;
    TR0=1;                     //重启动
}
```

13.3.3 频率与脉宽的测量

【例 13-9】 单片机晶振 $f_{osc}=12$ MHz，利用定时/计数器测量外部低频脉冲信号频率。十六进制频率值存 71H、70H。

分析：频率是指单位时间内信号脉冲的个数。定时器 T0 工作于方式 1，用作闸门时间，定时 1 s。T1 用作计数器工作方式 1，对外部脉冲频率进行计数，T0、T1 同时启动。T1 工作方式 1 最大计数值为 65 536，所以测量频率应小于 65 536 Hz，但同时计数脉冲频率小于 $f_{osc}/24$ = 50 000 Hz，所以本方法实际所能测量的最大脉冲频率在 0~5 000 Hz 之间。如果要测量更高的频率信号，应缩短闸门时间。

汇编语言源程序如下：

```
            ORG     0000H
            LJMP    MAIN                ;复位转 MAIN
            ORG     000BH
            LJMP    ST0                 ;转中断服务程序 ST0
MAIN：      MOV     TMOD,#51H           ;T0 定时方式 1,T1 计数方式 1
            MOV     TL0,#0B0H           ;T0 定时 50 ms
            MOV     TH0,#3CH
            CLR     A                   ;T1 计数初值清零
            MOV     TL1,A
            MOV     TH1,A
            SETB    EA                  ;开 T0 中断
            SETB    ET0
            MOV     R0,#14H
            MOV     TCON,#50H           ;同时启动 T0、T1
WAIT：      LCALL   DISP                ;显示频率值
            SJMP    WAIT                ;循环
ST0：       DJNZ    R0,ST1              ;1 s 未到,转 ST1
            CLR     TR1                 ;1 s 时间到,停止 T1
            MOV     70H,TL1             ;保存频率值
            MOV     71H,TH1
            SJMP    ST2
ST1：       MOV     TL0,#0B0H           ;重装 T0 初值
            MOV     TH0,#3CH
            SETB    TR0                 ;重启动
ST2：       RETI                        ;中断返回
DISP：      ……                         ;显示子程序略
            END
```

C51 源程序如下：

```
#include "reg51.h"
```

```
#define uchar unsigned char
void dely();                      //延时函数,略
void disp();                      //显示函数,略
uchar times;                      //外部变量用作 T0 定时次数
uchar data fl _at_ 0x70;          //绝对地址定义
uchar data fh _at_ 0x71;
uchar code led[]={0x3f,0x06,0x5b,0x4f,0x66,0x6d,0x7d,0x07,0x7f,0x6f,0x77,
0x7c,0x39,0x5e,0x79,0x71};        //在 code 区定义共阴段码
void main(){
    TMOD=0x51;                    //T0 定时方式 1,T1 计数方式 1
    TL0=0xB0;                     //T0 定时 50 ms
    TH0=0x3C;
    TL1=TH1=0;                    //T1 计数初值清零
    EA=1;                         //开 T0 中断
    ET0=1;
    times=0x14;                   //定时 20 次为 1 s
    TCON=0x50;                    //同时启动 T0、T1
    while(1){disp();}             //循环显示
}
void sevt0(void)interrupt 1
{
    times——;                      //定时次数减 1
    if(times==0){
    TR1=0;                        //1 s 时间到,停止 T1
    fl=TL1;                       //保存频率值
    fh=TH1;}
    else{
    TL0=0xB0;                     //重装 T0 初值
    TH0=0x3C;
    TR0=1;}                       //重启动
}
```

定时/计数器工作方式寄存器 TMOD 中的门控位的作用是:当 GATE=0 时,T0、T1 的启动与停止工作仅由 TR0、TR1 控制,为 1 则启动工作,为 0 则停止工作;当 GATE=1 时,T0、T1 的运行不仅受 TR0、TR1 的控制,而且还受外部中断引脚电平状态的控制($\overline{INT0}$控制 T0、$\overline{INT1}$控制 T1),即只有当$\overline{INT0}$($\overline{INT1}$)引脚为高电平且 TR0(TR1)为 1 时才启动 T0(T1)进行定时或计数,否则 T0(T1)停止工作。门控位的这一功能适用于定时/计数器测量外部信号脉冲宽度。

【例 13-10】　利用定时/计数器 T0 测量外部中断$\overline{INT0}$引脚上出现的正脉冲宽度,将测量到的机器周期个数存入片内 71H、70H 单元。

分析：T0 工作于定时方式 1(16 位定时/计数器)，定时初值为 0，GATE 设为 1。当 $\overline{INT0}$ 为低电平时，TR0 置 1；当 $\overline{INT0}$ 变为高电平时，立即启动 T0 定时(对机器周期个数计数)；$\overline{INT0}$ 再次变为低电平时，T0 被立即停止，并将 TR0 清零。此时，初值寄存器 TH0、TL0 中的计数值即为该正脉冲所对应的机器周期个数，该计数值与机器周期的乘积即为被测正脉冲的宽度。这种方案被测正脉冲的宽度最大为 65 535 个机器周期。

汇编源程序如下：

```
            ORG     0000H
MAIN：  MOV     TMOD,#09H          ;T0 定时方式 1,门控位 GATE=1
            CLR     A
            MOV     TL0,A              ;定时初值清零
            MOV     TH0,A
            JB      P3.2,$             ;INT0为高电平则等待
            SETB    TR0               ;INT0变为低电平,TR0 置 1,作启动 T0 准备
            JNB     P3.2,$             ;等待INT0变为高电平
            JB      P3.2,$             ;等待INT0再次变为低电平
            CLR     TR0               ;INT0低电平,清 TR0
            MOV     70H,TL0           ;保存测量到的机器周期个数
            MOV     71H,TH0
            SJMP    $                 ;停机
            END
```

C51 源程序如下：

```
#include "reg51.h"
#define uchar unsigned char
sbit P3_2=P3^2;
uchar data th _at_ 0x71;
uchar data tl _at_ 0x70;
void main(){
    TMOD=0x09;              //T0 定时方式 1,GATE 为 1
    TL0=0;TH0=0;            //定时初值为 0
    while(P3_2);            //等待INT0变低
    TR0=1;                  //TR0 置 1,为启动 T0 作准备
    while(! P3_2);          //等待INT0变高,INT0=1 时,T0 真正启动
    while(P3_2);            //等待INT0变低,INT0=0 时,T0 立即停止
    TR0=0;                  //TR0 清零
    tl=TL0;th=TH0;          //保存测量结果
}
```

13.4 串行通信接口编程与应用

AT89C51 单片机内部有一个可编程全双工的串行通信接口,可实现单片机与其他器件、单片机与单片机、单片机与 PC 机之间的串行通信。该串行接口有 4 种工作方式,不同工作方式下的通信过程、数据帧格式、波特率等各有不同,其应用领域也有所不同。与串行接口有关的特殊功能寄存器有 IE(控制串口断断允许)、IP(设置串口中断优先级)、SCON(设置串口工作方式、是否允许接收数据等)、SBUF(串口接收和发送缓冲器)、PCON(设置波特率倍增),相关的 I/O 引脚包括 P3.0(RXD)、P3.1(TXD)。

13.4.1 串口编程方法

当串行通信的硬件电路连接好后,就可以编写串行通信程序。其编程的一般要点归纳如下:

(1) 设定波特率 串行接口的波特率有两种方式:固定波特率(方式 0 和方式 2)和可变波特率(方式 1 和方式 3)。如使用固定波特率,根据波特率是否倍增,设置 SMOD 为 0 或 1(方式 0 下 SMOD 必须为 0);当使用可变波特率时,除设置 SMOD 外,还应计算定时/计数器 T1 的定时初值,并对 T1 进行初始化(定时方式 2,禁止中断,启动工作等)。

(2) 设置串口控制字 即对 SCON 寄存器设定工作方式,如果串口需要接收数据则将 REN 置 1,允许接收,同时将 TI 和 RI 清零。

(3) 根据串口控制方式编写程序 程序控制串口通信过程的方式有查询和中断两种,TI 和 RI 是串口发送和接收完一帧数据的中断标志,可用于查询或中断(中断开放)。无论采用查询还是中断方式,TI 和 RI 必须由指令清零。

13.4.2 方式 0 应用

串口工作方式 0 主要作为同步移位寄存器使用,RXD(P3.0)输入/输出串行数据,TXD(P3.1)输出同步移位脉冲,波特率为 $f_{osc}/12$。

方式 0 通常用于由串口扩展并行 I/O 口。扩展并行输出口,需接一片或几片串入并出的移位寄存器(如 CD4094、74LS164);扩展并行输入口,需接一片或几片并入串出的移位寄存器(如 CD4014、74LS165)。

【例 13-11】 电路如图 13-7 所示,AT89C51 串口通过一片串入并出移位寄存器 74LS164 外接一个共阴 LED 数码管显示器,通过编程,数码管显示 1 位数据。

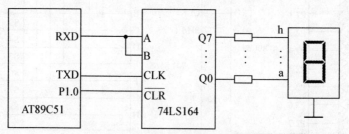

图 13-7 方式 0 扩展并行输出口

分析:74LS164 为串入并出的 8 位移位寄存器,其引脚功能如下:Q7~Q0 为并行数据输出端;A、B 为串行数据输入端;CLK 为移位脉冲输入端;$\overline{CLR}$ 为输出清零端(低电平有效)。单片机将显示数据段码从 RXD 端由低位到高位串行输出,在 TXD 端输出的移位脉冲作用下逐位移入 74LS164 从 Q7~Q0 并行输出,送入 LED 数码管,从而显示相应字符。P1.0 复位时将74LS164 输出清零从而熄灭显示。

汇编源程序如下:

```
        ORG    0000H            ;复位入口
        MOV    SCON,#00H        ;串口方式0,禁止接收数据
        SETB   P1.0             ;P1.0置位,允许74LS164输出
        MOV    SBUF,#0B6H       ;送显示数据"5"的段码,启动发送
        JNB    TI,$             ;查询是否发送完毕
        CLR    TI               ;发送完毕,清发送中断标志
        SJMP   $                ;停机
        END
```

C51 源程序如下:

```
#include "reg51.h"
sbit P10=P1^0;
void main()
{
    SCON=0x00;          //串口工作方式0,禁止接收
    P10=1;              //P1.0置1
    SBUF=0xb6;          //发送段码
    while(!TI);         //等待发送
    TI=0;               //软件清零
    while(1);           //停机
}
```

【例 13-12】 电路如图 13-8 所示,单片机通过并入串出移位寄存器 74LS165 外接 8 个开关,编程将开关状态反应在 P2 口的 8 只发光二极管上。

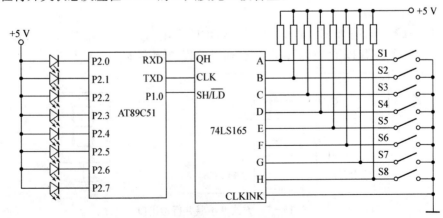

图 13-8 方式 0 扩展并行输入口

　　分析:74LS165 引脚功能如下:A～H 为并行数据输入端; QH 为串行数据输出端;$\overline{\text{QH}}$ 为其反码输出端;CLK 与 CLKINK 在功能上等价,为时钟输入端;SH/$\overline{\text{LD}}$为控制端,当 SH/$\overline{\text{LD}}$=0 时允许并行数据输入,当 SH/$\overline{\text{LD}}$=1 时允许串行移位输出;SER 为串行移位输入端,用于级联多片 74LS165。

　　采用中断方式,串口初始化为工作方式 0,允许接收数据,开放中断。SH/$\overline{\text{LD}}$置 0,75LS165 输入并行数据,再将 SH/$\overline{\text{LD}}$置 1,允许串行输出。串口中断服务时读取所接收的数据,再送 P2 口显示,并重新将 SH/$\overline{\text{LD}}$清零和置位,允许下一次输入。

　　汇编源程序如下:

```
        ORG    0000H           ;复位入口
        LJMP   MAIN
        ORG    0023H           ;中断入口
        LJMP   SERL
MAIN:   MOV    SCON,#10H       ;串口方式0,允许接收
        MOV    IE,#90H         ;开放串口中断
        CLR    P1.0            ;允许74LS165并行输入数据
        NOP
        SETB   P1.0            ;允许74LS165串行输出数据
        SJMP   $               ;停机等待
SERL:   MOV    A,SBUF          ;读入接收到的串行数据
        MOV    P2,A            ;控制LED显示
        CLR    P1.0            ;允许并行输入,为下一次读取开关状态准备
        NOP
        SETB   P1.0            ;允许串行输出
        CLR    RI              ;清接收中断标志
        RETI                   ;中断返回
        END
```

　　C51 源程序如下:

```
#include "reg51.h"
sbit P1_0=P1^0;              //P1.0定义
void main(){
    SCON=0x10;               //串口方式0,允许接收
    IE=0x90;                 //开中断
    P1_0=0;                  //74LS165的SH/LD引脚置低电平
    P1_0=1;                  //74LS165的SH/LD引脚置高电平
    while(1);                //等待串口中断
}
void serial()interrupt 4     //串口中断服务函数
{
    P2=SBUF;                 //读取数据并送显示
```

```
        P1_0=0;                      //为下一次读取数据作准备
        P1_0=1;
        RI=0;                        //RI 清零
    }
```

13.4.3 方式1应用

方式1为10位异步通信方式,数据包括1位起始位、8位数据位和1位停止位。RXD(P3.0)端接收数据,TXD(P3.1)端发送数据。通信波特率由定时/计数器T1产生。

$$波特率=\frac{2^{SMOD}}{32}\times\frac{f_{osc}}{12}\times\frac{1}{2^M-T1_{初值}}$$

方式1常用于无需奇偶校验的双机通信以及单片机与PC机通信。

【例13-13】 晶振频率 $f_{osc}=11.0592$ MHz,甲、乙两机以1200 b/s波特率进行通信。甲机将其片内30H~39H等10个数据,以及校验和发送给乙机。乙机负责接收,若校验正确,则将数据存入片内30H~39H单元中。

分析:双机通信的两个单片机串行数据发送端TXD和接收端RXD交叉相连并共地,串口工作方式一致,且波特率相同。

设置甲、乙两机串口均为方式1,波特率1200 b/s,查表得T1定时初值为E8H。甲机只发送不接收,将片内30H~39H的数据依次发送出去,并求其累加和,当10个数据全部发送完毕,最后再发送累加和,供乙机进行校验。乙机允许接收,接收到10个数据及校验和后进行核对,如果正确则保存数据,否则将30H~39H单元清零。甲机以中断方式发送,乙机以查询方式接收。

汇编源程序如下:

```
;甲机中断方式发送数据
        ORG     0
        LJMP    STAR
        ORG     0023H
        LJMP    SER0
        ORG     0030H
STAR:   MOV     TMOD,#20H       ;T1 定时方式 2
        MOV     TL1,#0E8H       ;波特率为 1 200 b/s
        MOV     TH1,#0E8H
        SETB    TR1             ;启动 T1
        MOV     SCON,#40H       ;串口方式 1,不接收数据
        MOV     IE,#90H         ;开串口中断
        MOV     R0,#30H         ;R0 指向发送数据块首址
        MOV     R1,#0AH         ;数据块长度为 10
        MOV     70H,#00H        ;校验和存 70H,先清零
DWFP:   MOV     A,@R0           ;第一个数据送 A
        INC     R0              ;R0 指针指向第二个数据
```

```
        MOV     SBUF,A          ;启动串口发送
        ADD     A,70H           ;求校验和
        MOV     70H,A           ;暂存校验和
        SJMP    $               ;停机
SER0：  DJNZ    R1,NEXT         ;10 个字节数据发送完? 未完转 NEXT
        MOV     A,70H           ;数据发送完,发送校验和
        MOV     SBUF,A
        CLR     ES              ;通信完毕,关中断
        CLR     TI              ;清中断标志
        RETI                    ;中断返回
NEXT：  MOV     A,@R0           ;读取数据
        INC     R0              ;指向下一个数据
        MOV     SBUF,A          ;启动发送
        ADD     A,70H           ;求校验和
        MOV     70H,A           ;暂存校验和
        CLR     TI              ;清发送中断标志
        RETI                    ;中断返回
        END
;乙机查询方式接收数据
        ORG     0
        MOV     TMOD,#20H       ;T1 定时方式 2
        MOV     TL1,#0E8H       ;串口波特率为 1 200 b/s
        MOV     TH1,#0E8H
        SETB    TR1             ;启动 T1
        MOV     SCON,#50H       ;串口方式 1,允许接收
        MOV     R0,#30H         ;R0 指存放接收数据首地址
        MOV     R1,#0AH         ;接收数据块长度为 10
        MOV     70H,#00H        ;校验和清零
DWFP：  JNB     RI,$            ;等待接收
        MOV     A,SBUF          ;读取接收数据
        MOV     @R0,A           ;保存至接收数据块单元
        ADD     A,70H           ;求校验和
        MOV     70H,A
        CLR     RI              ;清接收中断标志
        INC     R0              ;R0 指向下一单元地址
        DJNZ    R1,DWFP         ;10 个数据接收完?
        JNB     RI,$            ;等待接收校验和
        MOV     A,SBUF          ;读取校验和
        CLR     REN             ;禁止接收数据
```

```
                CJNE      A,70H,EROR           ;校验出错,转 EROR
                SJMP      $                    ;数据接收正确,停机
        EROR:   MOV       R0,#30H              ;接收错误,将 30H~39H 清零
                MOV       R1,#0AH
                CLR       A
        CLER:   MOV       @R0,A
                INC       R0
                DJNZ      R1,CLER
                SJMP      $
                END
```

C51 源程序如下:

```c
/*甲机中断方式发送数据*/
#include <reg51.h>
unsigned char data sendata[10] _at_ 0x30;
unsigned char num,sum;
void main()
{
    num=0;                          //从第一个数据开始发送
    sum=0;                          //累加和清零
    TMOD=0x20;                      //T1 定时方式 2
    TL1=TH1=0xe8;                   //波特率为 1 200 b/s
    TR1=1;                          //启动 T1
    SCON=0x40;                      //串口方式 1,不接收数据
    IE=0x90;                        //开串口中断
    SBUF=sendata[num];              //发送第一个数据
    sum=sendata[num];              //求校验和
    num++;                          //指向下一个发送数据
    while(1);                       //停机
}
void serial()interrupt 4
{
    if(num<=0x9){
    SBUF=sendata[num];              //发送数据
    sum=sum+sendata[num];          //求校验和
    num++;                          //指向下一数据
    TI=0;}                          //清中断标志
    else{
    SBUF=sum;                       //数据发送发,发校验和
    ES=0;                           //通信完毕,关中断
```

```
    TI=0;}                          //清中断标志
}
/ * 乙机查询方式接收数据 * /
#include <reg51.h>
unsigned char data recdata[10] _at_ 0x30;
unsigned char num,sum;
void main()
{
    num=0;                          //从第一个数据开始发送
    sum=0;                          //累加和清零
    TMOD=0x20;                      //T1 定时方式 2
    TL1=TH1=0xe8;                   //波特率为 1 200 b/s
    TR1=1;                          //启动 T1
    SCON=0x50;                      //串口方式 1,允许接收
    for(num=0;num<0x0a;num++){
        while(! RI);                //等待接收
        recdata[num]=SBUF;          //保存接收数据
        sum+=recdata[num];          //求校验和
        RI=0;                       //清接收中断标志
    }
    while(! RI);                    //等待接收校验和
    if(sum! =SBUF){
        for(sum=9;sum>=0;sum--){
        recdata[sum]=0;}            //接收错误,数据块清零
    }
    else while(1);                  //停机
}
```

本例源程序,因为甲、乙两机没有握手应答,所以应先运行乙机程序,再运行甲机程序,否则会出现通信出错。

13.4.4　方式 2 和方式 3 应用

方式 2 和方式 3 都是 11 位异步通信方式,其数据帧格式、收发过程完全相同,不同之处仅在于波特率。方式 2 的波特率为 $f_{osc}/64$(SMOD=0)或 $f_{osc}/32$(SMOD=1);方式 3 的波特率与方式 1 相同,由定时/计数器 T1 产生。

方式 2 与方式 3 用作双机通信时,其发送/接收的第 9 位数据可用作奇偶校验。

【例 13-14】　利用串行接口方式 2 编写一段发送程序,将片内 RAM 中 60H～6FH 单元的数据串行发送出去,第 9 位数据 TB8 作奇偶校验位。

分析:根据要求,将串口设置为方式 2、单工发送,则 SCON 控制字为 80H。波特率选为 $f_{osc}/64$(不倍增),奇偶校验位可由 PSW 的 P 标志位产生,采用中断方式控制发送。

汇编源程序如下：

```
        ORG     0000H           ;复位入口
        LJMP    MAIN
        ORG     0023H           ;中断入口
        INC     R0              ;发送数据地址加 1
        MOV     A,@R0           ;取出待发送数据
        MOV     C,PSW.0         ;奇偶校验位送 TB8
        MOV     TB8,C
        MOV     SBUF,A          ;发送数据
        DJNZ    R1,CSJS         ;判断是否发送完
        CLR     ES              ;发送完关中断
CSJS：   CLR     TI              ;清中断标志
        RETI                    ;中断返回
MAIN：  MOV     SP,#20H         ;设置堆栈
        MOV     SCON,#80H       ;串口方式 2
        MOV     PCON,#00H       ;波特率不倍增,f_osc/64
        MOV     R0,#60H         ;数据块首址送 R0
        MOV     R1,#10H         ;数据块长度送 R1
        SETB    EA              ;开总中断
        SETB    ES              ;开串口中断
        MOV     A,@R0           ;取待发送的第一个数据
        MOV     C,PSW.0         ;奇偶校验位送 TB8
        MOV     TB8,C
        MOV     SBUF,A          ;发送数据
        DEC     R1              ;已发送一个数据,数据个数减 1
        SJMP    $               ;停机等待
        END
```

C51 源程序如下：

```c
#include "reg51.h"
unsigned char data send[16] _at_ 0x60;
unsigned char data number;
void main(){
    SCON=0x80;              //串口方式 2
    number=0;
    EA=1;                  //开中断
    ES=1;
    ACC=send[number];
    number++;
    TB8=CY;
```

```
      SBUF＝ACC;
      while(1);                    //等待串口中断
}
void serial()interrupt 4           //串口中断服务函数
{
   if(number>=15)
      {ES=0;TI=0;}
   else{ACC=send[number];
      number++;
      TB8=CY;
      SBUF=ACC;
      TI=0;}
}
```

思考:若本例串口采用方式 3 实现,程序应如何修改?

【例 13-15】 试编写串口在方式 3 下接收数据块的程序。设单片机晶振为 11.059 2 MHz,波特率为 2 400 b/s,接收数据存于片内 RAM 的 40H 起始单元的一段区间内,数据块长度由发送方先发送过来(不超过允许值),每接收一个数据都进行奇偶校验,校验正确则存储数据,否则给出出错标志(将 F0 置 1)。

分析:T1 工作于定时方式 2,波特率 2 400 b/s,定时初值为 F4H。串口工作于方式 3,允许接收。接收到的第一个数据为数据块长度,用以控制循环接收数据的个数。每接收到一个字节即进行奇偶校验(P 与 RB8 比较),校验正确则存储,否则 F0 置位并停机。

汇编源程序如下:

```
            ORG     0000H                 ;复位入口
START:MOV     TMOD,#20H              ;置 T1 工作于方式 2
      MOV     TL1,#0F4H             ;置 T1 计数初值,波特率 2 400 b/s
      MOV     TH1,#0F4H
      SETB    TR1                   ;启动 T1
      MOV     SCON,#0D0H            ;置串行接口工作于方式 3,允许接收
      MOV     PCON,#00H             ;设 SMOD=0
      MOV     R0,#40H               ;接收数据区首地址送 R0
      JNB     RI,$                  ;等待接收数据块长度字节
      CLR     RI                    ;接收后清 RI
      MOV     A,SBUF                ;将数据块长度读入后存入 R7 中
      MOV     R7,A
MAR0: JNB     RI,$                  ;等待接收数据
      CLR     RI                    ;接收一个字符后清 RI
      MOV     A,SBUF                ;将接收字符读入 A
      JB      PSW.0,MAR1            ;进行奇偶校验
      JB      RB8,MAR3
```

```
        SJMP    MAR2
MAR1：JNB     RB8,MAR3
MAR2：MOV     @R0,A            ;校验正确存接收数据
        INC     R0              ;存储单元地址增 1
        CLR     PSW.5           ;设置正确的标志
        DJNZ    R7,MAR0         ;未接收完,继续接收
        SJMP    $               ;接收完停机
MAR3：SETB     PSW.5           ;置校验出错标志
        SJMP    $               ;停机
        END
```

C51 源程序如下：

```
#include "reg51.h"
void main(){
    unsigned char lenth,i;
    unsigned char data * p;
    TMOD=0x20;                    //置 T1 工作于方式 2
    TL1=TH1=0xf4；                 //置 T1 计数初值
    TR1=1;                        //启动 T1
    SCON=0xd0;                    //置串行接口工作于方式 3,允许接收
    while(! RI);                  //等待接收数据块长度
    RI=0;                         //接收后清 RI
    lenth=SBUF;                   //lenth 变量为数据块长度
    p=0x40;                       //指针 p 指向片内 RAM 40H 单元
    for(i=0;i<lenth;i++){
    while(! RI);                  //等待接收数据
    RI=0;                         //接收一个字符后清 RI
    ACC=SBUF;                     //将接收字符读入 A,形成奇偶标志
    if(P! =RB8){                  //进行奇偶校验
      F0=1;                       //若出错,置出错标志
      break;}                     //退出循环,不接收数据
    else{
      * p=ACC;                    //校验正确,保存数据
      p++;                        //指针加 1,指向一下目的地址
      F0=0;}                      //清出错标志
    }
    while(1);                     //停机
}
```

13.4.5　多机串行通信

双机通信时,两个单片机均可接收或发送数据,地位平等。而在多机通信中则有主机和从机之分。多机通信是指一个主机和多个从机之间的通信。多机通信广泛应用于分布式系统,由一个单片机(主机)控制多个单片机(从机)的数据采集、数据通信与系统控制功能。其系统组成框图如图 13-9 所示。

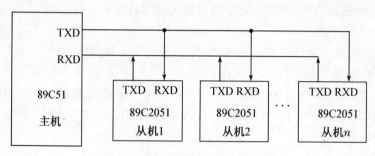

图 13-9　多机通信系统组成框图

在图 13-9 中,主机的 TXD 端与所有从机的 RXD 端相连,RXD 端与各从机的 TXD 端相连,主机发送的信息被各从机接收,而从机发送的信息只能由主机接收,各从机之间交换信息必须通过主机中转。

1. 多机通信原理

多机通信中,要保证主机与从机间的可靠通信,必须保证通信接口具有识别功能,而串行控制寄存器 SCON 中的多机通信控制位 SM2 就是为满足这一要求而设置的。

多机通信时,主机向从机发送的信息分为地址帧和数据帧两类,以串行控制寄存器 SCON 可编程第 9 位 TB8 作为区分标志。TB8=0,表示为数据帧;TB8=1,表示为地址帧。多机通信充分利用 89C51 串行控制寄存器 SCON 中的多机通信控制位 SM2 的功能,当从机 SM2=0 时,从机可接收主机发送的所有信息。当 SM2=1 时,CPU 接收的前 8 位数据是否送入 SBUF 取决于接收到的第 9 位 RB8 的状态:若 RB8=1,将接收到的前 8 位数据送入 SBUF,并置位 RI 产生中断请求;若 RB8=0,则将接收到的前 8 位数据丢弃。也就是说,当从机 SM2=1 时,从机只能接收主机发送的地址帧(RB8=1),对数据帧(RB8=0)不予理睬。

通信开始时,主机首先发送地址帧。由于各从机 SM2=1 和 RB8=1,所以各从机均分别发出串行接收中断请求,通过串行中断服务程序来判断主机发送的地址与本从机地址是否相符。如果相符,则从机把自身的 SM2 清零,以准备接收主机传送来的数据帧。其余从机由于地址不符,仍保持 SM2=1 状态,因而不能接收主机传送来的数据帧。这就是多机通信中主、从机一对一的通信。这种通信只能在主、从机之间进行,如果要在两个从机之间通信,则要通过主机作为中介才能实现。

多机通信是一个比较复杂的通信过程,必须有通信协议来保证多机通信的可靠性和可操作性。这些通信协议,除设定相同的波特率及帧格式外,还应包括从机地址、主机控制命令、从机状态字格式和数据通信格式约定等内容。

2. 多机通信过程

多机通信过程在实际应用中可根据功能需要进行修改和扩展,其一般过程为:

（1）主机与各从机串口初始化为相同的工作方式（方式 2 或方式 3）和波特率，从机置 SM2＝1、REN＝1，只接收地址帧；

（2）主机欲与从机通信时，置位 TB8，先发送地址帧；

（3）从机接收地址帧后，与各自本身地址相比较，地址相符的从机为被寻址从机，其他为未被寻址从机；

（4）被寻址从机将 SM2 清零以接收数据帧，其他未被寻址从机保持 SM2＝1 不变；

（5）主机发送数据或控制信息，此信息只能为被寻址从机接收，从而实现主机和被寻址从机之间的通信；

（6）通信结束，被寻址从机重新将 SM2 置 1，等待下一次通信过程。

3. 多机通信实例

【例 13－16】 主机与 2 个从机通信。主机接有 2 个开关按钮 S1 和 S2，从机各接一个共阳极 LED 数码管，电路如图 13－10 所示。编程实现当 S1 按下时，从机 1 显示数据加 1，S2 按下时，从机 2 显示数据加 1。

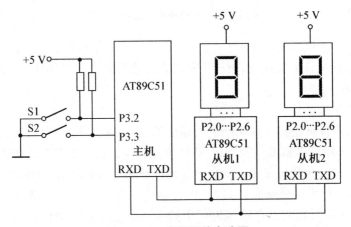

图 13－10 多机通信电路图

分析：2 个从机分别编址为 01H、02H。若 S1 按下，则将对应从机 1 的数据加 1 并送由从机 1 所接的 LED 显示；若 S2 按下，则将对应从机 2 的数据加 1 并送由从机 2 所接的 LED 显示。主机与从机通信时，先发送从机地址，后发送显示数据。主机与从机以工作方式 3 和 4 800 b/s 的波特率进行通信。

汇编源程序如下：

```
;主机按键处理与发送程序
        ORG     0000H
MAIN:   MOV     50H,#00H     ;从机1显示数据存50H
        MOV     51H,#00H     ;从机2显示数据存51H
        MOV     SCON,#0C0H   ;串口工作于方式3,不接收
        MOV     TMOD,#20H    ;定时/计数器 T1 工作于定时方式2
        MOV     TH1,#0FAH    ;设置波特率为 4 800 b/s
        MOV     TL1,#0FAH
        MOV     PCON,#00H    ;波特率不加倍
```

```
             SETB      TR1                    ;启动 T1
LOOP：   JB        P3.2,KEY2              ;S1 未按下,转查询 S2 键
KEY1：   ACALL     DELY                   ;S1 按下,延时消抖
             JB        P3.2,KEY2
             INC       50H                    ;S1 按下,从机 1 显示数据加 1
             MOV       A,50H
             CJNE      A,#10H,KEY11          ;数据大于 F?
             MOV       50H,#00H             ;清零
KEY11：  MOV       A,#01H                ;向从机 1 发送显示数据
             SETB      TB8                    ;TB8 置 1,表示地址帧
             MOV       SBUF,A               ;发送从机 1 地址
             JNB       TI,$                   ;等待发送完
             CLR       TI                     ;清发送中断标志
             MOV       A,50H
             CLR       TB8                    ;TB8 清零,表示数据帧
             MOV       SBUF,A               ;发送显示数据
             JNB       TI,$
             CLR       TI
KEY12：  JNB       P3.2,$                ;等待 S1 释放,每按一次显示数据加 1
             ACALL     DELY                   ;延时消抖
             JNB       P3.2,KEY12
KEY2：   JB        P3.3,LOOP             ;查询 S2 键是否按下
             ACALL     DELY
             JB        P3.3,LOOP
             INC       51H
             MOV       A,51H
             CJNE      A,#10H,KEY21
             MOV       51H,#00H
KEY21：  MOV       A,#02H
             SETB      TB8
             MOV       SBUF,A
             JNB       TI,$
             CLR       TI
             MOV       A,51H
             CLR       TB8
             MOV       SBUF,A
             JNB       TI,$
             CLR       TI
KEY22：  JNB       P3.3,$
```

```
          ACALL    DELY
          JNB      P3.3,KEY22
          SJMP     LOOP
DELY:     MOV      R7,#10
DEL:      MOV      R6,#200
          DJNZ     R6,$
          DJNZ     R7,DEL
          RET
          END
```

;从机 1 接收显示程序

```
          ORG      0000H
MAIN:     MOV      SCON,#0F0H      ;串口工作于方式 3,允许接收
          MOV      TMOD,#20H       ;T1 定时工作方式 2
          MOV      TH1,#0FAH       ;波特率 4 800 bit/s
          MOV      TL1,#0FAH
          MOV      PCON,#00H       ;波特率不倍增
          SETB     TR1             ;启动 T1
          MOV      20H,#00H        ;20H 存显示数据,先清零
LOOP:     ACALL    DISP            ;调显示
          SETB     SM2             ;SM2 置1,只接收地址帧
          JNB      RI,$            ;等待接收地址帧
          CLR      RI              ;清接收中断标志
          MOV      A,SBUF          ;接收地址送 A
          CJNE     A,#01H,LOOP     ;与本机地址比较
          CLR      SM2             ;寻址本机,清 SM2
          JNB      RI,$            ;等待接收数据帧
          CLR      RI              ;RI 清零
          MOV      A,SBUF          ;读显示数据
          MOV      20H,A           ;存至 20H 单元
          SETB     SM2             ;置位 SM2,完成本次通信
          SJMP     LOOP            ;转 LOOP
DISP:     MOV      A,20H           ;显示子程序
          MOV      DPTR,#TAB
          MOVC     A,@A+DPTR
          MOV      P2,A
          RET
TAB:      DB       0C0H,0F9H,0A4H,0B0H,99H,92H,82H,0F8H,80H  DB
                   90H,88H,83H,0C6H,0A1H,86H,8EH,0FFH
          END
```

　　从机 2 接收显示程序与从机 1 类似，不同之处仅在接收到地址后与本机地址 02H 相比较。

　　C51 源程序如下：

```
//主机按键处理与发送程序
#include <reg51.h>
sbit s1=P3^2;
sbit s2=P3^3;
void delay(){
  unsigned int i;
  for(i=1000;i>0;i--);
}
void senddata(unsigned char add,unsigned char sendata){
  TB8=1;
  SBUF=add;
  while(! TI);
  TI=0;
  TB8=0;
  SBUF=sendata;
  while(! TI);
  TI=0;
}
void main(){
unsigned char data1=0,data2=0;      //定义并初始化变量
  SCON=0xc0;                        //串口工作于方式 3,不接收
  TMOD=0x20;                        //定时/计数器 T1 工作于定时方式 2
  TH1=TL1=0xfa;                     //设置波特率为 4 800 b/s
  PCON=0;                           //波特率不倍增
  TR1=1;                            //启动 T1
  while(1){                         //循环
  if(! s1){                         //查询 s1 键
  delay();                          //延时消抖
    if(! s1){
      data1++;                      //从机 1 显示数据加 1
      if(data1>=0x10){              //data1 大于 F
      data1=0;}                     //data1 清零
    senddata(0x01,data1);           //发送数据
    while(! s1);                    //等待 s1 释放
    do delay();
    while(! s1);
```

```
            }
         }
      if(! s2){
         delay();
         if(! s2){
            data2++;
            if(data2>=0x10){
               data2=0;}
            senddata(0x02,data2);
            while(! s2);
         do delay();
         while(! s2);
            }
         }
      }
   }
//从机 1 接收显示程序
#include <reg51.h>
unsigned char code led[]={0xc0,0xf9,0xa4,0xb0,0x99,0x92,0x82,
0xf8,0x80,0x90,0x88,0x83,0xc6,0xa1,0x86,0x8e,0xff}; //共阳极 0~F 段码
void dely(){
   unsigned int i;
   for(i=10000;i>0;i--);
}
void disp(unsigned char disdata){
   P2=led[disdata];
   dely();
}
void main(){
   SCON=0xf0;          //串口工作于方式 3,允许接收
   TMOD=0x20;          //T1 定时工作方式 2
   TH1=TL1=0xfa;       //波特率 4 800 b/s
   PCON=0;             //波特率不倍增
   TR1=1;              //启动 T1
   disp(0);
   while(1){
      SM2=1;           //SM2 置 1,只接收地址帧
      while(! RI);     //等待接收地址
      RI=0;            //清接收中断标志
```

```
if(SBUF! =1)continue;
else{
    SM2=0;               //寻址本机,清 SM2
    while(! RI);         //等待接收数据帧
RI=0;                    //RI 清零
disp(SBUF);              //显示数据
SM2=1;}                  //置位 SM2,完成本次通信
}
}
```

从机 2 接收和显示数据的 C51 源程序与从机 1 类似,只需把接收到的从机地址与本机地址 0x02 比较即可。

因受单片机功能和通信距离等限制,故多机通信在实际应用中采用的较少。在一些较大的测控系统中,常将单片机作为从机(下位机)直接用于采集和控制被控对象的数据,而将 PC 机作为主机(上位机)用于数据处理和对从机的管理,它们之间的信息交换主要采用串行通信总线来实现。

13.4.6　单片机与 PC 机串行通信

在智能仪器仪表、数据采集、嵌入式自动控制等场合,普遍采用单片机作为核心控制器件。但当需要处理较复杂数据或要对多个采集的数据进行综合处理以及需要进行集散控制时,单片机的算术运算和逻辑运算能力就显得不足,这时往往需要借助计算机系统。将单片机采集的数据通过串行接口传送给 PC 机,由 PC 机的高级语言或数据库语言对数据进行处理,或者是 PC 机对单片机进行远程控制。因此,实现单片机与 PC 机之间的远程通信更具有实际意义。

PC 机串行异步通信接口,其核心为 8250 兼容器件,配以可进行电平转换的发送器、接收器以及其他控制电路,还可以配合调制解调器实现远距离通信,波特率为 50～9 600 b/s。有关 PC 机串口请参考其他书籍。

1. RS - 232C 总线标准

本章前几节介绍的单片机之间通信中的数据信号电平都是 TTL 电平,这种电平采用正逻辑标准,即约定"≥2.4 V"表示逻辑 1,"≤0.5 V"表示逻辑 0,这种信号只适用于短距离通信,若用于远距离通信必然会使信号衰减和畸变。因此,通常采用标准串行总线通信接口(如 RS - 232C、RS - 422、RS - 423、RS - 485 等)实现 PC 机与单片机之间的通信或单片机与单片机之间的远距离通信。RS - 232C 原本是美国电子工业协会(Electronic Industry Association,简称 EIA)的推荐标准,现已是在异步串行通信中应用最广的总线标准,适用于短距离或带调制解调器的通信场合。

下面以 RS - 232C 标准串行总线接口为例,简要介绍 PC 机与单片机之间串行通信硬件实现过程。

RS - 232C 实际上是串行通信的总线标准。该总线标准定义了 25 条信号线,使用 25 个引脚的连接器。各信号引脚的定义见表 13 - 1。

表 13 - 1　RS - 232C 引脚信号定义

引　脚	定　义	引　脚	定　义
1	保护地(PG)	14	辅助通道发送数据
2	发送数据(TXD)	15	发送时钟(TXC)
3	接收数据(RXD)	16	辅助通道接收数据
4	请求发送(RTS)	17	接收时钟(RXC)
5	消除发送(CTS)	18	未定义
6	数据准备好(DSR)	19	辅助通道请求发送
7	信号地(SG)	20	数据终端准备就绪(DTR)
8	接收线路信号检测(DCD)	21	信号质量检测
9	接收线路建立检测	22	音响指示
10	发送线路建立检测	23	数据信号速率选择
11	未定义	24	发送时钟
12	辅助通道接收线信号检测	25	未定义
13	辅助通道清除发送		

除信号定义外,RS - 232C 标准的其他规定有:

(1) RS - 232C 是一种电压型总线标准,采用负逻辑标准:＋3～＋25 V 表示逻辑 0 (space);－3～－25 V 表示逻辑 1(mark)。噪声容限为 2 V。

(2) 标准数据传输速率有:50,75,110,150,300,600,1 200,2 400,4 800,9 600,19 200 b/s。

(3) 采用标准的 25 芯插头座(DB－25)连接,该插头座也称为 RS－232C 连接器。

2. PC 机的串口

表 13－1 中许多信号是为通信业务联系或信息控制而定义的。在计算机串行通信中主要使用 9 种信号,故其串行通信接口为一个 9 芯的 DB9 连接器,如图 13－11 所示。

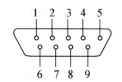

图 13－11　PC 机串口针脚排列图

1(DCD):载波检测,主要用于调制解调器通知计算机,处于在线状态,即调制解调器检测到拨号音,处于在线状态。

2(RXD):用于接收外部设备送来的数据;若调制解调器使用时,则 RXD 指示灯闪烁,说明 RXD 引脚有数据输入。

3(TXD):将计算机的数据发送给外部设备;若调制解调器使用时,则 TXD 指示灯闪烁,说明计算机正在通过 TXD 引脚发送数据。

4(DTR):数据终端准备就绪,该引脚为高电平时,通知调制解调器进行数据传输,计算机已准备好。

5(GND):信号地。

6(DSR):数据设备准备就绪。该引脚为高电平时,通知计算机调制解调器已准备好,可以进行数据通信。

7(RTS)：请求发送。此引脚由计算机控制，用以通知调制解调器马上传送数据至计算机；否则，调制解调器将接收到的数据暂时放入缓冲区。

8(CTS)：清除发送。该引脚由调制解调器控制，用以通知计算机将要传输的数据送至调制解调器。

9(RI)：调制解调器通知计算机有呼叫进来，由计算机决定是否接听呼叫。

3. RS-232C 接口电路

当 PC 机与 AT89C51 单片机通过 RS-232C 标准总线串行通信时，由于 RS-232C 信号电平(EIA)与 AT89C51 单片机信号电平(TTL)不一致，因此必须进行信号电平转换。实现这种电平转换的电路称为 RS-232C 接口电路。一般有两种形式：一种是采用运算放大器、晶体管、光电隔离器等器件组成的电路；另一种是采用专门集成电路(如 MC1488、MC1489、MAX232 等)。下面介绍由专门集成电路 MAX232 构成的接口电路。

MAX232 是 MAXIM 公司的具有两路接收器和驱动器的集成电路，其内置一个电源电压变换器，可以将输入+5 V 的电压变换成 RS-232C 输出电平所需的 ±12 V 电压。在内部能同时完成 TTL 信号电平和 EIA 信号电平的转换。所以采用这种器件只需单一的+5 V 电源即可实现接口电路。

MAX232 的引脚排列如图 13-12 所示。其中引脚 1~6(C1+、V+、C1-、C2+、C2-、V-)用于电源电压转换，只需在外部接入相应的电解电容即可；引脚 7~10 和引脚 11~14 构成两组 TTL 信号电平与 EIA 信号电平的转换电路，对应引脚可直接与单片机串行接口的 TTL 电平引脚和 PC 机的 RS-232(EIA)电平引脚相连，具体接口电路可参见图 13-13。

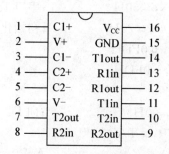

图 13-12　MAX232 的引脚排列

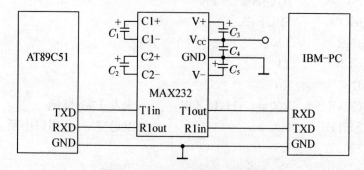

图 13-13　MAX232 的接口电路

图 13-13 中电解电容 C_1、C_2、C_3、C_5 用于电源电压变换，典型值为 $1.0\ \mu F/16\ V$。电容 C_5 用于吸收电源噪声，一般取 $0.1\ \mu F$。单片机与 PC 机可选择 MAX232 两组电平转换电路中的

任意一组进行串行通信,图中选择第一组,T1in、R1out 分别与 AT89C51 的 TXD、RXD 连接,T1out、R1in 分别与 PC 机串口的 RXD、TXD 相连。这种发送与接收的对应关系不能连错,否则将不能正常收发数据。

【例 13-17】 如图 13-13 所示电路,单片机首先向 PC 机发送"AT89C51MCU"字符数据,其后将接收到的 PC 机发送来的十进制数据转换为 ASCII 码,再发回给 PC 机。

分析:单片机串口工作于方式 1,允许接收数据,采用 9 600 b/s 波特率通信,T1 定时初值为 FDH。单片机先用查询方式发送"AT89C51MCU"字符串给 PC 机,然后开串口中断。每当接收到一个十进制数,将其加 30H 后再发送给 PC 机。

汇编源程序如下:

```
            ORG     0000H
            LJMP    MAIN                    ;复位转主程序
            ORG     0023H                   ;串口中断服务程序
            JNB     RI,SEND                 ;是接收中断? 不是则转移
            MOV     A,SBUF                  ;接收数据
            ADD     A,#30H                  ;加 30H,形成 ASCII 码
            MOV     SBUF,A                  ;发送给 PC 机
SEND:       CLR     TI                      ;清中断标志
            CLR     RI
            RETI                            ;中断返回
MAIN:       MOV     SCON,#50H               ;串口工作方式 1,允许接收
            MOV     TMOD,#20H               ;初始化 T1
            MOV     TH1,#0FDH
            MOV     TL1,#0FDH
            SETB    TR1
MAIN1:      MOV     R0,#00H                 ;向 PC 机发送字符串
            MOV     DPTR,#TAB
LOOP:       MOV     A,R0
            MOVC    A,@A+DPTR
            MOV     SBUF,A
            JNB     TI,$
            CLR     TI
            INC     R0
            CJNE    R0,#0AH,LOOP            ;未发送完,继续
            SETB    EA                      ;发送完毕,开串口中断
            SETB    ES
            SJMP    $                       ;停机
TAB:        DB      "AT89C51MCU"            ;字符串 ASCII 码
            END
```

C51 源程序如下:

```
#include <reg51.h>
unsigned char strings[]={"AT89C51MCU"};
void main(){
    unsigned char i;
    SCON=0x50;                        //串口工作方式1,允许接收
    TMOD=0x20;                        //初始化 T1
    TH1=TL1=0xfd;
    TR1=1;
    for(i=0;i<0xa;i++){
        SBUF=strings[i];              //向 PC 机发送字符串
        while(! TI);
        TI=0;}
    EA=1;                             //字符串发送完毕,开串口中断
    ES=1;
    while(1);                         //停机
}
void serial()interrupt 4{
    if(RI){SBUF=SBUF+0x30;}           //接收中断? 接收数据加 30H 发回给 PC 机
    TI=0;                             //清中断标志
    RI=0;
}
```

习题 13

13-1. 单片机的 P0,P1,P2,P3 口各有什么功能? 作为基本 I/O 口时,它们有何异同?

13-2. AT89C51 单片机可提供几个中断源? 有几个中断优先级? 各中断标志是如何产生的? 如何清除这些中断标志? 各中断源所对应的中断向量地址分别是多少?

13-3. 某系统有三个外部中断源 1,2,3,当某一中断源变为低电平时便要求 CPU 处理,它们的优先处理次序由高到低为 3,2,1,处理程序的入口地址分别是 2000H,2100H,2200H。试编写主程序及中断服务程序(转至相应的入口即可)。

13-4. 定时/计数器用作定时器时,其定时时间与哪些因素有关? 用作计数器时,对外部计数脉冲有何要求?

13-5. 设晶振频率为 6 MHz,试编程使用定时器 T0 产生一个 50 Hz 的方波信号由 P1.0 输出。

13-6. 试编程设计利用定时/计数器 T0 从 P1.7 输出周期为 1 s,脉宽为 20 ms 的正脉冲信号,晶振频率为 12 MHz。

13-7. 试用定时/计数器 T1 对外部事件计数。要求每计数 100,就将 T1 改成定时方式,控制 P1.7 输出一个脉宽为 10 ms 的正脉冲,然后又转为计数方式,如此反复循环。设晶振频

率为 12 MHz。

13-8. 串行接口控制寄存器 SCON 中 TB8,RB8 起什么作用? 在何种场合下使用?

13-9. 设置串口工作于方式 3,波特率为 9 600 b/s,系统主频为 11.059 2 MHz,允许接收数据,开串口中断,编写初始化程序。若将串口改为方式 1,初始化程序如何修改?

13-10. 使用串口方式 3 进行双机通信,系统主频为 11.059 2 MHz,设置波特率为 19 200 b/s。甲机将地址为 3000H~30FFH 外部 RAM 中数据传送到乙机地址为 4000H~40FFH 外部 RAM 中。分别编程实现:(1) 采用查询方式,进行奇偶校验;(2) 采用中断方式,不进行奇偶校验。

13-11. RS-232C 总线标准逻辑电平是如何规定的?

13-12. 简述单片机多机通信工作原理。

参考文献

[1] 霍孟友,等. 单片机原理与应用[M]. 北京:机械工业出版社,2004.

[2] 徐淑华,等. 单片微型机原理及应用[M]. 哈尔滨:哈尔滨工业大学出版社,1997.

[3] 李群芳,等. 单片微型计算机与接口技术[M]. 北京:电子工业出版社,2001.

[4] 曹汉天,等. 单片机原理与接口技术[M]. 北京:电子工业出版社,2006.

[5] 曹立军. 单片机原理与应用[M]. 西安:西安电子科技大学出版社,2009.

[6] 陈权昌,等. 单片机原理及应用[M]. 广州:华南理工大学出版社,2007.

[7] 戴胜华. 单片机原理与应用[M]. 北京:北京交通大学出版社,2005.

[8] 董晓红. 单片机原理及接口技术[M]. 西安:西安电子科技大学出版社,2004.

[9] 霍孟友. 单片机原理与应用[M]. 北京:机械工业出版社,2004.

[10] 马淑华. 单片机原理与接口技术[M]. 北京:北京邮电大学出版社,2007.

[11] 梅丽凤. 单片机原理及接口技术[M]. 北京:北方交通大学出版社,2004.

[12] 李建忠. 单片机原理及应用[M]. 西安:西安电子科技大学出版社,2008.

[13] 张旭涛,等. 单片机原理与应用[M]. 北京:北京理工大学出版社,2007.

[14] 李群芳,等. 单片微型计算机与接口技术[M]. 北京:电子工业出版社,2001.

[15] 曹天汉,等. 单片机原理与接口技术[M]. 北京:电子工业出版社,2006.

[16] 张毅刚,等. 单片机原理及应用[M]. 北京:高等教育出版社,2010.

[17] 王幸之. AT89 系列单片机原理与接口技术[M]. 北京:北京航空航天大学出版社,2004.

[18] 尹建华. 微型计算机原理与接口技术[M]. 2 版. 北京:高等教育出版社,2008.

[19] 曾瑄. 微机原理与接口[M]. 北京:人民邮电出版社,2008.

[20] 苏家健. 单片机原理及应用技术[M]. 北京:高等教育出版社,2004.

[21] 刘刚,等. 单片机原理及应用[M]. 北京:中国林业出版社,2006.

[22] 佟云峰. 单片机原理及应用[M]. 北京:机械工业出版社,2010.

[23] 胡钢. 微机原理及应用[M]. 北京:机械工业出版社,2010.